LA CELESTINA

COLECCIÓN AUSTRAL
N.º 195

FERNANDO DE ROJAS

LA CELESTINA

TRAGICOMEDIA DE CALIXTO Y MELIBEA

DECIMOSÉPTIMA EDICIÓN

ESPASA-CALPE, S. A.
MADRID

Ediciones para la

COLECCIÓN AUSTRAL

Primera edición:	18 - VI	- 1941
Segunda edición:	25 - VI	- 1943
Tercera edición:	23 - I	- 1946
Cuarta edición:	24 - V	- 1951
Quinta edición:	12 - XI	- 1957
Sexta edición:	2 - II	- 1960
Séptima edición:	26 - VII	- 1963
Octava edición:	17 - VI	- 1965
Novena edición:	20 - II	- 1968
Décima edición:	23 - VIII	- 1969
Undécima edición:	27 - VIII	- 1971
Duodécima edición:	7 - XII	- 1971
Decimotercera edición:	22 - II	- 1974
Decimocuarta edición:	31 - III	- 1975
Decimoquinta edición:	6 - II	- 1976
Decimosexta edición:	4 - II	- 1977
Decimoséptima edición:	4 - II	- 1978

© *Espasa-Calpe, S. A., Madrid, 1922*

———

Depósito legal: M. 2.276—1978

ISBN 84—239—0195—5

Impreso en España
Printed in Spain

Acabado de imprimir el día 4 de febrero de 1978

Talleres gráficos de la Editorial Espasa-Calpe, S. A.
Carretera de Irún, km. 12,200. Madrid-34

ÍNDICE

De La Celestina, *tragicomedia de Calixto y Melibea, existen ediciones antiguas que contienen variantes de consideración. Las ediciones más importantes son:*

1.ª Burgos, 1499: reproducida en 1902 por Foulché-Delbosc, y en 1913, por Huntington.

2.ª Sevilla, 1501; reproducida en 1900 por Foulché-Delbosc.

3.ª Sevilla, 1502.

4.ª Valencia, 1514; reproducida por Krapf, en Vigo, 1900.

En la presente edición se señalan con [ ] los pasajes añadidos sobre la edición de Burgos, 1499.

La Celestina *presenta en la actualidad dos problemas importantes: ¿Quién es su autor? ¿Quién es el autor de las ediciones? Creen algunos que hay dos y hasta tres autores. Uno de ellos habría compuesto el acto primero; otro añadiría los quince restantes, hasta los dieciséis de que consta la edición de Burgos, de 1499, y otro, por último, añadiría los contenidos en las ediciones posteriores. Algunos piensan que el autor de los dieciséis actos de la edición de 1499 es uno mismo, y que éste es el bachiller Fernando de Rojas, como se declara en los versos acrósticos. En cuanto al autor de las ediciones posteriores, algunos creen que es el mismo de los dieciséis primeros actos, esto es, Fernando de Rojas. Otros creen que es Alonso de Proaza, autor de las octavas finales y corrector de las ediciones de Sevilla. No falta quien crea también que no fué Rojas el autor de los dieciséis primeros actos, ni de ningún otro, a pesar de que algunos documentos judiciales mencionan al Bachiller con estas palabras: "que compuso a Melibea".*

Este Fernando de Rojas era abogado, natural de la Puebla de Montalbán, avecindado luego en Talavera, donde murió. Era judío converso. Vivió a fines del siglo XV y principios del XVI. Apenas se saben cosas de su vida y educación.

A UN SU AMIGO

Suelen los que de sus tierras ausentes se hallan considerar de qué cosa aquel lugar donde parten mayor inopia o falta padezca, para con la tal servir a los conterráneos, de quien en algún tiempo beneficio recibido tienen y, viendo qué legítima obligación a investigar lo semejante me compelía para pagar las muchas mercedes de vuestra libre liberalidad recibidas, asaz veces retraído en mi cámara, acostado sobre mi propia mano, echando mis sentidos por ventores (2) y mi juicio a volar, me venía a la memoria, no sólo la necesidad que nuestra común patria tiene de la presente obra, por la muchedumbre de galanes y enamorados mancebos que posee, pero aun en particular vuestra misma persona, cuya juventud de amor ser presa se me representa haber visto y de él cruelmente lastimada, a causa de le faltar defensivas armas para resistir sus fuegos, las cuales hallé esculpidas en estos papeles; no fabricadas en las grandes herrerías de Milán, mas en los claros ingenios de doctos varones castellanos formadas. Y como mirase su primor, sutil artificio, su fuerte y claro metal, su modo y manera de labor, su estilo elegante, jamás en nuestra castellana lengua visto ni oído, leílo tres o cuatro veces. Y tantas cuantas más lo leía, tanta más necesidad me ponía de releerlo y tanto más me agradaba y en su proceso nuevas sentencias sentía. Vi, no sólo ser dulce en su principal historia o ficción toda junta; pero aun de algunas sus particularidades salían deleitables fontecicas de filosofía, de otros agradables donaires, de otros avisos y consejos contra lisonjeros y malos sirvientes y falsas mujeres hechiceras. Vi que no tenía su firma del autor, el cual, según algunos dicen, fué Juan de Mena, y según otros, Rodrigo Cota; pero quienquiera que fuese, es digno de recordable memoria por la sutil invención, por la gran copia de sentencias entregeridas, que so color de donaires tiene. ¡Gran filósofo era! Y pues él con temor de detractores y nocibles lenguas, más aparejadas a reprender que a saber inventar, quiso celar y encubrir su nombre, no me culpéis, si en el fin bajo que lo pongo, no expresare el mío. Mayormente que, siendo jurista yo, aunque obra discreta, es ajena de mi facultad y quien lo supiese diría que no por recreación de mi principal estudio, del cual yo más me precio, como es la verdad, lo hiciese; antes distraído de los derechos, en esta nueva labor me entremetiese. Pero aunque no acierten, sería pago de mi osadía. Asimismo pensarían que no quince días de unas vacaciones, mientras mis ocios en sus tierras, en acabarlo me detuviese, como es lo cierto; pero aun más

---

(1) Esta carta aparece en la edición de Sevilla de 1501.
(2) *Ventores*, perros que ventean la caza.

tiempo y menos acepto. Para disculpa de lo cual todo, no sólo
a vos, pero a cuantos lo leyeren, ofrezco los siguientes metros.
Y por que conozcáis dónde comienzan mis maldoladas (1) razones, acordé que todo lo del antiguo autor fuese, sin división
en un acto o escena incluso, hasta el segundo acto, donde dice:
"Hermanos míos", etc. VALE.

EL AUTOR

EXCUSÁNDOSE DE SU YERRO EN ESTA OBRA QUE ESCRIBIÓ, CONTRA SÍ ARGUYE Y COMPARA (2)

E l silencio escuda y suele encubrir
L a falta de ingenio y torpeza de lenguas:
B lasón, que es contrario, publica sus menguas
A quien mucho habla sin mucho sentir.
C omo hormiga que deja de ir,
H olgando por tierra, con la provisión:
J actóse con alas de su perdición:
L leváronla en alto, no sabe dónde ir.

Prosigue

E l aire gozando ajeno y extraño,
R apiña es ya hecha de aves que vuelan
F uertes más que ella, por cebo la llevan:
E n las nuevas alas estaba su daño.
R azón es que aplique a mi pluma este engaño,
N o despreciando a los que me arguyen
A sí, que a mí mismo mis alas destruyen,
N ublosas y flacas, nascidas de hogaño.

Prosigue

D onde ésta gozar pensaba volando
O yo de escrebir cobrar más honor,
D el uno y del otro nasció disfavor:
E lla es comida y a mí están cortando
R eproches, revistas y tachas. Callando
O bstara, y los daños de invidia y murmuros
I nsisto remando, y los puertos seguros
A trás quedan todos ya cuanto más ando.

Prosigue

S i bien queréis ver mi limpio motivo,
A cuál se endereza de aquestos extremos,
C on cuál participa, quién rige sus remos,
A polo, Diana o Cupido altivo,
B uscad bien el fin de aquesto que escribo,
O del principio leed su argumento:
L eedlo, veréis que, aunque dulce cuento,
A mantes, que os muestra salir de cativo.

---

(1) Desbastadas.
(2) Estos versos acrósticos aparecen en la edición de Sevilla de 1501.

Comparación

C omo el doliente que píldora amarga
O la recela, o no puede tragar,
M étela dentro de dulce manjar,
E ngáñase el gusto, la salud se alarga:
D esta manera mi pluma se embarga,
I mponiendo dichos lascivos, rientes,
A trae los oídos de penadas gentes;
D e grado escarmientan y arrojan su carga.

Vuelve a su propósito

E stando cercado de dudas y antojos.
C ompuse tal fin que el principio desata:
A cordé dorar con oro de lata
L o más fino tíbar (1) que vi con mis ojos.
Y encima de rosas sembrar mil abrojos.
S uplico, pues, suplan discretos mi falta.
T eman groseros y en obra tan alta
O vean y callen o no den enojos.

Prosigue dando razones por qué se movió a acabar esta obra

Y o vi en Salamanca la obra presente;
M ovíme acabarla por estas razones:
E s la primera, que estó [y] en vacaciones;
L a otra imitar la persona prudente;
Y es la final, ver ya la más gente
V uelta y mezclada en vicios de amor
E stos amantes les pondrán temor
A fiar de alcahueta ni falso sirviente.

E así que esta obra en el proceder
F ué tanto breve, cuanto muy sutil,
V i que portaba sentencias dos mil
E n forro de gracias, labor de placer.
N o hizo Dédalo, cierto a mi ver.
A lguna más prima entretalladura,
S i fin diera en esta su propia escritura
C ota o Mena con su gran saber.

J amás yo no vide en lengua romana,
D espués que me acuerdo, ni nadie la vido,
O bra de estilo tan alto y subido
E n tusca, ni griega, ni en castellana.
N o trae sentencia, de donde no mana
L oable a su autor y eterna memoria,
A l cual Jesucristo reciba en su gloria
P or su pasión santa, que a todos nos sana.

---

(1) *Lo fino tíbar*, mal dicho por *el más fino tíbar*, pues **el** oro de
Tíbar o el Tíbar es masculino y así se decía.

Amonesta a los que aman que sirvan a Dios
y dejen las malas cogitacio[e]s y vicios de amor

V os, los que amáis, tomad este ejemplo,
E ste fino arnés con que os defendáis:
V olved ya las riendas, porque no os perdáis;
L oad siempre a Dios visitando su templo.
A ndad sobre aviso; no seáis d'ejemplo
D e muertos y vivos y propios culpados:
E stando en el mundo yacéis sepultados.
M uy gran dolor siento cuando esto contemplo.

Fin

O h damas, matronas, mancebos, casados,
N otad bien la vida que aquestos hicieron,
T ened por espejo su fin cual hubieron;
A otro que amores dad vuestros cuidados.
L impiad ya los ojos, los ciegos errados,
V irtudes sembrando con casto vivir.
A todo correr debéis de huir,
N o os lance Cupido sus tiros dorados.

P R Ó L O G O

Todas las cosas ser criadas a manera de contienda o batalla, dice aquel gran sabio Heráclito en este modo: *Omnia secundum litem fiunt.* Sentencia a mi ver digna de perpetua y recordable memoria. Y como sea cierto que toda palabra del hombre esciente está preñada, de ésta se puede decir que de muy hinchada y llena quiere reventar, echando de sí tan crecidos ramos y hojas, que del menor pimpollo se sacaría harta fruto entre personas discretas. Pero como mi pobre saber no baste a más de roer sus secas cortezas de los dichos de aquellos que por claror de sus ingenios merecieron ser aprobados, con lo poco que de allí alcanzare, satisfaré el propósito de este perbreve prólogo. Hallé esta sentencia corroborada por aquel gran orador y poeta laureado, Francisco Petrarca, diciendo *Sine lite atque offensione nihil genuit natura parens:* Sin lid y ofensión ninguna cosa engendró la natura, madre de todo. Dice más adelante: *Sic est enim, et sic propemodum universa testantur: rapido stellae obviant firmamento; contraria invicem elementa confligunt; terrae tremunt; maria fluctuant; aer quatitur; crepant flammae; bellum immotale venti gerunt; tempora temporibus concertant; secum singula, nobiscum omnia.* Que quiere decir: "En verdad así es, y así todas las cosas de esto dan testimonio: las estrellas se encuentran en el arrebatado firmamento del cielo, los adversos elementos unos con otros rompen pelea, tremen las tierras, ondean los mares, el aire se sacude, suenan las llamas, los vientos entre sí traen perpetua guerra, los tiempos con tiempos contienden y litigan entre sí, uno a uno y todos contra nosotros." El verano vemos que nos aqueja con calor demasiado, el invierno con frío y aspereza, así que esto nos parece revolución temporal, esto con que nos sostenemos, esto con que nos criamos y vivimos, si comienza a ensoberbecerse más de lo acostumbrado, no es sino guerra. Y cuanto se ha de temer, manifiéstase por los grandes terremotos y torbellinos, por los naufragios e incendios, así celestiales como terrenales, por la fuerza de los aguaduchos, por aquel bramar de truenos, por aquel temeroso ímpetu de rayos, aquellos cursos y recursos de las nubes, de cuyos abiertos movimientos, para saber la secreta causa de que proceden, no es menor la disensión de los filósofos en las escuelas, que de las ondas en la mar.

Pues entre los animales ningún género carece de guerra: peces, fieras, aves, serpientes, de lo cual todo, una especie a otra persigue El león al lobo, el lobo la cabra, el perro la liebre y,

---

si no pareciese conseja de tras el fuego, yo llegaría más al cabo esta cuenta. El elefante, animal tan poderoso y fuerte, se espanta y huye de la vista de un sucielo ratón, y aun de sólo oírle toma gran temor. Entre las serpientes el basilisco crió la natura tan ponzoñoso y conquistador de todas las otras, que con su silbo las asombra y con su venida las ahuyenta y desparce, con su vista las mata. La víbora, reptilia o serpiente enconada, al tiempo de concebir, por la boca de la hembra metida la cabeza del macho y ella con el gran dulzor apriétale tanto que le mata y, quedando preñada, el primer hijo rompe las ijares de la madre, por do todos salen y ella muerta queda y él casi como vengador de la paterna muerte. ¿Qué mayor lid, qué mayor conquista ni guerra que engendrar en su cuerpo quien coma sus entrañas?

Pues no menos disensiones naturales creemos haber en los pescados; pues es cosa cierta gozar la mar de tantas formas de peces, cuantas la tierra y el aire cría de aves y animalias y muchas más. Aristóteles y Plinio cuentan maravillas de un pequeño pez llamado Echeneis, cuanto sea apta su propiedad para diversos géneros de lides. Especialmente tiene una, que si llega a una nao o carraca, la detiene, que no se puede menear, aunque vaya muy recio por las aguas; de lo cual hace Lucano mención, diciendo:

> *Non puppin retinens, Euro tendente rudentes,*
> *In mediis Echeneis aquis.*

"No falta allí el pez dicho Echeneis, que detiene las fustas cuando el viento Euro extiende las cuerdas en medio de la mar". ¡Oh natural contienda, digna de admiración: poder más un pequeño pez que un gran navío con toda la fuerza de los vientos!

Pues si discurrimos por las aves y por sus menudas enemistades, bien afirmaremos ser todas las cosas criadas a manera de contienda. Las más viven de rapiña, como halcones y águilas y gavilanes. Hasta los groseros milanos insultan dentro en nuestras moradas los domésticos pollos y debajo las alas de sus madres los vienen a cazar. De una ave llamada rocho, que nace en el Índico mar de Oriente, se dice ser de grandeza jamás oída y que lleva sobre su pico hasta las nubes, no sólo un hombre o diez, pero un navío cargado de todas sus jarcias y gente. Y como los míseros navegantes estén así suspensos en el aire, con el meneo de su vuelo caen y reciben crueles muertes.

¿Pues qué diremos entre los hombres a quien todo lo sobredicho es sujeto? ¿Quién explanará sus guerras, sus enemistades, sus envidias, sus aceleramientos y movimientos y descontentamientos? ¿Aquel mudar de trajes, aquel derribar y renovar edificios, y otros muchos afectos diversos y variedades que de esta nuestra flaca humanidad nos provienen?

Y pues es antigua querella y visitada de largos tiempos, no quiero maravillarme si esta presente obra ha sido instrumento de lid o contienda a sus lectores para ponerlos en diferencias, dando cada uno sentencia sobre ella a sabor de su voluntad. Unos decían que era prolija, otros breve, otros agradable, otros oscura; de manera que cortarla a medida de tantas y tan dife-

rentes condiciones a sólo Dios pertenece. Mayormente pues ella
con todas las otras cosas que al mundo son, va debajo de la
bandera de esta noble sentencia: "que aun la misma vida de los
hombres, si bien lo miramos, desde la primera edad hasta que
blanquean las canas, es batalla". Los niños con los juegos,
los mozos con las letras, los mancebos con los deleites, los viejos con mil especies de enfermedades pelean y estos papeles
con todas las edades. La primera los borra y rompe, la segunda
no los sabe bien leer, la tercera, que es la alegre juventud y
mancebía, discorda. Unos les roen los huesos que no tienen virtud, que es la historia toda junta, no aprovechándose de las
particularidades, haciéndola cuenta de camino; otros pican los
donaires y refranes comunes, loándolos con toda atención, dejando pasar por alto lo que hace más al caso y utilidad suya.
Pero aquellos para cuyo verdadero placer es todo desechan el
cuento de la historia para contar, coligen la suma para su provecho, ríen lo donoso, las sentencias y dichos de filósofos guardan en su memoria para trasponer en lugares convenibles a sus
actos y propósitos. Así que cuando diez personas se juntaren
a oír esta comedia, en quien quepa esta diferencia de condiciones, como suele acaecer, ¿quién negará que haya contienda
en cosa que de tantas maneras se entienda? Que aun los im-
presores han dado sus punturas, poniendo rúbricas o sumarios
al principio de cada acto, narrando en breve lo que dentro con-
tenía: una cosa bien excusada, según lo que los antiguos escri-
tores usaron. Otros han litigado sobre el nombre, diciendo que
no se había de llamar comedia, pues acababa en tristeza, sino
que se llamase tragedia. El primer autor quiso darle denomi-
nación del principio, que fué placer, y llamóla comedia. Yo viendo estas discordias, entre estos extremos partí ahora por medio
la porfía y lláméla tragicomedia. Así que viendo estas contien-
das, estos disonos y varios juicios, mihé adonde la mayor parte
acostaba, y hallé que querían que se alargase en el proceso de
su deleite de estos amantes, sobre lo cual fuí muy importuna-
do; de manera que acordé, aunque contra mi voluntad, meter
segunda vez la pluma en tan extraña labor y tan ajena de mi
facultad, hurtando algunos ratos a mi principal estudio, con
otras horas destinadas para recreación, puesto que no han de
faltar nuevos detractores a la nueva edición.

la comedia o tragicomedia de Calixto y Melibea, compuesta en reprensión de los locos enamorados, que, vencidos en su desordenado apetito, a sus amigas llaman y dicen ser su dios. Asimismo hecha en aviso de los engaños de las alcahuetas y malos y lisonjeros sirvientes

ARGUMENTO DE TODA LA OBRA

Calixto fué de noble linaje, de claro ingenio, de gentil disposición, de linda crianza, dotado de muchas gracias, de estado mediano. Fué preso en el amor de Melibea, mujer moza, muy generosa, de alta y serenísima sangre, sublimada en próspero estado, una sola heredera a su padre Pleberio, y de su madre Alisa, muy amada. Por solicitud del pungido Calixto, vencido el casto propósito de ella (interviniendo Celestina, mala y astuta mujer, con dos sirvientes del vencido Calixto, engañados, y por ésta tornados desleales, presa su fidelidad con anzuelo de codicia y de deleite), vinieron los amantes y los que los ministraron en amargo y desastrado fin. Para comienzo de lo cual dispuso el adversa fortuna lugar oportuno, donde a la presencia de Calixto se presentó la deseada Melibea.

INTRODÚCENSE EN ESTA TRAGICOMEDIA
LAS PERSONAS SIGUIENTES (1)

CALIXTO.......................................	*Mancebo enamorado.*
MELIBEA.......................................	*Hija de Pleberio.*
PLEBERIO......................	*Padre de Melibea.*
ALISA..	*Madre de Melibea.*
CELESTINA.....................................	*Alcahueta.*
PARMENO......................................	
SEMPRONIO...................................	*Criados de Calixto.*
TRISTÁN.......................................	
SOSIA..	
CRITO...	*Putañero.*
LUCRECIA......................................	*Criada de Pleberio.*
ELICIA...	*Rameras.*
AREUSA..	
CENTURIO.....................................	*Rufián.*

---

(1) Esta lista de personas aparece en la edición de 1553, impresa
en Venecia, en casa de Gabriel Giolito de Ferrari.

NÚM. 195.—2

LA CELESTINA

ACTO PRIMERO

ARGUMENTO DEL PRIMER ACTO DE ESTA COMEDIA

Entrando Calixto en una huerta en pos de un balcón suyo, halló allí a Melibea, de cuyo amor preso, comenzóle de hablar. De la cual rigurosamente despedido, fué para su casa muy angustiado. Habló con un criado suyo llamado Sempronio, el cual, después de muchas razones, le enderezó a una vieja llamada Celestina, en cuya casa tenía el mismo criado una enamorada llamada Elicia. La cual, viniendo Sempronio a casa de Celestina con el negocio de su amo, tenía a otro consigo, llamado Crito, al cual escondieron. Entre tanto que Sempronio está negociando con Celestina, Calixto está razonando con otro criado suyo, por nombre Parmeno. El cual razonamiento dura hasta que llegan Sempronio y Celestina a casa de Calixto. Parmeno fué conocido de Celestina, la cual mucho le dice de los hechos y conocimiento de su madre, induciéndole a amor y concordia de Sempronio.

PARMENO, CALIXTO, MELIBEA, SEMPRONIO, CELESTINA, ELICIA, CRITO.

CALIXTO.—En esto veo, Melibea, la grandeza de Dios.

MELIBEA.—¿En qué, Calixto?

CALIXTO.—En dar poder a natura que de tan perfecta hermosura te dotase y hacer a mi inmérito tanta merced que verte alcanzase y en tan conveniente lugar, que mi secreto dolor manifestarse pudiese. Sin duda incomparablemente es mayor tal galardón que el servicio, sacrificio, devoción y obras pías, que por este lugar alcanzar tengo yo a Dios ofrecido, ni otro poder mi voluntad humana puede cumplir. ¿Quién vió en esta vida cuerpo glorificado de ningún hombre, como ahora el mío? Por cierto, los gloriosos santos, que se deleitan en la visión divina, no gozan más que yo ahora en el acatamiento tuyo. Mas ¡oh triste! que en esto diferimos: que ellos puramente se glorifican sin temor de caer de tal bienaventuranza, y yo, mixto, me alegro con recelo del esquivo tormento que tu ausencia me ha de causar.

MELIBEA.—¿Por grande premio tienes esto, Calixto?

CALIXTO.—Téngolo por tanto en verdad que, si Dios me diese en el cielo la silla sobre sus santos, no lo tendría por tanta felicidad.

MELIBEA.—Pues aún más igual galardón te daré yo, si perseveras.

CALIXTO.—¡Oh bienaventuradas orejas mías, que indignamente tan gran palabra habéis oído!

MELIBEA.—Mas desventuradas de que me acabes de ofr. Porque la paga será tan fiera, cual merece tu loco atrevimiento. Y el intento de tus palabras, Calixto, ha sido de ingenio y de tal hombre como tú, haber de salir para perderse en la virtud de tal mujer como yo. ¡Vete! ¡Vete de ahí, torpe! Que no puede mi paciencia tolerar que haya subido (1) en corazón humano conmigo el ilícito amor comunicar su deleite.

CALIXTO.—Iré como aquel contra quien solamente la adversa fortuna pone su estudio con odio cruel.

CALIXTO.—¡Sempronio, Sempronio, Sempronio! ¿Dónde está este maldito?

SEMPRONIO.—Aquí soy, señor, curando de estos caballos.

CALIXTO.—Pues. ¿cómo sales de la sala?

SEMPRONIO.—Abatióse el gerifalte y vínele a enderezar en el alcándara.

CALIXTO.—¡Así los diablos te ganen! ¡Así por infortunio arrebatado perezcas o perpetuo intolerable tormento consigas, el cual en grado incomparablemente a la penosa y desastrada muerte, que espero, traspasa! ¡Anda, anda, malvado! Abre la cámara y endereza la cama.

SEMPRONIO.—Señor, luego hecho es.

CALIXTO.—Cierra la ventana y deja la tiniebla acompañar al triste y al desdichado la ceguedad. Mis pensamientos tristes no son dignos de luz. ¡Oh bienaventurada muerte aquella que deseada a los afligidos viene! ¡Oh!, si vinieseis ahora, Hipócrates y Galeno, médicos, ¿sentiríais mi mal? ¡Oh piedad de silencio, inspira en el plebérico corazón por que sin esperanza de salud no envíe el espíritu perdido con el desastrado Píramo y de la desdichada Tisbe!

SEMPRONIO.—¿Qué cosa es?

CALIXTO.—¡Vete de ahí! No me hables: si no, quizá antes del tiempo de mi rabiosa muerte, mis manos causarán tu arrebatado fin.

SEMPRONIO.—Iré, pues solo quieres padecer tu mal.

CALIXTO.—¡Ve con el diablo!

SEMPRONIO.—No creo según pienso, ir conmigo el que contigo queda. ¡Oh desventura! ¡Oh súbito mal! ¿Cuál fué tan contrario acontecimiento, que así tan presto robó el alegría de este hombre y, lo que peor es, junto con ella el seso? ¿Dejarle he solo o entraré allá? Si le dejo, matarse ha; si entro allá, matarme ha. Quédese; no me curo. Más vale que muera aquel a quien es enojosa la vida, que no yo, que huelgo con ella. Aunque por él (2) no desease vivir, sino por ver mi Elicia, me debería guardar de peligros. Pero, si se mata un otro testigo, yo quedo obligado a dar cuenta de su vida. Quiero entrar. Mas, puesto que entre, no quiere consolación ni consejo. Asaz es señal mortal no querer sanar. Con todo, quiérole dejar un poco desbrave (3), madure: que oído he decir que es peligro abrir o apremiar las postemas duras, porque más se enconan. Esté un poco. Dejemos llorar al que dolor tiene. Que las lágrimas y suspiros mucho desenconan el corazón dolorido. Y aun, si de-

_____

(1) Deslizarse ocultamente.
(2) Por otra cosa.
(3) *Desbrave*, se desabogue.

lante me tiene, más conmigo se encenderá. Que el sol más arde
donde puede reverberar. La vista, a quien objeto no se ante-
pone, cansa. Y cuando aquél es cerca, agúzase. Por eso quiérome sufrir un poco. Si entretanto se matare, muera. Quizá con
algo me quedaré que otro no lo sabe, con que mude el pelo
malo. Aunque malo es esperar salud en muerte ajena. Y quizá
me engañe el diablo. Y si muere, matarme han e irán allá la
soga y el calderón. Por otra parte, dicen los sabios que es grande descanso a los afligidos tener con quien puedan sus cuitas
llorar y que la llaga interior más empece. Pues en estos extremos, en que estoy perplejo, lo más sano es entrar y sufrirle
y consolarle. Porque si posible es sanar sin arte ni aparejo,
más ligero es guarecer por arte y por cura.

CALIXTO.—¡Sempronio!

SEMPRONIO.—¡Señor!

CALIXTO.—Dame acá el laúd.

SEMPRONIO.—Señor, vesle aquí.

CALIXTO:

> ¿Cuál dolor puede ser tal
> que se iguale con mi mal?

SEMPRONIO.—Destemplado está ese laúd.

CALIXTO.—¿Cómo templará el destemplado? ¿Cómo sentirá el
armonía aquel que consigo está tan discorde? ¿Aquel en quien
la voluntad a la razón no obedece? ¿Quién tiene dentro del
pecho aguijones, paz, guerra, tregua, amor, enemistad, injurias,
pecados, sospechas, todo a una causa? Pero tañe y canta la
más triste canción que sepas.

SEMPRONIO:

> Mira Nero de Tarpeya
> a Roma cómo se ardía:
> gritos dan niños y viejos
> y él de nada se dolía.

CALIXTO.—Mayor es mi fuego y menor la piedad de quien
ahora digo.

SEMPRONIO.—No me engaño yo, que loco está este mi amo.

CALIXTO.—¿Qué estás murmurando, Sempronio?

SEMPRONIO.—No digo nada.

CALIXTO.—Di lo que dices, no temas.

SEMPRONIO.—Digo que cómo puede ser mayor el fuego que
atormenta un vivo que el que quemó tal ciudad y tanta multi-
tud de gente.

CALIXTO.—¿Cómo? Yo te lo diré. Mayor es la llama que dura
ochenta años que la que [en un día pasa, y mayor la que mata
un ánima de la que] quema cien mil cuerpos. Como de la apa-
riencia a la existencia como de lo vivo a lo pintado, como de
la sombra a lo real, tanta diferencia hay del fuego, que dices,
al que me quema. Por cierto, si el del purgatorio es tal, más querría que mi espíritu fuese con los de los brutos animales, que
por medio de aquél ir a la gloria de los santos.

SEMPRONIO.—¡Algo es lo que digo! ¡A más ha de ir este hecho! No basta loco, sino hereje.

CALIXTO.—¿No te digo que hables alto cuando hablares? ¿Qué
dices?

SEMPRONIO.—Digo que nunca Dios quiera tal; que es especie
de herejía lo que ahora dijiste.

CALIXTO.—¿Por qué?

SEMPRONIO.—Porque lo que dices contradice la cristiana religión.

CALIXTO.—¿Qué a mí?

SEMPRONIO.—¿Tú no eres cristiano?

CALIXTO.—¿Yo? Melibeo soy y a Melibea adoro y en Melibea creo y a Melibea amo.

SEMPRONIO.—Tú te lo dirás. Como Melibea es grande, no cabe en el corazón de mi amo, que por la boca le sale a borbollones. No es más menester. Bien sé de qué pie cojeas. Yo te sanaré.

CALIXTO.—Increíble cosa prometes.

SEMPRONIO.—Antes fácil. Que el comienzo de la salud es conocer hombre la dolencia del enfermo.

CALIXTO.—¿Cuál consejo puede regir lo que en sí no tiene orden ni consejo?

SEMPRONIO.—¡Ah!, ¡ah!, ¡ah! ¿Esto es el fuego de Calixto? ¿Éstas son sus congojas? ¡Como si solamente el amor contra él asestara sus tiros! ¡Oh soberano Dios, cuán altos son tus misterios! ¡Cuánta premia (1) pusiste en el amor, que es necesaria turbación en el amante! Su límite pusiste por maravilla. Parece al amante que atrás queda. Todos pasan, todos rompen, pungidos y esgarrochados como ligeros toros. Sin freno saltan por las barreras. Mandaste la hombre por la mujer dejar el padre y la madre; ahora no sólo aquello, mas a Ti y a tu ley desamparan, como ahora Calixto. Del cual no me maravillo, pues los sabios, los santos, los profetas, por él te olvidaron.

CALIXTO.—¡Sempronio!

SEMPRONIO.—¡Señor!

CALIXTO.—No me dejes.

SEMPRONIO.—De otro temple está esta gaita.

CALIXTO.—¿Qué te parece de mi mal?

SEMPRONIO.—Que amas a Melibea.

CALIXTO.—¿Y no otra cosa?

SEMPRONIO.—Harto mal es tener la voluntad en un solo lugar cautiva.

CALIXTO.—Poco sabes de firmeza.

SEMPRONIO.—La perseverancia en el mal no es constancia: mas dureza o pertinacia la llaman en mi tierra. Vosotros los filósofos de Cupido llamadla como quisiereis.

CALIXTO.—Torpe cosa es mentir el que enseña a otro, pues que tú te precias de loar a tu amiga Elicia.

SEMPRONIO.—Haz tú lo que bien digo y no lo que mal hago.

CALIXTO.—¿Qué me repruebas?

SEMPRONIO.—Que sometes la dignidad del hombre a la imperfección de la flaca mujer.

CALIXTO.—¿Mujer? ¡Oh grosero! ¡Dios, Dios!

SEMPRONIO.—¿Y así lo crees? ¿O burlas?

CALIXTO.—¿Qué burlo? Por Dios la creo, por Dios la confieso y no creo que hay otro soberano en el cielo; aunque entre nosotros mora.

SEMPRONIO.—¡Ah!, ¡ah!, ¡ah! ¿Oíste qué blasfemia? ¿Viste qué ceguedad?

_____

(1) Apremio.

CALIXTO.—¿De qué te ríes?

SEMPRONIO.—Ríome, que no pensaba que había peor invención de pecado que en Sodoma.

CALIXTO.—¿Cómo?

SEMPRONIO.—Porque aquéllos procuraron abominable uso con los ángeles no conocidos y tú con el que confiesas ser Dios.

CALIXTO.—¡Maldito seas!, que hecho me has reír, lo que no pensé hogaño.

SEMPRONIO.—¿Pues qué? ¿Toda tu vida habías de llorar?

CALIXTO.—Sí.

SEMPRONIO.—¿Por qué?

CALIXTO.—Porque amo a aquella ante quien tan indigno me hallo, que no la espero alcanzar.

SEMPRONIO.—¡Oh pusilánime! ¡Oh hideputa! ¡Qué Nembrot, qué magno Alejandro, los cuales no sólo del señorío del mundo, mas del cielo se juzgaron ser dignos!

CALIXTO.—No te oí bien eso que dijiste. Torna, dilo, no procedas.

SEMPRONIO.—Dije que tú, que tienes más corazón que Nembrot y Alejandro, desesperas de alcanzar una mujer, muchas de las cuales en grandes estados constituídas se sometieron a los pechos y resuellos de viles acemileros y otras a brutos animales. ¿No has leído de Pasife con el toro, de Minerva con el can?

CALIXTO.—No lo creo; hablillas son.

SEMPRONIO.—Lo de tu abuela con el simio, ¿hablilla fué? Testigo es el cuchillo de tu abuelo.

CALIXTO.—¡Maldito sea este necio! ¡Y qué porradas (1) dice!

SEMPRONIO.—¿Escocióte? Lee los historiales, estudia los filósofos, mira los poetas. Llenos están los libros de sus viles y malos ejemplos y de las caídas que llevaron los que en algo, como tú, las reputaron. Oye a Salomón do dice que las mujeres y el vino hacen a los hombres renegar. Conséjate con Séneca y verás en qué las tiene. Escucha al Aristóteles, mira a Bernardo. Gentiles, judíos, cristianos y moros, todos en esta concordia están. Pero lo dicho y lo que de ellas dijere no te contezca error de tomarlo en común. Que muchas hubo y hay santas y virtuosas y notables, cuya resplandeciente corona quita el general vituperio. pero destas otras, ¿quién te contaría sus mentiras, sus tráfagos, sus cambios, su liviandad, sus lagrimillas, sus alteraciones, sus osadías? Que todo lo que piensan, osan sin deliberar. ¿Sus disimulaciones, su lengua, su engaño, su olvido, su desamor, su ingratitud, su inconstancia, su testimoniar, su negar, su revolver, su presunción, su vanagloria, su abatimiento, su locura, su desdén, su soberbia, su sujeción, su parlería, su golosina, su lujuria y su suciedad, su miedo, su atrevimiento, sus hechicerías, sus embaimientos, sus escarnios, su deslenguamiento, sus desvergüenzas, su alcahuetería? ¡Y considera qué sesito está debajo de aquellas grandes y delgadas tocas! ¡Qué pensamientos so aquellas gorgueras, so aquel fausto, so aquellas largas y autorizantes ropas! ¡Qué imperfección, qué albañales debajo de templos pintados! Por ellas es dicho: arma del diablo, cabeza de pecado, destrucción del paraíso. ¿No has rezado en la festividad de San Juan, do dice: "Las

_____

(1) *Porradas*, necedades.

mujeres y el vino hacen los hombres renegar"; do dice: "Ésta
es la mujer, antigua malicia que a Adán echó de los deleites
de paraíso; ésta el linaje humano metió en el infierno; a ésta
menospreció Elías, profeta", etcétera?

CALIXTO.—Di, pues ese Adán, ese Salomón, ese David, ese
Aristóteles, ese Virgilio, esos que dices, ¿cómo se sometieron
a ellas? ¿Soy más que ellos?

SEMPRONIO.—A los que las vencieron querría que remedases,
que no a los que de ellas fueron vencidos. Huye de sus engaños.
¿Sabes qué hacen? Cosas que es difícil entenderlas. No tienen
modo, no razón, no intención. Por rigor comienzan el ofrecimiento, que de sí quieren hacer. A los que meten por los agujeros
denuestan en la calle. Convidan, despiden, llaman, niegan, señalan amor pronuncian enemiga, ensáñanse presto, apaciguan-
se luego. Quieren que adivinen lo que quieren. ¡Oh qué plaga!
¡Oh qué enojo! ¡Oh qué hastío es conferir con ellas más de
aquel breve tiempo, que son aparejadas a deleite!

CALIXTO.—¡Ve! Mientras más me dices y más inconvenientes
me pones, más la quiero. No sé qué se es.

SEMPRONIO.—No es éste juicio para mozos, según veo, que
no se saben a razón someter, no se saben administrar. Miserable cosa es pensar ser maestro el que nunca fué discípulo.

CALIXTO.—¿Y tú qué sabes? ¿Quién te mostró esto?

SEMPRONIO.—¿Quién? Ellas. Que desde que se descubren así
pierden la vergüenza, que todo esto y aún más a los hombres
manifiestan. Ponte, pues, en la medida de honra, piensa ser
más digno de lo que te reputas. Que cierto, peor extremo es
dejarse hombre caer de su merecimiento, que ponerse en más
alto lugar que debe.

CALIXTO.—Pues, ¿quién yo para eso?

SEMPRONIO.—¿Quién? Lo primero eres hombre, y de claro
ingenio. Y más, a quien la natura dotó de los mejores bienes
que tuvo, conviene a saber, hermosura, gracia, grandeza de
miembros, fuerza, ligereza. Y allende de esto, fortuna media-
namente partió contigo lo suyo en tal cantidad, que los bienes, que tienes de dentro, con los de fuera resplandecen. Porque sin los bienes de fuera, de los cuales la fortuna es señora,
a ninguno acaece en esta vida ser bienaventurado. Y más, a
constelación de todos eres amado.

CALIXTO.—Pero no de Melibea. Y en todo lo que me has
gloriado, Sempronio, sin proporción ni comparación se aventaja
Melibea. Mira la nobleza y antigüedad de su linaje, el grandísimo patrimonio, el excelentísimo ingenio, las resplandecientes
virtudes, la altitud e inefable gracia, la soberana hermosura,
de la cual te ruego me dejes hablar un poco, por que haya algún
refrigerio. Y lo que te dijere será de lo descubierto; que, si de
lo oculto yo hablarte supiera, no nos fuera necesario altercar
tan miserablemente estas razones.

SEMPRONIO.—¡Qué mentiras y qué locuras dirá ahora este
cautivo de mi amo!

CALIXTO.—¿Cómo es eso?

SEMPRONIO.—Dije que digas, que muy gran placer habré de
lo oír. ¡Así te medre Dios, como me será agradable ese sermón!

CALIXTO.—¿Qué?

SEMPRONIO.—Que ¡así me medre Dios, como me será gracioso de oír!

CALIXTO.—Pues porque hayas placer, yo lo figuraré por partes mucho por extenso.

SEMPRONIO.—¡ Duelos tenemos! Esto es tras lo que yo andaba. De pasarse habrá ya esta oportunidad.

CALIXTO.—Comienzo por los cabellos. ¿ Ves tú las madejas del oro delgado que hilan en Arabia? Más lindos son y no resplandecen menos. Su longura hasta el postrero asiento de sus pies; después crinados y atados con la delgada cuerda, como ella se los pone, no ha más menester para convertir los hombres en piedras.

SEMPRONIO.—¡ Más en asnos!

CALIXTO.—¿Qué dices?

SEMPRONIO.—Dije que esos tales no serían cerdas de asno.

CALIXTO.—¡ Ved qué torpe y qué comparación!

SEMPRONIO.—¿Tú cuerdo?

CALIXTO.—Los ojos verdes, rasgados; las pestañas luengas; las cejas delgadas y alzadas; la nariz mediana; la boca pequeña; los dientes menudos y blancos; los labios colorados y grosezuelos; el torno del rostro poco más luengo que redondo; el pecho alto; la redondez y forma de las pequeñas tetas, ¿quién te la podría figurar? ¡ Que se despereza el hombre cuando las mira! La tez lisa, lustrosa: el cuero suyo oscurece la nieve; la color mezclada, cual ella la escogió para sí.

SEMPRONIO.—¡En sus trece está este necio!

CALIXTO.—Las manos pequeñas en mediana manera, de dulce carne acompañadas; los dedos luengos; las uñas en ellos largas y coloradas, que parecen rubíes entre perlas. Aquella proporción, que ver yo no pude, no sin duda por el bulto de fuera juzgo incomparablemente ser mejor, que la que Paris juzgó entre las tres diosas.

SEMPRONIO.—¿ Has dicho?

CALIXTO.—Cuán brevemente pude.

SEMPRONIO.—Puesto que sea todo eso verdad. por ser tú hombre eres más digno.

CALIXTO.—¿En qué?

SEMPRONIO.—En que ella es imperfecta, por el cual defecto desea y apetece a ti y a otro menor que tú. ¿No has leído el filósofo, do dice: "Así como la materia apetece a la forma, así la mujer al varón"?

CALIXTO.—¡ Oh triste, y cuándo veré yo eso entre mí y Melibea!

SEMPRONIO.—Posible es. Y aunque la aborrezcas, cuanto ahora la amas, podrá ser alcanzándola y viéndola con otros ojos, libres del engaño en que ahora estás.

CALIXTO.—¿Con qué ojos?

SEMPRONIO.—Con ojos claros.

CALIXTO.—Y ahora, ¿con qué la veo?

SEMPRONIO.—Con ojos de alinde (1), con que lo poco parece mucho y lo pequeño grande. Y por que no te desesperes, yo quiero tomar esta empresa de cumplir tu deseo.

CALIXTO.—¡Oh! ¡Dios te dé lo que deseas! ¡Qué glorioso me es oírte; aunque no espero lo que has de hacer!

---

(1) Ojos de aumento.

SEMPRONIO.—Antes lo haré cierto.

CALIXTO.—Dios te consuele. El jubón de brocado, que ayer vestí, Sempronio, vístele tú.

SEMPRONIO.—Prospérete Dios por éste y por muchos más, que me darás. De la burla yo me llevo lo mejor. Con todo, si de estos aguijones me da, traérsela he hasta la cama. ¡Bueno ando! Hácelo esto, que me dió mi amo; que, sin merced, imposible es obrarse bien ninguna cosa.

CALIXTO.—No seas ahora negligente.

SEMPRONIO.—No lo seas tú, que imposible es hacer siervo diligente el amo perezoso.

CALIXTO.—¿Cómo has pensado de hacer esta piedad?

SEMPRONIO.—Yo te lo diré. Días ha grandes que conozco en fin de esta vecindad una vieja barbuda que se dice Celestina, hechicera, astuta, sagaz en cuantas maldades hay. Entiendo que pasan de cinco mil virgos los que se han hecho y deshecho por su autoridad en esta ciudad. A las duras peñas promoverá y provocará a lujuria, si quiere.

CALIXTO.—¿Podríala yo hablar?

SEMPRONIO.—Yo te la traeré hasta acá. Por eso, aparéjate, séle gracioso, séle franco. Estudia, mientras voy yo, de le decir tu pena tan bien como ella te dará el remedio.

CALIXTO.—¿Y tardas?

SEMPRONIO.—Ya voy. Quede Dios contigo.

CALIXTO.—Y contigo vaya. ¡Oh todopoderoso, perdurable Dios! Tú, que guías los perdidos y los reyes orientales por la estrella precedente a Belén trujiste y en su patria los redujiste, humildemente te ruego que guíes a mi Sempronio, en manera que convierta mi pena y tristeza en gozo, y yo, indigno, merezca venir en el deseado fin.

CELESTINA. — ¡Albricias! ¡Albricias! ¡Elicia! ¡Sempronio! ¡Sempronio!

ELICIA.—¡Ce!, ¡ce!, ¡ce!

CELESTINA.—¿Por qué?

ELICIA.—Porque está aquí Crito.

CELESTINA.—¡Mételo en la camarilla de las escobas! ¡Presto! Dile que viene tu primo y mi familiar.

ELICIA.—Crito, retráete ahí. Mi primo viene. ¡Perdida soy!

CRITO.—Pláceme. No te congojes.

SEMPRONIO.—¡Madre bendita! ¡Qué deseo traigo! ¡Gracias a Dios que te me dejó ver!

CELESTINA.—¡Hijo mío!, ¡rey mío!, turbado me has. No te puedo hablar. Torna y dame otro abrazo. ¿Y tres días pudiste estar sin vernos? ¡Elicia! ¡Elicia! ¡Cátale aquí!

ELICIA.—¿A quién?

CELESTINA.—A Sempronio.

ELICIA.—¡Ay triste! ¡Qué saltos me da el corazón! ¿Y qué es de él?

CELESTINA.—Vesle aquí, vesle. Yo me le abrazaré; que no tú.

ELICIA.—¡Ay! ¡Maldito seas, traidor! Postema y landre te mate y a manos de tus enemigos mueras y por crímenes dignos de cruel muerte en poder de rigurosa justicia te veas. ¡Ay, ay!

SEMPRONIO.—¡Hi!, ¡hi!, ¡hi! ¿Qué has, mi Elicia? ¿De qué te congojas?

ELICIA.—Tres días ha que no me ves. ¡Nunca Dios te vea, nunca Dios te consuele ni visite! ¡Guay de la triste que en ti tiene su esperanza y el fin de todo su bien!

SEMPRONIO.—¡Calla, señora mía! ¿Tú piensas que la distancia del lugar es poderosa de apartar el entrañable amor, el fuego, que está en mi corazón? Do yo voy, conmigo vas, conmigo estás. No te aflijas ni me atormentes más de lo que yo he padecido. Mas di, ¿qué pasos suenan arriba?

ELICIA.—¿Quién? Un mi enamorado.

SEMPRONIO.—Pues créolo.

ELICIA.—¡Alahé! Verdad es. Sube allá y verle has.

SEMPRONIO.—Voy.

CELESTINA.—¡Anda acá! Deja esa loca, que ella es liviana, y turbada de tu ausencia sácasla ahora de seso. Dirá mil locuras. Ven y hablemos. No dejemos pasar el tiempo en balde.

SEMPRONIO.—Pues, ¿quién está arriba?

CELESTINA.—¿Quiéreslo saber?

SEMPRONIO.—Quiero.

CELESTINA.—Una moza que me encomendó un fraile.

SEMPRONIO.—¿Qué fraile?

CELESTINA.—No lo procures.

SEMPRONIO.—Por mi vida, madre, ¿qué fraile?

CELESTINA.—¿Porfías? El ministro el gordo.

SEMPRONIO.—¡Oh desventurada, y qué carga espera!

CELESTINA.—Todo lo llevamos. Pocas mataduras has tú visto en la barriga.

SEMPRONIO.—Mataduras, no; mas petreras, sí.

CELESTINA.—¡Ay burlador!

SEMPRONIO.—Deja, si soy burlador; muéstramela.

ELICIA.—¡Ah don malvado! ¿Verla quieres? ¡Los ojos te salten!, que no basta a ti una ni otra. ¡Anda!, véela y deja a mí para siempre.

SEMPRONIO.—¡Calla, Dios mío! ¿Y enójaste? Que ni la quiero ver a ella ni a mujer nacida. A mi madre quiero hablar y quédate adiós.

ELICIA.—¡Anda, anda!, ¡vete, desconocido!, y está otros tres años, que no me vuelvas a ver.

SEMPRONIO.—Madre mía: bien tendrás confianza y creerás que no te burlo. Toma el manto y vamos, que por el camino sabrás lo que, si aquí me tardase en decirte, impediría tu provecho y el mío.

CELESTINA.—Vamos. Elicia, quédate adiós, cierra la puerta. ¡Adiós, paredes!

SEMPRONIO.—¡Oh madre mía! Todas cosas dejadas aparte, solamente sé atenta e imagina en lo que te dijere y no derrames tu pensamiento en muchas partes. Que quien junto en diversos lugares le pone, en ninguno le tiene; sino por caso determina lo cierto. Y quiero que sepas de mí lo que no has oído, y es que jamás pude, después que mi fe contigo puse, desear bien de que no te cupiese parte.

CELESTINA.—Parta Dios, hijo, de lo suyo contigo, que no sin causa lo hará, siquiera porque has piedad de esta pecadora de vieja. Pero di, no te detengas. Que la amistad que entre ti y mí se afirma, no ha menester preámbulos ni correlarios (1) ni

---

(1) Probablemente, de corolario.

aparejos para ganar voluntad. Abrevia y ven al hecho, que vanamente se dice por muchas palabras lo que por pocas se puede entender.

SEMPRONIO.— Así es. Calixto arde en amores de Melibea. De ti y de mí tiene necesidad. Pues juntos nos ha menester, juntos nos aprovechemos. Que conocer el tiempo y usar el hombre de la oportunidad hace los hombres prósperos.

CELESTINA.—Bien has dicho, al cabo estoy. Basta para mí mecer el ojo. Digo que me alegro de estas nuevas como los cirujanos de los descalabrados. Y como aquéllos dañan en los principios las llagas y encarecen el prometimiento de la salud, así entiendo yo hacer a Calixto. Alargarle he la certidumbre del remedio, porque, como dicen, el esperanza luenga aflige el corazón, y cuanto él la perdiere, tanto se la promete. ¡Bien me entiendes!

SEMPRONIO.—Callemos, que a la puerta estamos y, como dicen, las paredes han oídos.

CELESTINA.—Llama.
SEMPRONIO.—Ta, ta, ta.
CALIXTO.—¡Parmeno!
PARMENO.—Señor.
CALIXTO.—¿No oyes, maldito sordo?
PARMENO.—¿Qué es, señor?
CALIXTO.—A la puerta llaman; corre.
PARMENO.—¿Quién es?
SEMPRONIO.—Abre a mí y a esta dueña.

PARMENO.—Señor, Sempronio y una puta vieja alcoholada daban aquellas porradas.

CALIXTO.—Calla, calla, malvado, que es mi tía. Corre, corre, abre. Siempre lo vi, que por huir hombre de un peligro cae en otro mayor. Por encubrir yo este hecho de Parmeno, a quien amor o fidelidad o temor pusieran freno, caí en indignación desta, que no tiene menor poderío en mi vida que Dios.

PARMENO.—¿Por qué, señor, te matas? ¿Por qué, señor, te congojas? ¿Y tú piensas que es vituperio en las orejas de ésta el nombre que la llamé? No lo creas; que así se glorifica le oír, como tú, cuando dicen: ¡diestro caballero es Calixto! Y demás de esto, es nombrada y por tal título conocida. Si entre cien mujeres va y alguno dice: ¡puta vieja!, sin ningún empacho luego vuelve la cabeza y responde con alegre cara. En los convites, en las fiestas, en las bodas, en las cofradías, en los mortuorios, en todos los ayuntamientos de gentes, con ella pasan tiempo. Si pasa por los perros, aquello suena su ladrido; si está cerca las aves, otra cosa no cantan; si cerca los ganados, balando lo pregonan; si cerca las bestias, rebuznando dicen: ¡puta vieja! Las ranas de los charcos otra cosa no suelen mentar. Si va entre los herreros, aquello dicen sus martillos. Carpinteros y armeros, herradores, caldereros, arcadores, todo oficio de instrumento forman en el aire su nombre. Cántanla los carpinteros, péinanla los peinadores, tejedores. Labradores en las huertas, en las aradas, en las viñas, en las segadas, con ella pasan el afán cotidiano. Al perder en los tableros, luego suenan sus loores. Todas cosas que son hacen, a do quiera que ella está, el tal nombre representan. ¡Oh qué comedor de huevos asados era su marido! ¿Qué quieres más, sino si una piedra toca con otra, luego suena ¡puta vieja!?

CALIXTO.—Y tú, ¿cómo lo sabes y la conoces?

PARMENO.—Saberlo has. Días grandes son pasados que mi madre, mujer pobre, moraba en su vecindad, la cual rogada por esta Celestina, me dió a ella por sirviente; aunque ella no me conoce, por lo poco que la serví y por la mudanza que la edad ha hecho.

CALIXTO.—¿De qué la servías?

PARMENO.—Señor, iba a la plaza y traíale de comer, y acompañábala; suplía en aquellos menesteres, que mi tierna fuerza bastaba. Pero de aquel poco tiempo que la serví, recogía la nueva memoria lo que la vejez no ha podido quitar. Tiene esta buena dueña al cabo de la ciudad, allá cerca de las tenerías, en la cuesta del río, una casa apartada, medio caída, poco compuesta y menos abastada. Ella tenía seis oficios, conviene saber: labrandera, perfumera, maestra de hacer afeites y de hacer virgos, alcahueta y un poquito hechicera. Era el primer oficio cobertura de los otros, so color del cual muchas mozas de estas sirvientes entraban en su casa a labrarse y a labrar camisas y gorgueras y otras muchas cosas. Ninguna venía sin torrezno, trigo, harina o jarro de vino y de las otras provisiones que podían a sus amas hurtar. Y aun otros hurtillos de más cualidad allí se encubrían. Asaz era amiga de estudiantes y despenseros y mozos de abades. A éstos vendía ella aquella sangre inocente de las cuitadillas, la cual ligeramente aventuraban en esfuerzo de la restitución que ella les prometía. Subió su hecho a más: que por medio de aquéllas comunicaba con las más encerradas, hasta traer a ejecución su propósito. Y aquéstas en tiempo honesto, como estaciones, procesiones de noche, misas de gallo, misas del alba y otras secretas devociones. Muchas encubiertas vi entrar en su casa. Tras ellas, hombres descalzos, contritos, y rebozados, desatacados, que entraban allí a llorar sus pecados. ¡Qué tráfagos, si piensas, traía! Hacíase física de niños, tomaba estambre de unas casas, dábale a hilar en otras, por achaque de entrar en todas. Las unas: ¡madre acá!; las otras: ¡madre acullá!; ¡cata la vieja!; ¡ya viene el ama!: de todos muy conocida. Con todos estos afanes, nunca pasaba sin misa, ni vísperas, ni dejaba monasterios de frailes ni de monjas. Esto porque allí hacía ella sus aleluyas y conciertos. Y en su casa hacía perfumes, falseaba estoraques, benjuí, animes, ámbar, algalia, polvillos, almizcles, mosquetes. Tenía una cámara llena de alambiques, de redomillas, de barrilejos de barro, de vidrio, de alambre, de estaño, hechos de mil facciones. Hacía solimán, afeite, cocido, argentadas, bujelladas, cerillas, llanillas, unturillas, lustres, lucentores, clarimientes, alcalinos y otras aguas de rostro, de rasuras de gamones, de corteza de espantalobos, de taraguntia, de hieles, de agraz, de mosto, destiladas y azucaradas. Adelgazaba los cueros con zumos de limones, con turvino, con tuétano de corzo y de garza, y otras confecciones. Sacaba agua para oler, de rosas, de azahar, de jazmín, de trébol, de madreselvas y clavellivas, mosquetas y almizcladas, pulverizadas, con vino. Hacía lejías para enrubiar, de sarmientos, de carrasca, de centeno, de marrubios, con salitre, con alumbre y millifolia y otras diversas cosas. Y los untos y mantecas que tenía es hastío de decir: de vaca, de oso, de caballos y de camellos, de culebra y de conejo, de ballena, de garza y de alcarabán y de gamo y de gato montés y de tejón, de harda, de erizo, de nutria. Aparejos para baños, esto es una maravilla, de las hierbas y raíces, que tenía en el lecho de su casa colgadas: manzanilla y romero, malvaviscos, culantrillo, coronillas, flor de saúco y de mostaza, espliego y laurel blanco, tortarosa y gramonilla, flor salvaje e higueruela, pico de oro y hoja tinta. Los aceites que sacaba para el rostro no es cosa de creer: de estoraque y de jazmín, de limón, de pepitas, de violetas, de benjuí, de alfónsigos, de piñones, de granillo, de azofaifas, de negrilla, de altramuces, de arvejas y de carillas de hierba pajarera. Y un poquillo de bálsamo tenía ella en una redomilla, que guardaba para aquel rasguño, que tiene por las narices. Esto de los virgos, unos hacía de vejiga y otros curaba a punto. Tenía en un tabladillo, en una cazuela pintada, unas agujas delgadas de pellejeros e hilos de seda encerados, y colgados allí raíces de hojaplasma y fuste sanguino, cebolla albarrana y cepacaballo. Hacía con esto maravillas: que, cuando vino por aquí el embajador francés, tres veces vendió por virgen una criada, que tenía.

CALIXTO.—¡Así pudiera ciento!

PARMENO.—¡Sí santo Dios! Y remediaba por caridad muchas huérfanas y cerradas, que se encomendaban a ella. Y en otro apartado tenía para remediar amores y para se querer bien. Tenía huesos de corazón de ciervo, lengua de víbora, cabezas de codornices, sesos de asno, tela de caballo, mantillo de niño, haba morisca, guija marina, soga de ahorcado, flor de yedra, espina de erizo, pie de tejón, granos de helecho, la piedra del nido del águila y otras mil cosas. Venían a ella muchos hombres y mujeres y a unos demandaba el pan do mordían; a otros, de su ropa; a otros, de sus cabellos; a otros, pintaba en la palma letras con azafrán; a otros, con bermellón; a otros, daba unos corazones de cera, llenos de agujas quebradas y otras cosas en barro y en plomo hechas, muy espantables al ver. Pintaba figuras, decía palabras en tierra. ¿Quién te podrá decir lo que esta vieja hacía? Y todo era burla y mentira.

CALIXTO.—Bien está, Parmeno. Déjalo para más oportunidad. Asaz soy de ti avisado. Téngotelo en gracia. No nos detengamos, que la necesidad desecha la tardanza. Oye. Aquélla viene rogada. Espera más que debe. Vamos, no se indigne. Yo temo, y el temor reduce la memoria y a la providencia despierta. ¡Sus! Vamos, proveamos. Pero ruégote, Parmeno, la envidia de Sempronio, que en esto me sirve y complace no ponga impedimento en el remedio de mi vida. Que, si para él hubo jubón, para ti no faltará sayo. Ni pienses que tengo en menos tu consejo y aviso, que su trabajo y obra: como lo espiritual sepa yo que precede a lo corporal y que, puesto que las bestias corporalmente trabajen más que los hombres, por eso son pensadas y curadas; pero no amigas de ellos. En la tal diferencia serás conmigo en respeto de Sempronio. Y so secreto sello, pospuesto el dominio, por tal amigo a ti me concedo.

PARMENO.—Quéjome, señor, de la duda de mi fidelidad y servicio, por los prometimientos y amonestaciones tuyas. ¿Cuándo me viste, señor, envidiar o por ningún interés ni resabio tu provecho estorcer?

CALIXTO.—No te escandalices. Que sin duda tus costumbres y gentil crianza en mis ojos ante todos los que me sirven están. Mas como en caso tan arduo, do todo mi bien y vida pende, es necesario proveer, proveo a los acontecimientos. Como quiera que creo que tus buenas costumbres sobre buen natural florecen, como el buen natural sea principio del artificio. Y no más; sino vamos a ver la salud.

CELESTINA.—Pasos oigo. Acá descienden. Haz, Sempronio, que no lo oyes. Escucha y déjame hablar lo que a ti y a mí me conviene.

SEMPRONIO.—Habla.

CELESTINA.—No me congojes ni me importunes, que sobrecargar el cuidado es aguijar al animal congojoso. Así sientes la pena de tu amo Calixto, que parece que tú eres él y él tú y que los tormentos son en un mismo sujeto. Pues cree que yo vine acá por dejar este pleito indeciso o morir en la demanda.

CALIXTO.—Parmeno, detente. ¡Ce! Escucha qué hablan éstos. Veamos en qué vivimos. ¡Oh notable mujer! ¡Oh bienes mundanos, indignos de ser poseídos de tan alto corazón! ¡Oh fiel y verdadero Sempronio! ¿Has visto, mi Parmeno? ¿Oíste? ¿Tengo razón? ¿Qué me dices, rincón de mi secreto y consejo y alma mía?

PARMENO.—Protestando mi inocencia en la primera sospecha y cumpliendo con la fidelidad por qué te me concediste, hablaré. Óyeme, y el afecto no te ensorde ni la esperanza del deleite te ciegue. Témplate y no te apresures: que muchos con codicia de dar en el fiel yerran el blanco. Aunque soy mozo, cosas he visto asaz, y el seso y la vista de las muchas cosas demuestran la experiencia De verte o de oírte descender por la escalera, parlan lo que éstos fingidamente han dicho, en cuyas falsas palabras pones el fin de tu deseo.

SEMPRONIO.—Celestina, ruinmente suena lo que Parmeno dice.

CELESTINA.—Calla, que para la mi santiguada do vino el asno vendrá la albarda. Déjame tú a· Parmeno, que yo te le haré uno de nos, y de lo que hubiéremos, démosle parte, que los bienes, si no son comunicados, no son bienes. Ganemos todos, partamos todos, holguemos todos. Yo te lo traeré manso y benigno a picar el pan en el puño y seremos dos a dos y, como dicen, tres al mohino.

CALIXTO.—¡Sempronio!

SEMPRONIO.—¡Señor!

CALIXTO.—¿Qué haces, llave de mi vida? Abre. ¡Oh Parmeno!, ya lo veo: ¡sano soy, vivo soy! ¿Miras qué reverenda persona, qué acatamiento? Por la mayor parte, por la fisonomía es conocida la virtud interior. ¡Oh vejez virtuosa! ¡Oh virtud envejecida! ¡Oh gloriosa esperanza de mi deseado fin! ¡Oh fin de mi deleitosa esperanza! ¡Oh salud de mi pasión, reparo de mi tormento, regeneración mía, vivificación de mi vida, resurrección de mi muerte! Deseo llegar a ti, codicio besar esas manos llenas de remedio. La indignidad de mi persona lo embarga. Desde aquí adoro la tierra que huellas y en reverencia tuya beso.

CELESTINA.—Sempronio, ¡de aquéllas vivo yo! ¡Los huesos que yo roí piensa este necio de tu amo de darme a comer! Pues ál (1) le sueño. Al freír lo verá. Dile que cierre la boca y comience abrir la bolsa: que de las obras dudo, cuanto más de las palabras. *Jo* que te estriego, asna coja. Más habías de madrugar.

PARMENO.—¡Guay de orejas, que tal oyen! Perdido es quien tras perdido anda. ¡Oh Calixto desaventurado, abatido, ciego! ¡Y en tierra está adorando a la más antigua y puta tierra, que fregaron sus espaldas en todos los burdeles! Deshecho es, vencido es, caído es: no es capaz de ninguna redención, ni consejo, ni esfuerzo.

CALIXTO.—¿Qué decía la madre? Paréceme que pensaba que le ofrecía palabras por excusar galardón.

SEMPRONIO.—Así lo sentí.

CALIXTO.—Pues ven conmigo: trae las llaves, que yo sanaré su duda.

SEMPRONIO.—Bien harás, y luego vamos. Que no se debe dejar crecer la hierba entre los panes ni la sospecha en los corazones de los amigos; sino alimpiarla luego con el escardilla de las buenas obras.

CALIXTO.—Astuto hablas. Vamos y no tardemos.

CELESTINA.—Pláceme, Parmeno, que habemos habido oportunidad para que conozcas el amor mío contigo y la parte que en mi inmérito tienes. Y digo inmérito, por lo que te he oído decir, de que no hago caso. Porque virtud nos amonesta sufrir las tentaciones y no dar mal por mal; y especial, cuando somos tentados por mozos y no bien instruídos en lo mundano, en que con necia lealtad pierdan a sí y a sus amos, como ahora tú a Calixto. Bien te oí, y no pienses que el oír con los otros exteriores sesos mi vejez haya perdido. Que no sólo lo que veo, oigo y conozco; mas aún lo intrínseco, con los intelectuales ojos penetro. Has de saber, Parmeno, que Calixto anda de amor quejoso. Y no lo juzgues por eso por flaco, que el amor impervio (2) todas las cosas vence. Y sabe, si no sabes, que dos conclusiones son verdaderas. La primera, que es forzoso el hombre amar a la mujer y la mujer al hombre. La segunda, que el que verdaderamente ama es necesario que se turbe con la dulzura del soberano deleite, que por el Hacedor de las cosas fué puesto, porque el linaje de los hombres perpetuase, sin lo cual perecería. Y no sólo en la humana especie; mas en los peces, en las bestias, en las aves, en los reptiles y en lo vegetativo algunas plantas han este respeto, si sin interposición de otra cosa en poca distancia de tierra están puestas, en que hay determinación de herbolarios y agricultores ser machos y hembras. ¿Qué dirás a esto, Parmeno? ¡Nezuelo, loquito, angelico. perlica, simpleçico! ¿Lobitos en tal gestico? Llégate acá, putico, que no sabes nada del mundo ni de sus deleites. ¡Mas rabia mala me mate, si te llego a mí, aunque vieja! Que la voz tienes ronca, las barbas te apuntan. Mal sosegadilla debes tener la punta de la barriga.

---

(1) De otra manera.
(2) Sin camino.

PARMENO.—¡Como cola de alacrán!

CELESTINA.—Y aun peor: que la otra muerde sin hinchar y la tuya hincha por nueve meses.

PARMENO.—¡Hi!, ¡hi!, ¡hi!

CELESTINA.—¿Ríeste, landrecilla, hijo?

PARMENO.—Calla, madre, no me culpes ni me tengas, aunque mozo, por insipiente. Amo a Calixto porque le debo fidelidad, por crianza, por beneficios, por ser de él honrado y bientratado, que es la mayor cadena; que el amor del servidor al servicio del señor prende, cuanto lo contrario aparta. Véole perdido, y no hay cosa peor que ir tras deseo sin esperanza de buen fin, y especial, pensando remediar su hecho tan arduo y difícil con vanos consejos y necias razones de aquel bruto Sempronio, que es pensar sacar aradores a pala y azadón. No lo puedo sufrir. ¡Dígolo y lloro!

CELESTINA.—Parmeno: ¿tú no ves que es necedad o simpleza llorar por lo que con llorar no se puede remediar?

PARMENO.—Por eso lloro. Que, si con llorar fuese posible traer a mi amo el remedio, tan grande sería el placer de la tal esperanza, que de gozo no podría llorar; pero así, perdida ya toda la esperanza, pierdo el alegría y lloro.

CELESTINA.—Llorarás sin provecho por lo que llorando estorbar no podrás ni sanarlo presumas. ¿A otros no ha acontecido esto, Parmeno?

PARMENO.—Sí; pero a mi amo no le querría doliente.

CELESTINA.—No lo es; mas aunque fuese doliente, podría sanar.

PARMENO.—No curo de lo que dices, porque en los bienes mejor es el acto que la potencia, y en los males, mejor la potencia que el acto. Así que mejor es ser sano que poderlo ser, y mejor es poder ser doliente que ser enfermo por acto, y, por tanto, es mejor tener la potencia en el mal que el acto.

CELESTINA.—¡Oh malvado! ¡Cómo, que no se te entiende! ¿Tú no sientes su enfermedad? ¿Qué has dicho hasta ahora? ¿De qué te quejas? Pues burla o di por verdad lo falso, y cree lo que quisieres: que él es enfermo por acto y el poder ser sano es en mano de esta flaca vieja.

PARMENO.—¡Más, de esta flaca puta vieja!

CELESTINA. — ¡Putos días vivas, bellaquillo!, y ¡cómo te atreves...!

PARMENO.—¡Como te conozco...!

CELESTINA.—¿Quién eres tú?

PARMENO.—¿Quién? Parmeno, hijo de Alberto tu compadre, que estuve contigo un mes, que te me dió mi madre, cuando morabas a la cuesta del río, cerca de las tenerías.

CELESTINA.—¡Jesú, Jesú, Jesú! ¿Y tú eres Parmeno, hijo de la Claudina?

PARMENO.—¡Alahé, yo!

CELESTINA.—¡Pues fuego malo te queme, que tan puta vieja era tu madre como yo! ¿Por qué me persigues, Parmeno? ¡Él es, él es, por los santos de Dios! Allégate a mí, ven acá, que mil azotes y puñadas te di en este mundo y otros tantos besos. ¿Acuérdaste cuando dormías a mis pies, loquito?

PARMENO.—Sí, en buena fe. Y algunas veces, aunque era niño, me subías a la cabecera y me apretabas contigo y, porque olías a vieja, me huía de ti.

CELESTINA.—¡Mala landre te mate! ¡Y cómo lo dice el desvergonzado! Dejadas burlas y pasatiempos, oye ahora, mi hijo, y escucha. Que aunque a un fin soy llamada, a otro soy venida, y magüera contigo me haya hecho de nuevas, tú eres la causa. Hijo, bien sabes cómo tu madre, que Dios haya, te me dió viviendo tu padre. El cual, como de mí te fuiste, con otra ansia no murió, sino con la incertidumbre de tu vida y persona. Por la cual ausencia algunos años de su vejez sufrió angustiosa y cuidosa vida. Y al tiempo que de ella pasó, envió por mí y en su secreto te me encargó y me dijo sin otro testigo, sino Aquel que es testigo de todas las obras y pensamientos y los corazones y entrañas escudriña, al cual puso entre él y mí, que te buscase y allegase y abrigase y, cuando de cumplida edad fueses, tal que en tu vivir supieses tener manera y forma, te descubriese adónde dejó encerrada tal copia de oro y plata, que basta más que la renta de tu amo Calixto. Y porque se lo prometí y con mi promesa llevó descanso y la fe es de guardar más que a los vivos, a los muertos que no pueden hacer por sí, en pesquisa y seguimiento tuyo yo he gastado asaz tiempo y cuantías, hasta ahora, que ha placido Aquél, que todos los cuidados tiene y remedia las justas peticiones y las piadosas obras endereza, que te hallase aquí, donde solos ha tres días que sé que moras. Sin duda dolor he sentido, porque has por tantas partes vagado y peregrinado, que ni has habido provecho ni ganado deudo ni amistad. Que, como Séneca nos dice, los peregrinos tienen muchas posadas y pocas amistades, porque en breve tiempo con ninguno no pueden firmar amistad. Y el que está en muchos cabos, está en ninguno. Ni puede aprovechar el manjar a los cuerpos, que en comiendo se lanza, ni hay cosa que más la sanidad impida, que la diversidad y mudanza y variación de los manjares. Y nunca la llaga viene a cicatrizar, en la cual muchas melecinas se tientan. Ni convalece la planta, que muchas veces es traspuesta. Ni hay cosa tan provechosa, que en llegando aproveche. Por tanto, mi hijo, deja los ímpetus de la juventud y tórnate con la doctrina de tus mayores a la razón. Reposa en alguna parte. ¿Y dónde mejor, que en mi voluntad, en mi ánimo, en mi consejo, a quien tus padres te remetieron? Y yo, así como verdadera madre tuya, te digo, so las maldiciones, que tus padres te pusieron, si me fueses inobediente, que por el presente sufras y sirvas a este tu amo que procuraste, hasta en ello haber otro consejo mío. Pero no con necia lealtad, proponiendo firmeza sobre lo movible, como son estos señores de este tiempo. Y tú gana amigos, que es cosa durable. Ten con ellos constancia. No vivas en flores. Deja los vanos prometimientos de los señores, los cuales desechan la substancia de sus sirvientes con huecos y vanos prometimientos. Como la sanguijuela saca la sangre, desagradecen, injurian, olvidan servicios, niegan galardón.

¡Guay de quien en palacio envejece! Como se escribe de la probática piscina, que de ciento que entraban, sanaba uno. Estos señores desde tiempo más aman a sí, que a los suyos. Y no yerran. Los suyos igualmente lo deben hacer. Perdidas son las mercedes, las magnificencias, los actos nobles. Cada uno de éstos cautiva y mezquinamente procura su interés con los suyos. Pues aquéllos no deben menos hacer, como sean en facultades menores, sino vivir a su ley. Dígolo, hijo Parmeno, porque este tu amo, como dicen, me parece rompenecios: de todos se quiere servir sin merced. Mira bien, créeme. En su casa cobra amigos, que es el mayor precio mundano. Que con él no pienses tener amistad, como por la diferencia de los estados o condiciones pocas veces contezca. Caso es ofrecido, como sabes, en que todos medremos y tú por el presente te remedies. Que lo él, que te he dicho, guardado te está a su tiempo. Y mucho te aprovecharás siendo amigo de Sempronio.

PARMENO.—Celestina, todo tremo en oírte. No sé qué haga, perplejo estoy. Por una parte, téngote por madre; por otra a Calixto por amo. Riqueza deseo; pero quien torpemente sube a lo alto, más aína cae que subió. No querría bienes mal ganados.

CELESTINA.—Yo sí. A tuerto o a derecho, nuestra casa hasta el techo.

PARMENO.—Pues yo con ellos no viviría contento y tengo por honesta cosa la pobreza alegre. Y aun más te digo: que no los que poco tienen son pobres, mas los que mucho desean. Y por esto, aunque más digas, no te creo en esta parte. Querría pasar la vida sin envidia, los yermos y asperezas sin temor, el sueño sin sobresalto, las injurias con respuesta, las fuerzas sin denuesto, las premias con resistencia.

CELESTINA.—¡Oh hijo! Bien dicen que la prudencia no puede ser sino en los viejos y tú mucho eres mozo.

PARMENO.—Mucho segura es la mansa pobreza.

CELESTINA.—Mas di, como mayor, que la fortuna ayuda a los osados. Y demás de esto, ¿quién es, que tenga bienes en la república, que escoja vivir sin amigos? Pues, loado Dios, bienes tienes. ¿Y no sabes que has menester amigos para los conservar? Y no pienses que tu privanza con este señor te hace seguro; que cuanto mayor es la fortuna, tanto es menos segura. Y por tanto, en los infortunios el remedio es a los amigos. ¿Y dónde puedes ganar mejor este deudo, que donde las tres maneras de amistad concurren, conviene a saber: por bien y provecho y deleite? Por bien: mira la voluntad de Sempronio conforme a la tuya y la gran similitud, que tú y él en la virtud tenéis. Por provecho: en la mano está, si sois concordes. Por deleite: semejable es, como seáis en edad dispuestos para todo linaje de placer, en que más los mozos que los viejos se juntan, así como para jugar, para vestir, para burlar, para comer y beber, para negociar amores, juntos de compañía. ¡Oh, si quisieses, Parmeno, qué vida gozaríamos! Sempronio ama a Elicia, prima de Areusa.

PARMENO.—¿De Areusa?

CELESTINA.—De Areusa.

PARMENO.—¿De Areusa, hija de Eliso?

CELESTINA.—De Areusa, hija de Eliso.

PARMENO.—¿Cierto?

CELESTINA.—Cierto.

PARMENO.—Maravillosa cosa es.

CELESTINA.—¿Pero bien te parece?

PARMENO.—No cosa mejor.

CELESTINA.—Pues tu buena dicha quiere, aquí está quien te la dará.

PARMENO.—Mi fe, madre, no creo a nadie.

CELESTINA.—Extremo es creer a todos y yerro no creer a ninguno.

PARMENO.—Digo que te creo; pero no me atrevo: déjame.

CELESTINA.—¡Oh mezquino! De enfermo corazón es no poder

sufrir bien. Da Dios habas a quien no tiene quijadas. ¡Oh simple! Dirás que adonde hay mayor entendimiento hay mejor fortuna y donde más discreción allí es menor la fortuna. Dichos son.

PARMENO.—¡Oh Celestina! Oído he a mis mayores que un ejemplo de lujuria o avaricia mucho mal hace, y que con aquéllos debe hombre conversar que le hagan mejor, y aquéllos dejar a quien él mejores piensa hacer. Y Sempronio, en su ejemplo, no me hará mejor ni yo a él sanaré su vicio. Y puesto que yo, a lo que dices me incline, sólo yo querría saberlo: porque a lo menos por el ejemplo fuese oculto el pecado. Y, si hombre vencido del deleite va contra la virtud, no se atreva a la honestidad.

CELESTINA.—Sin prudencia hablas, que de ninguna cosa es alegre posesión sin compañía. No te retraigas ni amargues, que la natura huye lo triste y apetece lo delectable. El deleite es con los amigos en las cosas sensuales y especial en recontar las cosas de amores y comunicarlas: esto hice, esto otro me dijo, tal donaire pasamos, de tal manera la tomé, así la besé, así me mordió, así la abracé, así se allegó. ¡Oh qué habla! ¡Oh qué gracia! ¡Oh qué juegos! ¡Oh qué besos! Vamos allá, volvamos acá, ande la música, pintemos los motes, cantemos canciones, invenciones, justemos, qué cimera sacaremos o qué letra. Ya va a la misa, mañana saldrá, rondemos su calle, mira su carta, vamos de noche, tenme el escala, aguarda a la puerta. ¿Cómo te fué? Cata el cornudo: sola la deja. Dale otra vuelta, tornemos allá. Y para esto, Parmeno, ¿hay deleite sin compañía? Alahé, alahé: la que las sabe las taña. Éste es el deleite; que lo él, mejor lo hacen los asnos en el prado.

PARMENO.—No querría, madre, me convidases a consejo con amonestación de deleite, como hicieron los que, careciendo de razonable fundamento, opinando hicieron sectas envueltas en dulce veneno para captar y tomar las voluntades de los flacos y con polvos de sabroso afecto cegaron los ojos de la razón.

CELESTINA.—¿Qué es razón, loco? ¿Qué es afecto, asnillo? La discreción, que no tienes, lo determina, y de la discreción mayor es la prudencia, y la prudencia no puede ser sin experimento, y la experiencia no puede ser más que en los viejos, y los ancianos somos llamados padres, y los buenos padres bien aconsejan a sus hijos, y especial yo a ti, cuya vida y honra más que la mía deseo. ¿Y cuándo me pagarás tú esto? Nunca, pues a los padres y a los maestros no puede ser hecho servicio igualmente.

PARMENO.—Todo me recelo, madre, de recibir dudoso consejo.

CELESTINA.—¿No quieres? Pues decirte he lo que dice el sabio: Al varón, que con dura cerviz al que le castiga menosprecia, arrebatado quebrantamiento le vendrá y sanidad ninguna le conseguirá. Y así, Parmeno, me despido de ti y de este negocio.

PARMENO.—(Aparte.) Ensañada está mi madre: duda tengo en su consejo. Yerro es no creer y culpa creerlo todo. Más humano es confiar, mayormente en esta que interés promete, a do provecho nos puede allende de amor conseguir. Oído he que debe hombre a sus mayores creer. Ésta, ¿qué me aconseja? Paz con Sempronio. La paz no se debe negar: que bienaventurados son los pacíficos, que hijos de Dios serán llamados. Amor no se debe rehuir. Caridad a los hermanos, interés, pocos le apartan. Pues quiérola complacer y oír.

Madre, no se debe ensañar el maestro de la ignorancia del discípulo, sino raras veces por la ciencia, que es de su natural comunicable y en pocos lugares se podría infundir. Por eso perdóname, háblame, que no sólo quiero oírte y creerte; mas en singular merced recibir tu consejo. Y no me lo agradezcas, pues el loor y las gracias de la acción, más al dante, que no al recibiente, se deben dar. Por eso manda, que a tu mandado mi consentimiento se humilla.

CELESTINA.—De los hombres es errar y bestial es la porfía. Por ende, gózome, Parmeno, que hayas limpiado las turbias telas de tus ojos y respondido al conocimiento, discreción e ingenio sutil de tu padre, cuya persona, ahora representada en mi memoria, enternece los ojos piadosos, por do tan abundantes lágrimas ves derramar. Algunas veces duros propósitos, como tú, defendía; pero luego tornaba a lo cierto. En Dios y en mi ánima, que en ver ahora lo que has porfiado y cómo a la verdad eres reducido, no parece sino que vivo le tengo delante. ¡Oh qué persona! ¡Oh qué hartura! ¡Oh qué cara tan venerable! Pero callemos, que se acercan Calixto y tu nuevo amigo Sempronio, con quien tu conformidad para más oportunidad dejo. Que dos en un corazón viviendo son más poderosos de hacer y de entender.

CALIXTO.—Duda traigo, madre, según mis infortunios, de hallarte viva. Pero más es maravilla, según el deseo, de cómo llego vivo. Recibe la dádiva pobre de aquél, que con ella la vida te ofrece.

CELESTINA.—Como en el oro muy fino labrado por la mano del sutil artífice la obra sobrepuja a la materia, así se aventaja a tu magnífico dar la gracia y forma de tu dulce liberalidad. Y sin duda la presta dádiva su efecto ha doblado, porque el que tarda, el prometimiento muestra negar y arrepentirse del don prometido.

PARMENO.—¿Qué le dió, Sempronio?

SEMPRONIO.—Cien monedas en oro.

PARMENO.—¡Hi!, ¡hi!, ¡hi!

SEMPRONIO.—¿Habló contigo la madre?

PARMENO.—Calla, que sí.

SEMPRONIO.—¿Pues cómo estamos?

PARMENO.—Como quisieres; aunque estoy espantado.

SEMPRONIO.—Pues calla, que yo te haré espantar dos tantos.

PARMENO.—¡Oh Dios! No hay pestilencia más eficaz, que el enemigo de casa para empecer.

CALIXTO.—Ve ahora, madre, y consuela tu casa, y después ven y consuela la mía, y luego.

CELESTINA.—Quede Dios contigo.

CALIXTO.—Y Él te me guarde.

EL ACTO SEGUNDO

ARGUMENTO DEL SEGUNDO ACTO

Partida Celestina de Calixto para su casa, queda Calixto hablando con Sempronio, criado suyo; al cual, como quien en alguna esperanza puesto está, todo aguijar le parece tardanza. Envía de sí a Sempronio a solicitar a Celestina para el concebido negocio. Quedan entre tanto, Calixto y Parmeno juntos razonando.

CALIXTO, PARMENO, SEMPRONIO

CALIXTO.—Hermanos míos, cien monedas di a la madre. ¿Hice bien?

SEMPRONIO.—¡Ay, si hiciste bien! Allende de remediar tu vida, ganaste muy gran honra. ¿Y para qué es la fortuna favorable y próspera, sino para servir a la honra, que es el mayor de los mundanos bienes? Que esto es premio y galardón de la virtud. Y por eso la damos a Dios, porque no tenemos mayor cosa que le dar. La mayor parte de la cual consiste en la liberalidad y franqueza. A ésta los duros tesoros comunicables la obscurecen y pierden y la magnificencia y liberalidad la ganan y subliman. ¿Qué aprovecha tener lo que se niega aprovechar? Sin duda te digo que mejor es el uso de las riquezas que la posesión de ellas. ¡Oh qué glorioso es el dar! ¡Oh qué miserable es el recibir! Cuanto es mejor el acto que la posesión, tanto es más noble el dante que el recibiente. Entre los elementos, el fuego, por ser más activo, es más noble y en las esferas puesto en más noble lugar. Y dicen algunos que la nobleza es una alabanza, que proviene de los merecimientos y antigüedad de los padres; yo digo que la ajena luz nunca te hará claro, si la propia no tienes. Y por tanto, no te estimes en claridad de tu padre, que tan magnífico fué, sino en la tuya. Y así se gana la honra, que es el mayor bien de los que son fuera de hombre. De lo cual no el malo, mas el bueno, como tú, es digno que tenga perfecta virtud. Y aun te digo que la virtud perfecta no pone que sea hecha con digno honor. Por ende, goza de haber sido así magnífico y liberal. Y de mi consejo, tórnate a la cámara y reposa, pues que tu negocio en tales manos está depositado. De donde ten por cierto, pues el comienzo llevó bueno, el fin será mucho mejor. Y vamos luego, porque sobre este negocio quiero hablar contigo más largo.

CALIXTO.—Sempronio, no me parece buen consejo quedar yo acompañado y que vaya sola aquélla, que busca el remedio de mi mal; mejor será que vayas con ella y la aquejes, pues sabes que de su diligencia pende mi salud; de su tardanza, mi pena; de su olvido, mi desesperanza. Sabido eres, fiel te siento, por buen criado te tengo. Haz de manera, que en sólo verte ella a ti, juzgue la pena que a mí queda y fuego que me atormenta. Cuyo ardor me causó no poder mostrarle la tercia parte de esta mi secreta enfermedad, según tiene mi lengua y sentido ocupados y consumidos. Tú, como hombre libre de tal pasión, hablarla has a rienda suelta.

SEMPRONIO.—Señor, querría ir por cumplir tu mandado; querría quedar por aliviar tu cuidado. Tu temor me aqueja; tu soledad me detiene. Quiero tomar consejo con la obediencia, que es ir y dar priesa a la vieja. ¿Mas cómo iré? Que, en viéndote solo, dices desvaríos de hombre sin seso, suspirando, gimiendo, maltrovando, holgando con lo obscuro, deseando soledad, buscando nuevos modos de pensativo tormento. Donde, si perseveras, o de muerto o loco no podrás escapar, si siempre no te acompaña quien te allegue placeres, diga donaires, taña canciones alegres, cante romances, cuente historias, pinte motes, finja cuentos, juegue a naipes, arme mates; finalmente, que sepa buscar todo género de dulce pasatiempo para no dejar trasponer tu pensamiento en aquellos crueles desvíos que rescibiste de aquella señora en el primer trance de tus amores.

CALIXTO.—¿Cómo, simple? ¿No sabes que alivia la pena llorar la causa? ¿Cuánto es dulce a los tristes quejar su pasión? ¿Cuánto descanso traen consigo los quebrantados suspiros? ¿Cuánto relievan (1) y disminuyen los lagrimosos gemidos el dolor? Cuantos escribieron consuelos no dicen otra cosa.

SEMPRONIO.—Lee más adelante, vuelve la hoja: hallarás que dicen que fiar en lo temporal y buscar materia de tristeza, que es igual género de locura. Y aquel Macías, ídolo de los amantes, del olvido porque le olvidaba, se quejaba. En el contemplar está la pena de amor, en el olvidar el descanso. Huye de tirar coces al aguijón. Finge alegría y consuelo, y serlo ha. Que muchas veces la opinión trae las cosas donde quiere, no para que mude la verdad; pero para moderar nuestro sentido y regir nuestro juicio.

CALIXTO.—Sempronio amigo, pues tanto sientes mi soledad, llama a Parmeno y quedará conmigo y de aquí adelante sé, como sueles, leal, que en el servicio del criado está el galardón del señor.

PARMENO.—Aquí estoy, señor.

CALIXTO.—Yo no, pues no te veía. No te partas de ella, Sempronio, ni me olvides a mí, y ve con Dios

CALIXTO.—Tú, Parmeno, ¿qué te parece de lo que hoy ha pasado? Mi pena es grande, Melibea alta, Celestina sabia y buena maestra de estos negocios. No podemos errar. Tú me la has aprobado con toda tu enemistad. Yo te creo. Qué tanta es la fuerza de la verdad, que las lenguas de los enemigos trae a sí. Así que, pues ella es tal, más quiero dar a ésta cien monedas que a otra cinco.

PARMENO.—¿Ya lloras? ¡Duelos tenemos! ¡En casa se habrán de ayunar estas franquezas!

CALIXTO.—Pues pido tu parecer, séme agradable, Parmeno. No abajes la cabeza al responder. Mas como la envidia es triste, la tristeza sin lengua, puede más contigo su voluntad que mi temor. ¿Qué dijiste, enojoso?

PARMENO.—Digo, señor, que irían mejor empleadas tus franquezas en presentes y servicios a Melibea, que no dar dineros a aquélla, que yo me conozco y, lo que peor es, hacerte su cautivo.

CALIXTO.—¿Cómo, loco, su cautivo?

PARMENO.—Porque a quien dices el secreto, das tu libertad.

CALIXTO.—Algo dice el necio; pero quiero que sepas que, cuando hay mucha distancia del que ruega al rogado, o por gra-

_____

(1) Remedian

vedad de obediencia, o por señorío de estado o esquividad de género, como entre esta mi señora y mí, es necesario intercesor o medianero, que suba de mano en mano mi mensaje hasta los oídos de aquella a quien yo segunda vez hablar tengo por imposible. Y pues que así es, dime si lo hecho apruebas.

PÁRMENO.—¡Apruébelo el diablo!

CALIXTO.—¿Qué dices?

PÁRMENO.—Digo, señor, que nunca yerro vino desacompañado y que un inconveniente es causa y puerta de muchos.

CALIXTO.—El dicho yo lo apruebo; el propósito no entiendo.

PÁRMENO.—Señor, porque perderse el otro día el neblí fué causa de tu entrada en la huerta de Melibea a le buscar, la entrada causa de la ver y hablar, la habla engendró amor, el amor parió tu pena, la pena causará perder tu cuerpo y alma y hacienda. Y lo que más de ello siento es venir a manos de aquella trotaconventos, después de tres veces emplumada.

CALIXTO.—¡Así, Parmeno, di más de eso, que me agrada! Pues mejor me parece cuanto más la desalabas. Cumpla conmigo y emplúmenla la cuarta. Desentido (1) eres, sin pena hablas: no te duele donde a mí, Parmeno.

PÁRMENO.—Señor, más quiero que airado me reprendas, porque te doy enojo, que arrepentido me condenes, porque no te di consejo, pues perdiste el nombre de libre cuando cautivaste tu voluntad.

CALIXTO.—¡Palos querrá este bellaco! Di, mal criado, ¿por qué dices mal de lo que yo adoro? Y tú, ¿qué sabes de honra? Dime, ¿qué es amor? ¿En qué consiste buena crianza, qué te me vendes por discreto? ¿No sabes que el primer escalón de locura es creerse ser esciente? Si tú sintieses mi dolor, con otra agua rociarías aquella ardiente llaga que la cruel flecha de Cupido me ha causado. Cuanto remedio Sempronio acarrea con sus pies, tanto apartas tú con tu lengua, con tus vanas palabras. Fingiéndote fiel, eres un terrón de lisonja, bote de malicias, el mismo mesón y aposentamiento de la envidia. Que por difamar la vieja, a tuerto o a derecho, pones en mis amores desconfianza. Pues sabe que esta mi pena y flutuoso dolor no se rige por razón, no quiere avisos, carece de consejo, y si alguno se le diere, tal que no aparte ni desgozne lo que sin las entrañas no podrá despegarse. Sempronio temió su ida y tu quedada. Yo quíselo todo y así me padezco su ausencia y tu presencia. Valiera más solo que mal acompañado.

PÁRMENO.—Señor, flaca es la fidelidad que temor de pena la convierte en lisonja, mayormente con señor a quien dolor o afición priva y tiene ajeno de su natural juicio. Quitarse ha el velo de la ceguedad; pasarán estos momentáneos fuegos: conocerás mis agrias palabras ser mejores para matar este fuerte cáncer que las blandas de Sempronio, que lo ceban, atizan tu fuego, avivan tu amor, encienden tu llama, añaden astillas, que tenga que gastar hasta ponerte en la sepultura.

CALIXTO.—¡Calla, calla, perdido! Estoy yo penado y tú filosofando. No te espero más. Saquen un caballo. Límpienle mucho. Aprieten bien la cincha. ¡Por si pasare por casa de mi señora y mi Dios!

_____

(1) Insensible.

PARMENO.—¡Mozos! ¿No hay mozo en casa? Yo me lo habré de hacer, que a peor vendremos de esta vez que ser mozos de espuelas. ¡Andar, pase! Mal me quieren mis comadres, etcétera. ¿Relincháis, don caballo? ¿No basta un celoso en casa?... ¡O barruntas a Melibea?

CALIXTO.—¿Viene ese caballo? ¿Qué haces, Parmeno?
PARMENO.—Señor, vedle aquí, que no está Sosia en casa.
CALIXTO.—Pues ten ese estribo, abre más esa puerta. Y si viniere Sempronio con aquella señora di que esperen, que presto será mi vuelta.

PARMENO.—¡Más, nunca sea! ¡Allá irás con el diablo! A estos locos decidles lo que les cumple; no os podrán ver. [Por mi ánima, que si ahora le diesen una lanzada en el calcañar, que saliesen más sesos que de la cabeza. Pues anda, que a mi cargo, ¡que Celestina y Sempronio te espulguen!] ¡Oh desdichado de mí! Por ser leal padezco mal. Otros se ganan por malos; yo me pierdo por bueno. ¡El mundo es tal! Quiero irme al hilo de la gente, pues a los traidores llaman discretos, a los fieles, necios. Si creyera a Celestina con sus seis docenas de años a cuestas, no me maltratara Calixto. Mas esto me pondrá escarmiento de aquí adelante con él. Que si dijere comamos, yo también; si quisiere derrocar la casa, aprobarlo; si quemar su hacienda, ir por fuego. ¡Destruya, rompa, quiebre, dañe, dé a alcahuetas lo suyo, que mi parte me cabrá, pues dicen: a río revuelto, ganancia de pescadores. ¡Nunca más perro a molino!

EL ACTO TERCERO

ARGUMENTO DEL TERCER ACTO

Sempronio vase a casa de Celestina, a la cual reprende por la tardanza. Pónense a buscar qué manera tomen en el negocio de Calixto con Melibea. En fin sobreviene Elicia. Vase Celestina a casa de Pleberio. Quedan Sempronio y Elicia en casa.

SEMPRONIO, CELESTINA, ELICIA

SEMPRONIO.—¡Qué espacio lleva la barbuda! ¡Menos sosiego traían sus pies a la venida! A dineros pagados, brazos quebrados. ¡Ce, señora Celestina: poco has aguijado!
CELESTINA.—¿A qué vienes, hijo?
SEMPRONIO.—Este nuevo enfermo no sabe qué pedir. De sus manos no se contenta. No se le cuece el pan. Teme su negligencia. Maldice su avaricia y cortedad, porque te dió tan poco dinero.
CELESTINA.—No es cosa más propia del que ama que la impaciencia. Toda tardanza les es tormento. Ninguna dilación les agrada. En un momento querrían poner en efecto sus cogitaciones. Antes las querrían ver concluídas, que empezadas. Mayormente estos novicios [amantes], que contra cualquiera señuelo

vuelan sin deliberación, sin pensar el daño que el cebo de su deseo trae mezclado en su ejercicio y negociación para sus personas y sirvientes.

SEMPRONIO.—¿Qué dices de sirvientes? ¿Parece por tu razón que nos puede venir a nosotros daño de este negocio y quemarnos con las centellas que resultan de este fuego de Calixto? ¡Aun al diablo daría yo sus amores! Al primer desconcierto, que vea en este negocio, no como más pan. Más vale perder lo servido que la vida por cobrarlo. El tiempo me dirá qué haga. Que primero que caiga del todo, dará señal, como casa que se acuesta. Si te parece, madre, guardemos nuestras personas de peligro. Hágase lo que se hiciere. Si la hubiere, hogaño; si no, a otro; si no, nunca. Que no hay cosa tan difícil de sufrir en sus principios que el tiempo no la ablande y haga comportable. Ninguna llaga tanto se sintió que por luengo tiempo no aflojase su tormento, ni placer tan alegre fué que no le amengüe su antigüedad. El mal y el bien, la prosperidad y la adversidad, la gloria y pena, todo pierde con el tiempo la fuerza de su acelerado principio. Pues los casos de admiración y venidos con gran deseo, tan presto como pasados, olvidados. Cada día vemos novedades y las oímos y las pasamos y dejamos atrás. Disminúyelas el tiempo, hácelas contingibles. ¿Qué tanto te maravillarías si dijesen: la tierra tembló, u otra semejante cosa, que no olvidases luego? Así como: helado está el río, el ciego ve ya, muerto es tu padre, un rayo cayó, ganada es Granada, el rey entra hoy, el turco es vencido, eclipse hay mañana, la puente es llevada, aquél es ya obispo, a Pedro robaron, Inés se ahorcó. ¿Qué me dirás sino que a tres días pasados, o a la segunda visita, no hay quien de ello se maraville? Todo es así, todo pasa de esta manera, todo se olvida, todo queda atrás. Pues así será este amor de mi amo: cuanto más fuere andando, tanto más disminuyendo. [Que la costumbre luenga amansa los dolores, afloja y deshace los deleites, desmengua las maravillas.] Procuremos provecho mientras pendiere la contienda. Y si a pie enjuto le pudiéremos remediar, lo mejor, mejor es, y si no, poco a poco le soldaremos el reproche o menosprecio de Melibea contra él. Donde no, más vale que pene el amo que no que peligre el mozo.

CELESTINA.—Bien has dicho. Contigo estoy, agradado me has. No podemos errar. Pero todavía, hijo, es necesario que el buen procurador ponga de su casa algún trabajo, algunas fingidas razones, algunos sofísticos actos: ir y venir a juicio, aunque reciba malas palabras del juez. Siquiera por los presentes, que lo vieren; no digan que se gana holgando el salario. Y así vendrá cada uno a él con su pleito y a Celestina con sus amores.

SEMPRONIO.—Haz tu voluntad, que no será éste el primer negocio que has tomado a cargo.

CELESTINA.—¿El primero, hijo? Pocas vírgenes, a Dios gracias, has tú visto en esta ciudad que hayan abierto tienda a vender de quien yo no haya sido corredora de su primer hilado. En naciendo la muchacha, la hago escribir en mi registro [y esto] para saber cuántas se me salen de la red. ¿Qué pensabas, [Sempronio]? ¿Habíame de mantener del viento? ¿Heredé otra herencia? ¿Tengo otra casa o viña? ¿Conócesme otra hacienda más de este oficio? ¿De qué como y bebo? ¿De qué visto y calzo? En esta ciudad nacida, en ella criada, manteniendo honra, como

todo el mundo sabe, ¿conoscida, pues, no soy? Quien no supiere
mi nombre y mi casa tenle por extranjero.

SEMPRONIO.—Dime, madre: ¿qué pasaste con mi compañero
Parmeno cuando subí con Calixto por el dinero?

CELESTINA.—Díjele el sueño y la soltura, y cómo ganaría más
con nuestra compañía que con las lisonjas que dice a su amo;
cómo viviría siempre pobre y baldonado si no mudaba el consejo: que no se hiciese santo a tal perra vieja como yo; acordé-
le quién era su madre porque no menospreciase mi oficio, porque
queriendo de mí decir mal, tropezase primero en ella.

SEMPRONIO.—¿Tantos días ha que le conosces, madre?

CELESTINA.—Aquí está Celestina, que le vió nascer y le ayudó
a criar. Su madre y yo, uña y carne. De ella aprendí todo lo
mejor que sé de mi oficio. Juntas comíamos, juntas dormíamos,
juntas habíamos nuestros solaces, nuestros placeres, nuestros
consejos y conciertos. En casa y fuera, como dos hermanas. Nunca blanca gané en que no tuviese su mitad. Pero no vivía yo
engañada, si mi fortuna quisiera que ella me durase. ¡Oh muerte, muerte! ¡A cuántos privas de agradable compañía! ¡A cuántos desconsuela tu enojosa visitación! Por uno que comes con
tiempo, cortas mil en agraz. Que siendo ella viva, no fueran
éstos mis pasos desacompasados. ¡Buen siglo haya, que leal
amiga y buena compañera me fué! [Que jamás me dejó hacer
cosa en mi cabo, estando ella presente. Si yo traía el pan, ella
la carne. Si yo ponía la mesa, ella los manteles. No loca, no
fantástica ni presuntuosa, como las de ahora. En mi ánima,
descubierta se iba hasta el cabo de la ciudad con su jarro en la
mano, que en todo el camino no oiga peor de: señora Claudina.
Y aosadas (1), que otra conocía peor el vino y cualquier mercadería. Cuando pensaba que era llegada, era de vuelta. Allá
la convidaban, según el amor todos le tenían. Que jamás volvía
sin ocho o diez gustaduras, un azumbre en el jarro y otro en el
cuerpo. Así le fiaban dos o tres arrobas en veces, como sobre
una taza de plata. Su palabra era prenda de oro en cuantos
bodegones había. Si íbamos por la calle, dondequiera que hubié-
semos sed, entrábamos en la primera taberna y luego mandaba
echar medio azumbre para mojar la boca. Mas a mi cargo que
no le quitaron la toca por ello, sino cuanto la rayaban en su
taja, y andar adelante.] Si tal fuese [agora] su hijo, a mi
cargo que tu amo quedase sin pluma y nosotros sin queja. Pero
yo lo haré de mi hierro, si vivo; yo le contaré en el número
de los míos.

SEMPRONIO.—¿Cómo has pensado hacerlo, que es un traidor?

CELESTINA.—A ese tal, dos alevosos. Haréle haber a Areúsa.
Será de los nuestros. Darnos han lugar a tender las redes sin
embarazo por aquellas doblas de Calixto.

SEMPRONIO.—¿Pues crees que podrás alcanzar algo de Melibea? ¿Hay algún buen ramo?

CELESTINA.—No hay cirujano que a la primera cura juzgue
la herida. Lo que yo al presente veo te diré. Melibea es hermosa, Calixto loco y franco. Ni a él penará gastar ni a mí andar.
¡Bulla moneda y dure el pleito lo que durare! Todo lo puede
el dinero: las peñas quebranta, los ríos pasa en seco. No hay

---

(1) *Aosadas,* ciertamente.

lugar tan alto que un asno cargado de oro no lo suba. Su desatino y ardor basta para perder a sí y ganar a nosotros. Esto he sentido, esto he calado, esto sé de él y de ella, esto es lo que nos ha de aprovechar. A casa voy de Pleberio. Quédate adiós. Que, aunque esté brava Melibea, no es ésta, si a Dios ha placido, la primera a quien yo he hecho perder el cacarear. Cosquillosicas son todas; mas, después que una vez consienten la silla en el envés del lomo, nunca querrían holgar. Por ellas queda el campo. Muertas, sí; cansadas, no. Si de noche caminan, nunca querrían que amaneciese: maldicen los gallos porque anuncian el día, y el reloj porque da tan apriesa. [Requieren las cabrillas y el norte, haciéndose estrelleras. Ya cuando ven salir el lucero del alba quiéreseles salir el alma: su claridad les escurece el corazón.] Camino es, hijo, que nunca me harté de andar. Nunca ve mi cansada. Y aun así, vieja como soy, sabe Dios mi buen deseo. ¡Cuánto más estas que hierven sin fuego! Cautívanse del primer abrazo, ruegan a quien rogó, penan por el penado, hácense siervas de quien eran señoras, dejan el mando y son mandadas, rompen paredes, abren ventanas, fingen enfermedades, a los chirriadores quicios de las puertas hacen con aceite usar su oficio sin ruido. No te sabré decir lo mucho que obra en ellas aquel dulzor que les queda de los primeros besos de quien aman. Son enemigas del medio; continuo están posadas en los extremos.

SEMPRONIO.—No te entiendo esos términos, madre.

CELESTINA.—Digo que la mujer o ama mucho aquel de quien es querida o le tiene grande odio. Así que, si al querer, despiden, no pueden tener las riendas al desamor. Y con esto, que sé cierto, voy más consolada a casa de Melibea que si en la mano la tuviese. Porque sé que, aunque el presente la ruegue, al fin me ha de rogar; aunque al principio me amenace, al cabo me ha de halagar. Aquí llevo un poco de hilado en esta faltriquera, con otros aparejos, que conmigo siempre traigo, para tener causa de entrar, donde mucho no soy conocida, la primera vez: así como gorgueras, garvines, franjas, rodeos, tenazuelas, alcohol, albayalde y solimán, hasta agujas y alfileres. Que tal hay, que tal quiere. Por que donde me tomare la voz, me halle apercibida para les echar cebo o requerir de la primera vista.

SEMPRONIO.—Madre, mira bien lo que haces. Porque cuando el principio se yerra no puede seguirse buen fin. Piensa en su padre, que es noble y esforzado; su madre, celosa y brava; tú, la misma sospecha. Melibea es única a ellos: faltándoles ella, fáltales todo el bien. En pensarlo tiemblo; no vayas por lana y vengas sin pluma.

CELESTINA.—¿Sin pluma, hijo?

SEMPRONIO.—O emplumada, madre, que es peor.

CELESTINA.—¡Alahé, en mal hora a ti he yo menester para compañero! ¡Aun si quisieres avisar a Celestina en su oficio! Pues cuando tú naciste ya comía yo pan con corteza. ¡Para adalid eres [tú] bueno, cargado de agüeros y recelo!

SEMPRONIO.—No te maravilles, madre, de mi temor, pues es común condición humana que lo que mucho se desea jamás se piensa ver concluido. Mayormente que en este caso temo tu pena y mía. Deseo provecho: querría que este negocio hubiese buen fin. No por que saliese mi amo de pena, mas por salir yo de lacería (1). Y así, miro más inconvenientes con mi poca experiencia, que no tú como maestra vieja.

ELICIA.—¡ Santiguarme quiero, Sempronio! ¡ Quiero hacer una raya en el agua! ¿Qué novedad es ésta venir hoy acá dos veces?

CELESTINA.—Calla, boba, déjale; que otro pensamiento traemos en que más nos va. Dime, ¿está desocupada la casa? ¿Fuése la moza que esperaba al ministro?

ELICIA.—Y aun después vino otra y se fué.

CELESTINA.—¿Si que no en balde?

ELICIA.—No, en buena fe; ni Dios lo quiera. Que aunque vino tarde, más vale a quien Dios ayuda, etcétera.

CELESTINA.—Pues sube presto al sobrado alto de la solana y baja acá el bote del aceite serpentino, que hallarás colgado del pedazo de la soga, que traje del campo la otra noche cuando llovía y hacía escuro. Y abre el arca de los lizos y hacia la mano derecha hallarás un papel escrito con sangre de murciélago, debajo de aquel ala de drago, a que sacamos ayer las uñas. Mira no derrames el agua de mayo que me trajeron a confeccionar.

ELICIA.—Madre, no está donde dices; jamás te acuerdas cosa que guardas.

CELESTINA.—No me castigues por Dios, a mi vejez; no me maltrates, Elicia. No enfinjas (2) porque está aquí Sempronio, ni te ensoberbezcas, que más me quiere a mí por consejera que a ti por amiga, aunque tú le ames mucho. Entra en la cámara de los ungüentos y en la pelleja del gato negro, donde te mandé meter los ojos de la loba, le hallarás. Y baja la sangre del cabrón y unas poquitas de las barbas que tú le cortaste.

ELICIA.—Toma, madre, vedlo aquí; yo me subo y Sempronio arriba.

CELESTINA.—Conjúrote, triste Plutón, señor de la profundidad infernal, emperador de la corte dañada, capitán soberbio de los condenados ángeles, señor de los sulfúreos fuegos que los hirvientes étnicos montes manan, gobernador y veedor de los tormentos y atormentadores de las pecadoras ánimas, [regidor de las tres furias, Tesífone, Megera y Aleto; administrador de todas las cosas negras del reino de Stigia y Dite, con todas sus lagunas y sombras infernales, y litigioso caos; mantenedor de las volantes arpías, con toda la otra compañía de espantables y pavorosas hidras]; yo, Celestina, tu más conocida cliéntula, te conjuro por la virtud y fuerza de estas bermejas letras; por la sangre de aquella nocturna ave con que están escritas; por la gravedad de aquestos nombres y signos que en este papel se contienen; por la áspera ponzoña de las víboras, de que este aceite fué hecho, con el cual unto este hilado: vengas sin tardanza a obedecer mi voluntad, y en ello te envuelvas y con ello estés sin un momento de partir, hasta que Melibea, con aparejada oportunidad que haya, lo compre, y con ello de tal manera quede enredada que, cuando más lo mirare, tanto más su corazón se ablande a conceder mi petición, y se le abras y lastimes de crudo y fuerte amor de Calixto, tanto que, despedida toda honestidad, se descubra a mí y me galardone mis pasos y mensaje. Y esto hecho, pide y demanda de mí a tu voluntad. Si no

(1) Pobreza, miseria.
(2) Presumir.

lo haces con presto movimiento, tendrásme por capital enemiga;
heriré con luz tus cárceles tristes y escuras; acusaré cruelmente
tus continuas mentiras; apremiaré con mis ásperas palabras tu
horrible nombre. Y otra y otra vez te conjuro. Y así, confiando
en mi mucho poder, me parto para allá con mi hilado, donde
creo te llevo ya envuelto.

EL ACTO CUARTO

ARGUMENTO DEL CUARTO ACTO

Celestina, andando por el camino, habla consigo misma hasta llegar
a la puerta de Pleberio, donde halló a Lucrecia, criada de Pleberio.
Pónese con ella en razones. Sentidas por Alisa, madre de Melibea, y
sabido que es Celestina, hácela entrar en casa. Viene un mensajero a
llamar a Alisa. Vase. Queda Celestina en casa con Melibea y le descubre la causa de su venida.

LUCRECIA, CELESTINA, ALISA, MELIBEA

CELESTINA.—Agora, que voy sola, quiero mirar bien lo que
Sempronio ha temido de este mi camino. Porque aquellas cosas,
que bien no son pensadas, aunque algunas veces hayan buen fin,
comúnmente crían desvariados efectos. Así que la mucha es-
peculación nunca carece de buen fruto. Que, aunque yo he disimulado con él, podría ser que, si me sintiesen en estos pasos de
parte de Melibea, que no pagase con pena que menor fuese que
la vida, o muy amenguada quedase, cuando matar no me qui-
siesen, manteándome o azotándome cruelmente. Pues amargas
cien monedas serían éstas. ¡Ay cuitada de mí! ¡En qué lazo
me he metido! ¡Que por me mostrar solícita y esforzada pongo
mi persona al tablero! ¿Qué haré, cuitada, mezquina de mí, que
ni el salir afuera es provechoso ni la perseverancia carece de
peligro? ¿Pues iré o tornarme he? ¡Oh dudosa y dura perplejidad! ¡No sé cuál escoja por más sano! ¡En el osar, manifiesto
peligro; en la cobardía, denostada, perdida! ¿Adónde irá el buey
que no are? Cada camino descubre sus dañosos y hondos ba-
rrancos. Si con el hurto soy tomada, nunca de muerta o enco-
rozada falto, a bien librar. Si no voy, ¿qué dirá Sempronio?
Que todas éstas eran mis fuerzas, saber y esfuerzo, ardid y
ofrecimiento, astucia y solicitud. Y su amo Calixto, ¿qué dirá?,
¿qué hará?, ¿qué pensará?, sino que hay nuevo engaño en mis
pisadas y que yo he descubierto la celada, por haber más provecho de esta otra parte, como sofística prevaricadora? O si no
se le ofrece pensamiento tan odioso, dará voces como loco. Dirá-
me en mi cara denuestos rabiosos. Propondrá mil inconvenientes, que mi deliberación presta le puso, diciendo: "Tú, puta
vieja, ¿por qué acrecentaste mis pasiones con tus promesas?
Alcahueta falsa, para todo el mundo tienes pies, para mí lengua;
para todos obra, para mí palabra; para todos remedio, para mí
pena; para todos esfuerzo, para mí te faltó; para todos luz,
para mí tiniebla. Pues, vieja traidora, ¿por qué te me ofreciste?
Que tu ofrecimiento me puso esperanza; la esperanza dilató mi
muerte, sostuvo mi vivir, púsome título de hombre alegre. Pues

no habiendo efecto, ni tú carecerás de pena ni yo de triste desesperación." ¡Pues triste yo! ¡Mal acá, mal acullá: pena en ambas partes! Cuando a los extremos falta el medio, arrimarse el hombre al más sano, es discreción. Más quiero ofender a Pleberio que enojar a Calixto. Ir quiero. Que mayor es la vergüenza de quedar por cobarde que la pena, cumpliendo como osada lo que prometí, pues jamás al esfuerzo desayudó la fortuna. Ya veo su puerta. En mayores afrentas me he visto. ¡Esfuerza, esfuerza, Celestina! ¡No desmayes! Que nunca faltan rogadores para mitigar las penas. Todos los agüeros se aderezan favorables o yo no sé nada de esta arte. Cuatro hombres que he topado, a los tres llaman Juanes y los dos son cornudos. La primera palabra que oí por la calle, fué de achaque de amores. Nunca he tropezado, como otras veces. [Las piedras parece que se apartan, y me hacen lugar que pase. Ni me estorban las haldas ni siento cansancio en andar. Todos me saludan.] Ni perro me ha ladrado ni ave negra he visto, tordo ni cuervo ni otras nocturnas. Y lo mejor de todo es que veo a Lucrecia a la puerta de Melibea. Prima es de Elicia: no me será contraria.

LUCRECIA.—¿Quién es esta vieja que viene haldeando?
CELESTINA.—¡Paz sea en esta casa!
LUCRECIA.—Celestina, madre, seas bienvenida. ¿Cuál Dios te trajo por estos barrios no acostumbrados?
CELESTINA.—Hija, mi amor, deseo de todos vosotros, traerte encomiendas de Elicia y aun ver a tus señoras, vieja y moza. Que después que me mudé al otro barrio, no han sido de mí visitadas.
LUCRECIA.—¿A eso sólo saliste de tu casa? Maravíllome de ti, que no es ésa tu costumbre ni sueles dar paso sin provecho.
CELESTINA.—¿Más provecho quieres, boba, que cumplir hombre sus deseos? Y también, como a las viejas nunca nos fallecen necesidades, mayormente a mí, que tengo que mantener hijas ajenas, ando a vender un poco de hilado.
LUCRECIA.—¡Algo es lo que yo digo! En mi seso estoy que nunca metes aguja sin sacar reja. Pero mi señora la vieja urdió una tela: tiene necesidad de ello y tú de venderlo. Entra y espera aquí, que no os desavendréis.

ALISA.—¿Con quién hablas, Lucrecia?
LUCRECIA.—Señora, con aquella vieja de la cuchillada que solía vivir en las tenerías a la cuesta del río.
ALISA.—Ahora la conozco menos. Si tú me das a entender lo incógnito por lo menos conocido, es coger agua en cesto.
LUCRECIA.—¡Jesú, señora! Más conocida es esta vieja que la ruda. No sé cómo no tienes memoria de la que empicotaron por hechicera, que vendía las mozas a los abades y descasaba mil casados.
ALISA.—¿Qué oficio tiene? Quizá por aquí la conoceré mejor.
LUCRECIA.—Señora, perfuma tocas, hace solimán y otros treinta oficios. Conoce mucho en hierbas, cura niños y aun algunos la llaman la vieja lapidaria.
ALISA.—Todo eso dicho no me lo da a conocer; dime su nombre, si lo sabes.
LUCRECIA.—¿Sí le sé, señora? No hay niño ni viejo en toda la ciudad que no lo sepa: ¿habíale yo de ignorar?

ALISA.—Pues, ¿por qué no le dices?

LUCRECIA.—¡He vergüenza!

ALISA.—Anda, boba, dile. No me indignes con tu tardanza.

LUCRECIA.—Celestina, hablando con reverencia, es su nombre.

ALISA.—¡Hi!, ¡hi!, ¡hi! ¡Mala landre te mate si de risa puedo estar, viendo el desamor que debes de tener a esa vieja, que su nombre has vergüenza nombrar! Ya me voy recordando de ella. ¡Una buena pieza! No me digas más. Algo me vendrá a pedir. Di que suba.

LUCRECIA.—Sube, tía.

CELESTINA.—Señora buena, la gracia de Dios sea contigo y con la noble hija. Mis pasiones y enfermedades han impedido mi visitar tu casa, como era razón; mas Dios conoce mis limpias entrañas, mi verdadero amor: que la distancia de las moradas no despega el querer de los corazones. Así, que lo que mucho deseé, la necesidad me lo ha hecho cumplir. Con mis fortunas, adversas otras, me sobrevino mengua de dinero. No supe mejor remedio que vender un poco de hilado que para unas toquillas tenía allegado. Supe de tu criada que tenías de ello necesidad. Aunque pobre, y no de la merced de Dios, veslo aquí si de ello y de mí te quieres servir.

ALISA.—Vecina honrada: tu razón y ofrecimiento me mueven a compasión, y tanto, que quisiera cierto más hallarme en tiempo de poder cumplir tu falta que menguar tu tela. Lo dicho te agradezco. Si el hilado es tal, serte ha bien pagado.

CELESTINA.—¿Tal, señora? Tal sea mi vida y mi vejez y la de quien parte quisiere de mi jura. Delgado como el pelo de la cabeza, igual, recio como cuerdas de vihuela, blanco como el copo de la nieve, hilado todo por estos pulgares, aspado y aderezado. Veslo aquí, en madejitas. Tres monedas me daban ayer por la onza, así goce de esta alma pecadora.

ALISA.—Hija Melibea, quédese esta mujer honrada contigo, que ya me parece que es tarde para ir a visitar a mi hermana, su mujer de Cremes, que desde ayer no la he visto, y también que viene su paje a llamarme, que se le arreció desde un rato acá el mal.

CELESTINA.—*(Aparte.)* Por aquí anda el diablo aparejando oportunidad, arreciando el mal a la otra. [¡Ea, buen amigo; tener recio! Ahora es mi tiempo o nunca. No la dejes; llévamela de aquí a quien digo.]

ALISA.—¿Qué dices, amiga?

CELESTINA.—Señora, que maldito sea el diablo y mi pecado, porque en tal tiempo hubo de crecer el mal de tu hermana, que no habrá para nuestro negocio oportunidad. ¿Y qué mal es el suyo?

ALISA.—Dolor de costado, y tal que, según el mozo supe que quedaba, temo no sea mortal. Ruega tú, vecina, por amor mío en tus devociones por su salud a Dios.

CELESTINA.—Yo te prometo, señora, en yendo de aquí, me vaya por esos monasterios, donde tengo frailes devotos míos, y les dé el mismo cargo que tú me das. Y demás de esto, ante que me desayune, dé cuatro vueltas a mis cuentas.

ALISA.—Pues, Melibea, contenta a la vecina en todo lo que

razón fuere darle por el hilado. Y tú, madre, perdóname, que
otro día se vendrá en que más nos veamos.

CELESTINA.—Señora, el perdón sobraría donde el yerro falta.
De Dios seas perdonada, que buena compañía me queda. Dios
la deje gozar su noble juventud y florida mocedad, que es el
tiempo en que más placeres y mayores deleites se alcanzarán.
Que, a la mi fe, la vejez no es sino mesón de enfermedades,
posada de pensamientos, amiga de rencillas, congoja continua,
llaga incurable, mancilla de lo pasado, pena de lo presente,
cuidado triste de lo por venir, vecina de la muerte, choza sin
rama, que se llueve por cada parte, cayado de mimbre, que con
poca carga se dobleg.

MELIBEA.—¿Por qué dices, madre, tanto mal de lo que todo
el mundo con tanta eficacia gozar y ver desean?

CELESTINA.—Desean harto mal para sí, desean harto trabajo.
Desean llegar allá porque llegando viven y el vivir es dulce y
viviendo envejecen. Así, que el niño desea ser mozo y el mozo
viejo y el viejo, más; aunque con dolor. Todo por vivir. Porque,
como dicen, viva la gallina con su pepita. Pero ¿quién te podría
contar, señora, sus daños, sus inconvenientes, sus fatigas, sus
cuidados, sus enfermedades, su frío, su calor, su descontentamiento, su rencilla, su pesadumbre, aquel arrugar de cara, aquel
mudar de cabellos su primera y fresca color, aquel poco oír,
aquel debilitado ver, puestos los ojos a la sombra, aquel hundi-
miento de boca, aquel caer de dientes, aquel carecer de fuerza,
aquel flaco andar, aquel espacioso comer? Pues, ¡ay, ay, señora!, si lo dicho viene acompañado de pobreza, allí verás callar
todos los otros trabajos, cuando sobre la gana y falta la provisión; ¡que jamás sentí peor ahíto que de hambre!

MELIBEA.—Bien conozco que dice cada uno de la feria según
le va en ella: así, de otra canción cantarán los ricos.

CELESTINA.—Señora, hija, a cada cabo hay tres leguas de mal
quebranto. A los ricos se les va la bienaventuranza, la gloria
y descanso por otros albañales de asechanzas, que no se parecen, ladrillados por encima con lisonjas. [Aquel es rico que está
bien con Dios. Más segura cosa es ser menospreciado que temido. Mejor sueño duerme el pobre, que no el que tiene que
guardar con solicitud lo que con trabajo ganó y con dolor ha
de dejar. Mi amigo no será simulado y el del rico sí. Yo soy
querido por mi persona; el rico, por su hacienda. Nunca oye
verdad, todos le hablan lisonjas a sabor de su paladar, todos
le han envidia. Apenas hallarás un rico que no confiese que
le sería mejor estar en mediano estado o en honesta pobreza. Las
riquezas no hacen rico, mas ocupado; no hacen señor, mas ma-
yordomo. Más son los poseídos de las riquezas que no los que
las poseen. A muchos trajo la muerte; a todos quita el placer,
y a las buenas costumbres ninguna cosa es más contraria. ¿No
oíste decir: durmieron su sueño los varones de las riquezas y
ninguna cosa hallaron en sus manos?] Cada rico tiene una
docena de hijos y nietos, que no rezan otra oración, no otra
petición, sino rogar a Dios que le saque de en medio [de ellos];
no ven la hora que tener a él so la tierra y lo suyo entre sus
manos y darle a poca costa su morada para siempre.

MELIBEA.—Madre, pues que así es, gran pena tendrás por la
edad que perdiste. ¿Querrías volver a la primera?

CELESTINA.—Loco es, señora, el caminante que, enojado del trabajo del día, quisiese volver de comienzo la jornada para tornar otra vez aquel lugar. Que todas aquellas cosas cuya posesión no es agradable, más vale poseerlas que esperarlas. Porque más cerca está el fin de ellas cuanto más andado del comienzo. No hay cosa más dulce ni graciosa al muy cansado que el mesón. Así que, aunque la mocedad sea alegre, el verdadero viejo no la desea. Porque el que de razón y seso carece, cuasi otra cosa no ama, sino lo que perdió.

MELIBEA.—Siquiera por vivir más, es bueno desear lo que digo.

CELESTINA.—Tan presto, señora, se va el cordero como el carnero. Ninguno es tan viejo que no pueda vivir un año, ni tan mozo que hoy no pudiese morir. Así que en esto poca ventaja nos lleváis.

MELIBEA.—Espantada me tienes con lo que has hablado. Indicio me dan tus razones que te haya visto otro tiempo. Dime, madre: ¿eres tú Celestina, la que solía morar a las tenerías, cabe el río?

CELESTINA.—Hasta que Dios quiera.

MELIBEA.—Vieja te has parado. Bien dicen que los días no se van en balde. Así goce de mí, no te conociera, sino por esa señaleja de la cara. Figúraseme que eras hermosa. Otra pareces, muy mudada estás.

LUCRECIA.—¡Hi!, ¡hi!, ¡hi! ¡Mudado está el diablo! ¡Hermosa era con aquel su Dios os salve, que traviesa la media cara!

MELIBEA.—¿Qué hablas, loca? ¿Qué es lo que dices? ¿De qué te ríes?

LUCRECIA.—De cómo no conocías a la madre en tan poco tiempo en la fisonomía de la cara.

MELIBEA.—No es tan poco tiempo dos años; y más que la tiene arrugada.

CELESTINA.—Señora, ten tú el tiempo que no ande, tendré yo mi forma que no se mude. ¿No has leído que dicen: vendrá el día en que en el espejo no te conozcas? Pero también yo encanecí temprano y parezco de doblada edad. Que así goce de esta alma pecadora y tú de ese cuerpo gracioso, que de cuatro hijas, que parió mi madre yo fuí la menor. Mira cómo no soy vieja, como me juzgan.

MELIBEA.—Celestina, amiga, yo he holgado mucho en verte y conocerte. También hasme dado placer con tus razones. Toma tu dinero y vete con Dios, que me parece que no debes haber comido.

CELESTINA. — ¡Oh angélica imagen! ¡Oh perla preciosa, y cómo te lo dices! Gozo me toma en verte hablar. ¿Y no sabes que por la divina boca fué dicho contra aquel infernal tentador, que no de sólo pan viviremos? Pues así es, que no el sólo comer mantiene. Mayormente a mí, que me suelo estar uno y dos días negociando encomiendas ajenas ayuna, salvo hacer por los buenos, morir por ellos. Esto tuve siempre: querer más trabajar sirviendo a otros que holgar contentando a mí. Pues, si tú me das licencia, diréte la necesitada causa de mi venida, que es otra que la que hasta ahora has oído, y tal que todos perderíamos en me tornar en balde sin que la sepas.

MELIBEA.—Di, madre, todas tus necesidades, que si yo las

pudiere remediar, de muy buen grado lo haré por el pasado conocimiento y vecindad, que pone obligación a los buenos.

CELESTINA.—¿Mías, señoras? Antes ajenas, como tengo dicho; que las mías de mi puerta adentro me las paso, sin que las sienta la tierra, comiendo cuando puedo, bebiendo cuando lo tengo. Que con mi pobreza jamás me faltó, a Dios gracia, una blanca para pan y un cuarto para vino, después que enviudé; que antes no tenía yo cuidado de lo buscar, que sobrado estaba un cuero en mi casa y uno lleno y otro vacío. Jamás me acosté sin comer una tostada en vino y dos docenas de sorbos, por amor de la madre, tres cada sopa. Ahora, como todo cuelga de mí, en un jarrillo mal pegado me lo traen que no caben dos azumbres. [Seis veces al día tengo de salir, por mi pecado, con mis canas a cuestas, a la henchir a la taberna. Mas no muera yo muerte, hasta que me vea con un cuero o tinajica de mis puertas adentro. Que en mi ánima no hay otra provisión, que como dicen: pan y vino anda camino, que no mozo garrido.] Así que donde no hay varón todo bien fallece: con mal está el huso, cuando la barba no anda de suso. Ha venido esto, señora, por lo que decía de las ajenas necesidades y no mías.

MELIBEA.—Pide lo que querrás, sea para quien fuere.

CELESTINA.—¡Doncella graciosa y de alto linaje! Tu suave habla y alegre gesto, justo con el aparejo de liberalidad que muestras con esta pobre vieja, me dan osadía a te lo decir. Yo dejo un enfermo a la muerte, que con sola una palabra de tu noble boca salida, que lleve metida en mi seno, tiene por fe que sanará, según la mucha devoción tiene en tu gentileza.

MELIBEA.—Vieja honrada, no te entiendo, si más no declaras tu demanda. Por una parte me alteras y provocas a enojo; por otra me mueves a compasión. No te sabría volver respuesta conveniente, según lo poco que he sentido de tu habla. Que yo soy dichosa, si de mi palabra hay necesidad para salud de algún cristiano. Porque hacer beneficio es semejar a Dios, y el que le da le recibe, cuando a persona digna de él le hace. Y demás de esto, dicen que el que puede sanar al que padece, no lo haciendo, le mata. Así que no ceses tu petición por empacho ni temor.

CELESTINA.—El temor perdí mirando, señora, tu beldad. Que no puedo creer que en balde pintase Dios unos gestos más perfectos que otros, más dotados de gracias, más hermosas facciones, sino para hacerlos almacén de virtudes, de misericordia, de compasión, ministros de sus mercedes y dádivas, como a ti. Y pues como todos seamos humanos, nacidos para morir, sea cierto que no se puede decir nacido el que para sí solo nació. Porque sería semejante a los brutos animales, en los cuales aún hay algunos piadosos, como se dice del unicornio, que se humilla a cualquiera doncella. [El perro con todo su ímpetu y braveza, cuando viene a morder, si se echan en el suelo, no hace mal: esto de piedad.] ¿Pues las aves? Ninguna cosa el gallo come que no participe y llame a las gallinas a comer de ello. [El pelícano rompe el pecho por dar a sus hijos a comer de sus entrañas. Las cigüeñas mantienen otro tanto tiempo a sus padres viejos en el nido, cuanto ellos le dieron cebo siendo pollitos.] Pues [tal conocimiento dió la natura a los animales y aves], ¿por qué los hombres habemos de ser más crueles? ¿Por qué no daremos parte de nuestras gracias y personas a los prójimos, mayormente cuando están envueltos en secretas enfermedades, y tales que donde está la melecina salió la causa de la enfermedad?

MELIBEA.—Por Dios, sin más dilatar, me digas quién es ese doliente que de mal tan perplejo se siente, que su pasión y remedio salen de una misma fuente.

CELESTINA.—Bien tendrás, señora, noticia en esta ciudad de un caballero mancebo, gentilhombre de clara sangre, que llaman Calixto.

MELIBEA.—¡Ya, ya, ya! Buena vieja, no me digas más, no pases adelante. ¿Ése es el doliente por quien has hecho tantas premisas en tu demanda? ¿Por quien has venido a buscar la muerte para ti? ¿Por quien has dado tan dañosos pasos, desvergonzada barbuda? ¿Qué siente ese perdido, que con tanta pasión vienes? De locura será su mal. ¿Qué te parece? ¡Si me hallaras sin sospecha de ese loco, con qué palabras me entrabas! No se dice en vano que el más empecible miembro del mal hombre o mujer es la lengua. ¡Quemada seas, alcahueta falsa, hechicera, enemiga de la honestidad, causadora de secretos yerros! ¡Jesú, Jesú! ¡Quítamela, Lucrecia, de delante, que me fino, que no me ha dejado gota de sangre en el cuerpo! Bien se lo merece esto y más, quien a estas tales da oídos. Por cierto, si no mirase a mi honestidad y por no publicar su osadía de ese atrevido, yo te hiciera, malvada, que tu razón y vida acabaran en un tiempo.

CELESTINA.—*(Aparte.)* ¡En hora mala acá vine, si me falta mi conjuro! ¡Ea, pues! Bien sé a quien digo. [¡Ce, hermano, que se va todo a perder!]

MELIBEA.—¿Aún hablas entre dientes delante mí para acrecentar mi enojo y doblar tu pena? ¿Querrías condenar mi honestidad por dar vida a un loco? ¿Dejar a mí triste por alegrar a él y llevar tú el provecho de mi perdición, el galardón de mi yerro? ¿Perder y destruir la casa y la honra de mi padre por ganar la de una vieja maldita como tú? ¿Piensas que no tengo sentidas tus pisadas y entendido tu dañado mensaje? Pues yo te certifico que las albricias que de aquí saques no sean sino estorbarte de más ofender a Dios, dando fin a tus días. Respóndeme, traidora, ¿cómo osaste tanto hacer?

CELESTINA.—Tu temor, señora, tiene ocupada mi disculpa. Mi inocencia me da osadía, tu presencia me turba en verla airada, y lo que más siento y me pena es recibir enojo sin razón ninguna. Por Dios, señora, que me dejes concluir mi dicho, que ni él quedará culpado ni yo condenada. Y verás cómo es todo más servicio de Dios, que pasos deshonestos; más para dar salud al enfermo que para dañar la fama al médico. Si pensara, señora, que tan de ligero habían de conjeturar de lo pasado nocibles sospechas, no bastara tu licencia para me dar osadía a hablar en cosa, que a Calixto ni a otro hombre tocare.

MELIBEA.—¡Jesú! No oiga yo mentar más ese loco, saltaparedes, fantasma de noche, luengo como cigüeña, figura de paramento mal pintado; si no, aquí me caeré muerta. ¡Éste es el que el otro día me vió y comenzó a desvariar conmigo en razones, haciendo mucho del galán! Dirásle, buena vieja, que, si pensó que ya era todo suyo y quedaba por él el campo, porque holgué más de consentir sus necedades, que castigar su yerro, quise más dejarle por loco que publicar su grande atrevimiento. Pues avísale que se aparte de este propósito y serle ha sano; si no, podrá ser que no haya comprado tan cara habla en su vida. Pues sabe que no es vencido, sino el que se cree serlo, y yo quedé bien segura y él ufano. De los locos es estimar a todos los otros de su calidad. Y tú tórnate con su misma razón; que respuesta de mí otra no habrás ni la esperes. Que por demás es ruego a quien no puede haber misericordia. Y da gracias a Dios, pues tan libre vas de esta feria. Bien me habían dicho quién tú eras y avisado de tus propiedades, aunque ahora no te conocía.

CELESTINA.—*(Aparte.)* ¡Más fuerte estaba Troya, y aun otras más bravas he yo amansado! Ninguna tempestad mucho dura.

MELIBEA.—¿Qué dices, enemiga? Habla, que te pueda oír ¿Tienes disculpa alguna para satisfacer mi enojo y excusar tu yerro y osadía?

CELESTINA.—Mientras viviere tu ira, más dañará mi descargo. Que estás muy rigurosa y no me maravillo: que la sangre nueva poca calor ha menester para hervir.

MELIBEA.—¿Poca calor? ¿Poco lo puedes llamar, pues quedaste tú viva y yo quejosa sobre tan gran atrevimiento? ¿Qué palabra podías tú querer para ese mal hombre, que a mí bien me estuviese? Responde, pues dices que no has concluido: ¡quizá pagarás lo pasado?

CELESTINA.—Una oración, señora, que le dijeron que sabías de Santa Polonia para el dolor de muelas. Asimismo tu cordón, que es fama que ha tocado todas las reliquias que hay en Roma y Jerusalén. Aquel caballero que dije, pena y muere de ellas. Ésta fué mi venida. Pero, pues en mi dicha estaba tu airada respuesta, padézcase él su dolor, en pago de buscar tan desdichada mensajera. Que, pues en tu mucha virtud me faltó piedad, también me faltara agua si a la mar me enviara. [Pero ya sabes que el deleite de la venganza dura un momento y el de la misericordia para siempre.]

MELIBEA.—Si eso querías, ¿por qué luego no me lo expresaste? ¿Por qué me lo dijiste en tan pocas palabras?

CELESTINA.—Señora, porque mi limpio motivo me hizo creer que, aunque en menos lo propusiera, no se había de sospechar mal. Que, si faltó el debido preámbulo, fué porque la verdad no es necesario abundar de muchos colores. Compasión de su dolor, confianza de tu magnificencia ahogaron en mi boca [al principio] la expresión de la causa. Y pues conoces, señora, que el dolor turba, la turbación desmanda y altera la lengua, la cual había de estar siempre atada con el seso, ¡por Dios!, que no me culpes. Y si él otro yerro ha hecho, no redunde en mi daño, pues no tengo otra culpa, sino ser mensajera del culpado. No quiebre la soga por lo más delgado. No seas la telaraña, que no muestra su fuerza sino contra los flacos animales. No paguen justos por pecadores. Imita a la Divina justicia, que dijo: "El ánima que pecare, aquella misma muera"; a la humana, que jamás condena el padre por el delito del hijo ni al hijo por el del padre. Ni es, señora, razón que su atrevimiento acarree mi perdición. Aunque, según su merecimiento, no tendría en mucho que fuese él el delincuente y yo la condenada. Que no es otro mi oficio, sino servir a los semejantes: de esto vivo y de esto me arreo. Nunca fué mi voluntad enojar a unos por agradar a otros, aunque hayan dicho

a tu merced en mi ausencia otra cosa. Al fin, señora, a la firme
verdad el viento del vulgo no la empece. [Una sola soy en este
limpio trato. En toda la ciudad pocos tengo descontentos. Con
todos cumplo, los que algo me mandan, como si tuviese veinte
pies y otras tantas manos.]

MELIBEA.—[No me maravillo, que un solo maestro de vicios
dicen que basta para corromper un gran pueblo.] Por cierto,
tantos y tales loores me han dicho de tus [falsas] mañas, que no
sé si crea que pedías oración.

CELESTINA.—Nunca yo la rece, y si la rezare no sea oída, si
otra cosa de mí se saque, aunque mil tormentos me diesen.

MELIBEA.—Mi pasada alteración me impide a reír de tu disculpa. Que bien sé que ni juramento ni tormento te torcerá a
decir verdad, que no es en tu mano.

CELESTINA.—Eres mi señora. Téngote de callar, hete yo de
servir, hasme tú de mandar. Tu mala palabra será víspera de
una saya.

MELIBEA.—Bien la has merecido.

CELESTINA.—Si no la he negado con la lengua, no la he perdido con la intención.

MELIBEA.—Tanto afirmas tu ignorancia, que me haces creer
lo que puede ser. Quiero, pues, en tu dudosa disculpa, tener la
sentencia en peso y no disponer de tu demanda al sabor de ligera
interpretación. No tengas en mucho ni te maravilles de mi pasado sentimiento, porque concurrieron dos cosas en tu habla que
cualquiera de ellas era bastante para me sacar de seso: nom-
brarme ese tu caballero, que conmigo se atrevió a hablar y también pedirme palabras sin más causa, que no se podía sospechar
sino daño para mi honra. Pero pues todo viene de buena parte,
de lo pasado haya perdón. Que en alguna manera es aliviado mi
corazón viendo que es obra pía y santa sanar los pasionados y
enfermos.

CELESTINA.—¡ Y tal enfermo, señora! Por Dios, si bien le co-
nocieses, no le juzgases por el que has dicho y mostrado con tu
ira. En Dios y en mi alma, no tiene hiel; gracias, dos mil; en
franqueza, Alejandro; en esfuerzo, Héctor; gesto, de un rey;
gracioso, alegre; jamás reina en él tristeza. De noble sangre,
como sabes. Gran justador, pues verlo armado, un San Jorge.
Fuerza y esfuerzo, no tuvo Hércules tanta. La presencia y facciones, disposición, desenvoltura, otra lengua había menester para
las contar. Todo junto semeja ángel del cielo. Por fe tengo que
no era tan hermoso aquel gentil Narciso, que se enamoró de su
propia figura cuando se vió en las aguas de la fuente. Ahora,
señora, tiénele derribado una sola muela, que jamás cesa de
quejar.

MELIBEA.—¿ Y qué tanto tiempo ha?

CELESTINA.—Podrá ser, señora, de veintitrés años: que aquí
está Celestina, que le vió nacer y le tomó a los pies de su
madre.

MELIBEA.—Ni te pregunto eso ni tengo necesidad de saber su
edad; sino qué tanto ha que tiene el mal.

CELESTINA.—Señora, ocho días. Que parece que ha un año en
su flaqueza. Y el mayor remedio que tiene es tomar una vihuela
y tañe tantas canciones y tan lastimeras, que no creo que fueron
otras las que compuso aquel emperador y gran músico Adriano,

de la partida del ánima, por sufrir sin desmayo la ya vecina muerte. Que aunque yo sé poco de música, parece que hace aquella vihuela hablar. Pues, si acaso canta, de mejor gana se paran las aves a le oír, que no aquel antiguo, de quien se dice que movía los árboles y piedras con su canto. Siendo éste nacido no alabaran a Orfeo. Mirad, señora, si una pobre vieja, como yo, si se hallará dichosa en dar la vida a quien tales gracias tiene. Ninguna mujer le ve, que no alabe a Dios, que así le pintó. Pues, si le habla, acaso no es más señora de sí de, lo que él ordena. Y pues tanta razón tengo, juzgad, señora, por bueno mi propósito, mis pasos saludables y vacíos de sospecha.

MELIBEA.—¡Oh, cuánto me pesa con la falta de mi paciencia! Porque siendo él ignorante y tú inocente, habéis padecido las alteraciones de mi airada lengua. Pero la mucha razón me releva de culpa, la cual tu habla sospechosa causó. En pago de tu buen sufrimiento, quiero cumplir tu demanda y darte luego mi cordón. Y porque para escribir la oración no habrá tiempo sin que venga mi madre, si esto no bastare, ven mañana por ella muy secretamente.

LUCRECIA.—(Aparte.) ¡Ya, ya, perdida es mi ama! ¿Secretamente quiere que venga Celestina? ¡Fraude hay! ¡Más le querrá dar que lo dicho!

MELIBEA.—¿Qué dices, Lucrecia?

LUCRECIA.—Señora, que baste lo dicho; que es tarde.

MELIBEA.—Pues, madre, no le des parte de lo que pasó a ese caballero, porque no me tenga por cruel o arrebatada o deshonesta.

LUCRECIA.—(Aparte.) No miento yo, que ¡mal va este hecho!

CELESTINA.—Mucho me maravillo, señora Melibea, de la duda que tienes de mi secreto. No temas, que todo lo sé sufrir y encubrir. Que bien veo que tu mucha sospecha echó, como suele, mis razones a la más triste parte. Yo voy con su cordón tan alegre, que se me figura que está diciéndole allá su corazón la merced que nos hiciste y que lo tengo de hallar aliviado.

MELIBEA.—Más haré por tu doliente, si menester fuere, en pago de lo sufrido.

CELESTINA.—Más será menester y más harás, y aun que no se te agradezca.

MELIBEA.—¿Qué dices, madre, de agradecer?

CELESTINA.—Digo, señora, que todos lo agradecemos y serviremos, y todos quedamos obligados. Que la paga más cierta es cuando más la tienen de cumplir.

LUCRECIA.—¡Trastrócame esas palabras!

CELESTINA.—¡Hija Lucrecia! ¡Ce! ¡Irás a casa y darte he una lejía con que pares esos cabellos más que el oro. No lo digas a tu señora. Y aun darte he unos polvos para quitarte ese olor de la boca, que te huele un poco, que en el reino no lo sabe hacer otra sino yo y no hay cosa que peor en la mujer parezca.

LUCRECIA.—[¡Oh! Dios te dé buena vejez, que más necesidad tenía de todo eso que de comer.]

CELESTINA.—[¿Pues por qué murmuras contra mí, loquilla? Calla, que no sabes si me habrás menester en cosa de más importancia. No provoques a ira a tu señora más de lo que ella ha estado. Déjame en paz.]

MELIBEA.—¿Qué le dices, madre?

CELESTINA.—Señora, acá nos entendemos.

MELIBEA.—Dímelo, que me enojo, cuando yo presente se habla cosa de que no haya parte.

CELESTINA.—Señora, que te acuerde la oración, para que la mandes escribir y que aprenda de mí a tener mesura en el tiempo de tu ira, en la cual yo usé lo que se dice: que del airado es de apartar por poco tiempo, del enemigo por mucho. Pues tú, señora, tenías ira con lo que sospechaste de mis palabras, no enemistad. Porque aunque fueran las que tú pensabas, en sí no eran malas: que cada día hay hombres penados por mujeres y mujeres por hombres, y esto obra la natura y la natura ordénola Dios y Dios no hizo cosa mala. Y así quedaba mi demanda, como quiera que fuese, en sí loable, pues de tal tronco procede, y yo libre de pena. Más razones de éstas te diría, sino porque la prolijidad es enojosa al que oye y dañosa al que habla.

MELIBEA.—En todo has tenido buen tiento, así en el poco hablar en mi enojo, como con el mucho sufrir.

CELESTINA.—Señora, sufríte con temor, porque te airaste con razón. Porque con la ira morando poder, no es sino rayo. Y por esto pasé tu rigurosa habla hasta que tu almacén hubiese gastado.

MELIBEA.—Encargo te es ese caballero.

CELESTINA.—Señora, más merece. Y si algo con mi ruego para él he alcanzado, con la tardanza lo he dañado. Yo me parto para él, si licencia me das.

MELIBEA.—Mientras más aína la hubieras pedido, más de grado la hubieras recaudado. Ve con Dios, que ni tu mensaje me ha traído provecho ni de tu ida me puede venir daño.

EL ACTO QUINTO

ARGUMENTO DEL QUINTO ACTO

Despedida Celestina de Melibea, va por la calle hablando consigo misma entre dientes. Llegada a su casa, halló a Sempronio, que le aguardaba. Ambos van hablando hasta llegar a su casa de Calixto, y, vistos por Parmeno, cuéntalo a Calixto su amo, el cual le mandó abrir la puerta.

CALIXTO, PARMENO, SEMPRONIO, CELESTINA

CELESTINA.—¡Oh rigurosos trances! ¡Oh cruda osadía! ¡Oh gran sufrimiento! ¡Y qué tan cercana estuve de la muerte, si mi mucha astucia no rigiera con el tiempo las velas de la petición! ¡Oh amenazas de doncella brava! ¡Oh airada doncella! ¡Oh diablo a quien yo conjuré! ¿Cómo cumpliste tu palabra en todo lo que te pedí? En cargo te soy. Así amansaste la cruel hembra con tu poder y diste tan oportuno lugar a mi habla cuando quise, con la ausencia de su madre. ¡Oh vieja Celestina! ¿Vas alegre? Sábete que la mitad está hecha cuando tienen buen principio las cosas. ¡Oh serpentino aceite! ¡Oh blanco hilado! ¡Cómo os aparejasteis todos en mi favor! ¡Oh! ¡Yo rompiera todos mis atamientos hechos y por hacer, ni creyera en hierbas, ni en piedras, ni en palabras! Pues alégrate, vieja, que más sacarás de este pleito que de quince virgos que renovaras. ¡Oh malditas haldas, prolijas y largas, cómo me estorbáis de llegar adonde han de reposar mis nuevas! ¡Oh buena fortuna, cómo ayudas a los osados, y a los tímidos eres contraria! Nunca huyendo huye la muerte el cobarde. ¡Oh cuántas erraran en lo que yo he acertado! ¿Qué hicieran en tan fuerte estrecho estas nuevas maestras de mi oficio, sino responder algo a Melibea por donde se perdiera cuanto yo con buen callar he ganado? Por eso dicen, quien las sabe las tañe, y que es más cierto médico el experimentado que el letrado, y la experiencia y escarmiento hacen los hombres arteros, y la vieja, como yo, que alce sus haldas al pasar del vado, como maestra. ¡Ay cordón, cordón! Yo te haré traer por fuerza, si vivo, a la que no quise darme su buena habla de grado.

SEMPRONIO.—O yo no veo bien o aquella es Celestina. ¡Válgala el diablo, haldear que trae! Parlando viene entre dientes.

CELESTINA.—¿De qué te santiguas, Sempronio? Creo que en verme.

SEMPRONIO.—Yo te lo diré. La realeza de las cosas es madre de la admiración; la admiración concebida en los ojos desciende al ánimo por ellos; el ánimo es forzado descubrirlo por estas exteriores señales. ¿Quién jamás te vió por la calle, abajada la cabeza, puestos los ojos en el suelo, y no mirar a ninguno, como ahora? ¿Quién te vió hablar entre dientes por las calles y venir aguijando como quien va a ganar beneficio? Cata que todo esto novedad es para se maravillar quien te conoce. Pero esto dejado, dime, por Dios, con qué vienes. Dime si tenemos hijo o hija. Que desde que dió la una te espero aquí y no he sentido mejor señal que tu tardanza.

CELESTINA.—Hijo, esa regla de bobos no es simple cierta, que otra hora me pudiera más tardar y dejar allá las narices; y otras dos, narices y lengua: y así que, mientras más tardase, más caro me costase.

SEMPRONIO.—Por amor mío, madre, no pases de aquí sin me lo contar.

CELESTINA.—Sempronio amigo, ni yo me podría parar ni el lugar es aparejado. Vente conmigo. Delante Calixto oirás maravillas. Que será desflorar mi embajada comunicándola con muchos. De mi boca quiero que sepa lo que se ha hecho. Que, aunque hayas de haber alguna partecilla del provecho, quiero yo todas las gracias del trabajo.

SEMPRONIO.—¿Partecilla, Celestina? Mal me parece eso que dices.

CELESTINA.—Calla, loquillo, que parte o partecilla, cuanto tú quisieres te daré. Todo lo mío es tuyo. Gocémonos y aprovechémonos, que sobre el partir nunca reñiremos. Y también sabes tú cuánta más necesidad tienen los viejos que los mozos, mayormente tú que vas a mesa puesta.

SEMPRONIO.—Otras cosas he menester más de comer.

CELESTINA.—¿Qué, hijo? ¡Una docena de agujetas y un torce para el bonete y un arco para andarte de casa en casa tirando a pájaros y aojando pájaras a las ventanas! [Muchachas digo, bobo, de las que no saben volar, que bien me entiendes. Que no hay mejor alcahuete para ellas que un arco, que se puede entrar cada uno hecho mostrenco, como dicen: en achaque de trama, etcétera.] ¡Mas, ay, Sempronio, de quien tiene de mantener honra y se va haciendo vieja como yo!

SEMPRONIO.—(Aparte.) ¡Oh lisonjera vieja! ¡Oh vieja llena de mal! ¡Oh codiciosa y avarienta garganta! También quiere a mí engañar como a mi amo, por ser rica. ¡Pues mala medra tiene! ¡No te arriendo la ganancia! Que quien con modo torpe sube en lo alto, más presto cae que sube. ¡Oh, qué mala cosa es de conocer el hombre! Bien dicen que ninguna mercadería ni animal es tan difícil. ¡Mala vieja, falsa, es ésta! ¡El diablo me metió con ella! Más seguro me fuera huir de esta venenosa víbora que tomarla. Mía fué la culpa. Pero gane harto, que por bien o mal no negaré la promesa.

CELESTINA.—¿Qué dices, Sempronio? ¿Con quién hablas? ¿Viénesme royendo las haldas? ¿Por qué no aguijas?

SEMPRONIO.—Lo que vengo diciendo, madre mía, es que no me maravillo que seas mudable, que sigues el camino de las muchas. Dicho me habías que diferirías este negocio. Ahora vas sin seso por decir a Calixto cuanto pasa. ¿No sabes que aquello es en algo tenido que es por tiempo deseado, y que cada día que él penase era doblarnos el provecho?

CELESTINA.—El propósito muda el sabio; el necio persevera. A nuevo negocio, nuevo consejo se requiere. No pensé yo, hijo Sempronio, que así me respondiera mi buena fortuna. De los discretos mensajeros es hacer lo que el tiempo quiere. Así, que la cualidad de lo hecho no puede encubrir tiempo disimulado. Y más que yo sé que tu amo, según lo que de él sentí, es liberal y algo antojadizo. Más dará en un día de buenas nuevas que en ciento que ande penado y yo yendo y viniendo. Que los acelerados y súbitos placeres crían alteración, la mucha alteración estorba el deliberar. Pues ¿en qué podrá parar el bien sino en bien, y el alto mensaje sino en luengas albricias? Calla, bobo; deja hacer a tu vieja.

SEMPRONIO.—Pues dime lo que pasó con aquella gentil doncella. Dime alguna palabra de su boca. Que por Dios así peno por saberla como mi amo penaría.

CELESTINA.—¡Calla, loco! Altérasete la complexión. Ya lo veo en ti, que querrías más estar al sabor que al olor de este negocio. Andemos presto, que estará loco tu amo con mi mucha tardanza.

SEMPRONIO.—Y aun sin ella se lo está.

PARMENO.—¡Señor, señor!

CALIXTO.—¿Qué quieres, loco?

PARMENO.—A Sempronio y a Celestina veo venir cerca de casa, haciendo paradillas de rato en rato [y, cuando están quedos hacen rayas en el suelo con el espada. No sé qué sea.]

CALIXTO.—¡Oh desvariado, negligente! Veslos venir: ¿no puedes decir, corriendo a abrir la puerta? ¡Oh alto Dios! ¡Oh soberana deidad! ¿Con qué vienen? ¿Qué nuevas traen? Qué tan grande ha sido su tardanza; que ya más esperaba su venida que el fin de mi remedio. ¡Oh mis tristes oídos! Aparejaos a lo que os viniere, que en su boca de Celestina está ahora aposentado el alivio o pena de mi corazón. ¡Oh! ¡Si en sueño se pasase este poco tiempo hasta ver el principio y fin de su habla! Ahora tengo por cierto que es más penoso al delincuente esperar la cruda y capital sentencia, que el acto de la ya sabida muerte.

¡Oh despacioso Parmeno, manos de muerto! Quita ya esa enojosa aldaba: entrará esa honrada dueña, en cuya lengua está mi vida.

CELESTINA.—¿Oyes, Sempronio? De otro temple anda nuestro amo. Bien difieren estas razones a las que oímos a Parmeno y a él la primera venida. De mal en bien me parece que va. No hay palabra de las que dice, que no vale a la vieja Celestina más que una saya.

SEMPRONIO.—Pues mira que entrando hagas que no ves a Calixto y hables algo bueno.

CELESTINA.—Calla, Sempronio, que aunque haya aventurado mi vida, más merece Calixto y su ruego y tuyo y más mercedes espero yo de él.

EL ACTO SEXTO

ARGUMENTO DEL SEXTO ACTO

Entrada Celestina en casa de Calixto, con grande afición y deseo Calixto le pregunta de lo que le ha acontecido con Melibea. Mientras ellos están hablando, Parmeno, oyendo hablar a Celestina de su parte contra Sempronio, a cada razón le pone un mote, reprendiéndolo Sempronio. En fin, la vieja Celestina le descubre todo lo negociado y un cordón de Melibea. Y, despedida de Calixto, vase para su casa y con ella Parmeno.

CALIXTO, CELESTINA, PARMENO, SEMPRONIO

CALIXTO.—¿Qué dices, señora y madre mía?

CELESTINA.—¡Oh mi señor Calixto! ¿Y aquí estás? ¡Oh mi nuevo amador de la muy hermosa Melibea, y con mucha razón! ¿Con qué pagarás a la vieja, que hoy ha puesto su vida al tablero por tu servicio? ¿Cuál mujer jamás se vió en tan estrecha afrenta como yo, que en tornarlo a pensar se me mengua y vacían todas las venas de mi cuerpo, de sangre? Mi vida diera por menor precio que ahora daría este manto raído y viejo.

PARMENO.—Tú dirás lo tuyo: entre col y col, lechuga. Subido has un escalón; más adelante te espero a la saya. Todo para ti y no nada de que puedas dar parte. Pelechar quiere la vieja. Tú me sacarás a mi verdadero y a mí amo loco. No le pierdas palabra, Sempronio, y verás cómo no quiere pedir dinero, porque es divisible.

SEMPRONIO.—Calla, hombre desesperado, que te matará Calixto si te oye.

CALIXTO.—Madre mía, abrevia tu razón o toma esta espada y mátame.

PARMENO.—Temblando está el diablo como azogado: no se puede tener en sus pies, su lengua le querría prestar para que hablase presto, no es mucha su vida, luto habremos, de medrar, de estos amores.

CELESTINA.—¿Espada, señor, o qué? ¡Espada mala mate a tus enemigos y a quien mal te quiere! Que yo la vida te quiero dar con buena esperanza que traigo de aquella que tú más amas.

CALIXTO.—¿Buena esperanza, señora?

CELESTINA.—Buena se puede decir, pues queda abierta puerta para mí tornada y antes me recibirá a mí con esta saya rota que a otro con seda y brocado.

PARMENO.—Sempronio, cóseme esta boca, que no lo puedo sufrir. ¡Encajado ha la saya!

SEMPRONIO.—¿Callarás, por Dios, o te echaré dende (1) con el diablo? Que si anda rodeando su vestido, hace bien, pues tiene de ello necesidad. Que el abad de do canta de allí viste.

PARMENO.—Y aun viste como canta. Y esta puta vieja querría en un día, por tres pasos, desechar todo el pelo malo, cuanto en cincuenta años no ha podido medrar.

SEMPRONIO.—¿Todo eso es lo que te castigó y el conocimiento que os teníais y lo que te crió?

PARMENO.—Bien sufriré más que pida y pele; pero no todo para su provecho.

SEMPRONIO.—No tiene otra tacha sino ser codiciosa; pero déjala, barde sus paredes, que después bardará las nuestras o en mal punto nos conoció.

CALIXTO.—Dime, por Dios, señora, ¿qué hacía? ¿Cómo entraste? ¿Qué tenía vestido? ¿A qué parte de casa estaba? ¿Qué cara te mostró al principio

CELESTINA.—Aquella cara, señor, que suelen los bravos toros mostrar contra los que lanzan las agudas flechas en el coso, la que los monteses puercos contra los sabuesos que mucho los aquejan.

CALIXTO.—¿Y a esas llamas señales de salud? Pues ¿cuáles serán mortales? No por cierto la misma muerte: que aquélla alivio sería en tal caso de este mi tormento, que es mayor y duele más.

SEMPRONIO.—¿Éstos son los fuegos pasados de mi amo? ¿Qué es esto? ¿No tendrá este hombre sufrimiento para oír lo que siempre ha deseado?

PARMENO.—¡Y que calle yo, Sempronio! Pues si nuestro amo te oye, tan bien te castigará a ti como a mí.

SEMPRONIO.—¡Oh, mal fuego te abrase! Que tú hablas en daño de todos y yo a ninguno ofendo. ¡Oh! ¡Intolerable pestilencia y mortal te consuma, rijoso, envidioso, maldito! ¿Toda ésta es la amistad que con Celestina y conmigo habías concertado? ¡Vete de aquí a la mala ventura!

CALIXTO.—Si no quieres, reina y señora mía, que desespere y vaya mi ánima condenada a perpetua pena oyendo esas cosas, certifícame brevemente si hubo buen fin tu demanda gloriosa y la cruda y rigurosa muestra de aquel gesto angélico y matador; pues todo eso más es señal de odio que de amor.

CELESTINA.—La mayor gloria, que al secreto oficio de la abeja se da, a la cual los discretos deben imitar, es que todas las cosas por ella tocadas convierte en mejor de lo que son. De esta manera me he habido con las zahareñas razones y esquivas de Melibea. Todo su rigor traigo convertido en miel, su ira en mansedumbre, su aceleramiento en sosiego. ¿Pues, a qué piensas que iba allá la vieja Celestina, a quien tú, demás de su merecimiento, magníficamente galardonaste, sino ablandar su saña, sufrir su accidente, a ser escudo de tu ausencia, a recibir en mi manto los golpes, los desvíos, los menosprecios, desdenes, que

(1) De ahí.

muestran aquéllas en los principios de sus requerimientos de amor, para que sea después en más tenida su dádiva? Que a quién más quieren, peor hablan. Y si así no fuese, ninguna diferencia habría entre las públicas que aman, a las escondidas doncellas, si todas dijesen si a la entrada de su primer requerimiento, en viendo que de alguno eran amadas. Las cuales, aunque están abrasadas y encendidas de vivos fuegos de amor, por su honestidad muestran un frío exterior, un sosegado bulto, un apacible desvío, un constante ánimo y casto propósito, unas palabras agrias, que la propia lengua se maravilla del gran sufrimiento suyo, que la hacen forzosamente confesar el contrario de lo que sienten. Así que para que tú descanses y tengas reposo mientras te contare por extenso el proceso de mi habla y la causa que tuve para entrar, sabe que el fin de su razón y habla fué muy bueno.

CALIXTO.—Ahora, señora, que me has dado seguro para que ose esperar todos los rigores de la respuesta, di cuanto mandares y como quisieres, que yo estaré atento. Ya me reposa el corazón, ya descansa mi pensamiento, ya reciben las venas y recobran su perdida sangre, ya he perdido temor, ya tengo alegría. Subamos, sin mandas, arriba. En mi cámara me dirás por entero lo que aquí he sabido en suma.

CELESTINA.—Subamos, señor.

[PÁRMENO.—¡Oh Santa María! ¡Y qué rodeos busca este loco por huir de nosotros, para poder llorar a su placer con Celestina de gozo y por descubrirle mil secretos de su liviano y desvariado apetito, por preguntar y responder seis veces cada cosa, sin que esté presente quien le puede decir que es prolijo! Pues mándote yo, desatinado, que tras ti vamos.]

[CALIXTO.—Mirad, señora, qué hablar trae Parmeno, cómo se viene santiguando de oír lo que has hecho con tu gran diligencia. Espantado está, por mi fe, señora Celestina. Otra vez se santigua. Sube, sube, sube y] asiéntate, señora, que de rodillas quiero escuchar tu suave respuesta. Dime luego la causa de tu entrada, qué fué.

CELESTINA.—Vender un poco de hilado, con que tengo cazadas más de treinta de su estado, si a Dios ha placido, en este mundo, y algunas mayores.

CALIXTO.—Eso será de cuerpo, madre; pero no de gentileza, no de estado, no de gracia y discreción, no de linaje, no de presunción con merecimiento, no en virtud, no en habla.

PÁRMENO.—Ya escurre eslabones el perdido. Ya se desconciertan sus badajadas. Nunca da menos de doce; siempre está hecho reloj de mediodía. Cuenta, cuenta, Sempronio, que estás desbandado oyéndole a él locuras y à ella mentiras.

SEMPRONIO.—¡Maldiciente venenoso! ¿Por qué cierras las orejas a lo que todo el mundo las aguza, hecho serpiente que huye la voz del encantador? Que sólo por ser de amores estas razones, aunque mentiras, las habías de escuchar con gana.

CELESTINA.—Oye, señor Calixto, y verás tu dicha y mi solicitud qué obraron. En en comenzando yo a vender y poner en precio mi hilado, fué su madre de Melibea llamada para que fuese a visitar una hermana suya enferma. Y como le fuese necesario ausentarse, dejó en su lugar a Melibea.

CALIXTO.—¡Oh gozo sin par! ¡Oh singular oportunidad! ¡Oh

oportuno tiempo! ¡Oh quién estuviera allí debajo de tu manto, escuchando qué hablaría sola aquélla en quien Dios tan extremadas gracias puso!

CELESTINA.—¿Debajo de mi manto, dices? ¡Ay mezquina! Que fueras visto por treinta agujeros que tiene, si Dios no le mejora.

PARMENO.—Sálgome fuera, Sempronio. Ya no digo nada; escúchatelo tú todo. Si este perdido de mi amo no midiese con el pensamiento cuántos pasos hay de aquí a casa de Melibea y contemplase en su gesto y considerase cómo estaría aviniendo el hilado, todo el sentido puesto y ocupado en ella, él vería que mis consejos le eran más saludables que estos engaños de Celestina.

CALIXTO.—¿Qué es esto, mozos? Estoy yo escuchando atento, que me va la vida; ¿vosotros susurráis, como soléis, por hacerme mala obra y enojo? Por mi amor, que calléis: moriréis de placer con esta señora, según su buena diligencia. Di, señora: ¿qué hiciste cuando te viste sola?

CELESTINA.—Recibí, señor, tanta alteración de placer, que cualquiera que me viera, me lo conociese en el rostro.

CALIXTO.—Ahora la recibo yo: cuanto más quien ante sí contemplara tal imagen. Enmudecerías con la novedad incogitada.

CELESTINA.—Antes me dió más osadía a hablar lo que quise verme sola con ella. Abría mis entrañas. Díjele mi embajada: cómo penabas tanto por una palabra de su boca salida en favor tuyo, para sanar un gran dolor. Y como ella estuviese suspensa mirándome, espantada del nuevo mensaje, escuchando hasta ver quién podía ser el que así por necesidad de su palabra penaba o a quién pudiese sanar su lengua, en nombrando tu nombre atajó mis palabras, dióse en la frente una gran palmada, como quien cosa de grande espanto hubiese oído, diciendo que cesase mi habla y me quitase delante, si no quería hacer a sus servidores verdugos de mi postremería, agravando mi osadía, llamándome hechicera, alcahueta, vieja falsa, [barbuda, malhechora] y otros muchos ignominiosos nombres, con cuyos títulos asombran a los niños [de cuna. Y en pos de esto mil amortecimientos y desmayos, mil milagros y espantos, turbado el sentido, bullendo fuertemente los miembros todos a una parte y a otra, herida de aquella dorada flecha que del sonido de tu nombre le tocó, retorciendo el cuerpo, las manos enclavijadas, como quien se despereza, que parecía que las despedazaba, mirando con los ojos a todas partes, acoceando con los pies el suelo duro. Y yo, a todo esto, arrinconada, encogida, callando, muy gozosa con su ferocidad. Mientras más basqueaba, más yo me alegraba, porque más cerca estaba el rendirse y su caída. Pero entre tanto que gastaba aquel espumajoso almacén su ira, yo no dejaba mis pensamientos estar vagos ni ociosos, de manera que tuve tiempo para salvar lo dicho].

CALIXTO.—Eso me di, señora madre. Que yo he revuelto en mi juicio mientras te escucho y no he hallado disculpa que buena fuese ni conveniente, con que lo dicho se cubriese ni colorase, sin quedar terrible sospecha de tu demanda. Porque conozca tu mucho saber, que en todo me pareces más que mujer: que como su respuesta tú pronosticaste, proveiste con tiempo tu réplica. ¿Qué más hacía aquella Tusca Adeleta, cuya fama, siendo tú viva se perdiera? La cual tres días antes de su fin pronunció la muerte de su viejo marido y de dos hijos que tenía. Ya creo lo que dices, que el género flaco de las hembras es más apto para las prestas cautelas, que el de los varones.

CELESTINA.—¿Qué, señor? Dije que tu pena era mal de muelas y que la palabra, que de ella quería, era una oración, que ella sabía, muy devota, para ellas.

CALIXTO.—¡Oh maravillosa astucia! ¡Oh singular mujer en su oficio! ¡Oh cautelosa hembra! ¡Oh medicina presta! ¡Oh discreta en mensajes! ¿Cuál humano seso bastara a pensar tan alta manera de remedio? De cierto creo, si nuestra edad alcanzara aquellos pasados Eneas y Dido, no trabajara tanto Venus para atraer a su hijo el amor de Elisa, haciendo tomar a Cupido ascánica forma para la medianera. Ahora doy por bien empleada mi muerte, puesta en tales manos, y creeré que, si mi deseo no hubiere efecto, cual querría, que no se pudo obrar más, según natura, en mi salud. ¿Qué os parece, mozos? ¿Qué más se pudiera pensar? ¿Hay tal mujer nacida en el mundo?

CELESTINA.—Señor, no atajes mis razones; déjame decir, que se va haciendo noche. Ya sabes que quien mal hace aborrece la claridad, y yendo a mi casa podré haber algún mal encuentro.

CALIXTO.—¿Qué, qué? Sí, que hachas y pajes hay que te acompañen.

PARMENO.—¡Sí, sí, porque no fuercen a la niña! Tú irás con ella, Sempronio, que ha temor de los grillos, que cantan con lo obscuro.

CALIXTO.—¿Dices algo, hijo Parmeno?

PARMENO.—Señor, que yo y Sempronio será bueno que la acompañemos hasta su casa, que hace mucho obscuro.

CALIXTO.—Bien dicho es. Después será. Procede en tu habla y dime qué más pasaste. ¿Qué respondió a la demanda de tu oración?

CELESTINA.—Que la daría de su grado.

CALIXTO.—¿De su grado? ¡Oh Dios mío, qué alto don!

CELESTINA.—Pues más le pedí.

CALIXTO.—¿Qué, mi vieja honrada?

CELESTINA.—Un cordón que ella trae contino ceñido, diciendo que era provechoso para tu mal, porque había tocado muchas reliquias.

CALIXTO.—Pues, ¿qué dijo?

CELESTINA.—¡Dame albricias! Decírtelo he.

CALIXTO.—¡Oh! Por Dios, toma toda esta casa y cuanto en ella hay y dímelo o pide lo que querrás!

CELESTINA.—Por un manto que tú des a la vieja, te dará en tus manos el mismo que en su cuerpo ella traía.

CALIXTO.—¿Qué dices de manto? Y saya y cuanto yo tengo.

CELESTINA.—Manto he menester, y éste tendré yo en harto. No te alargues más. No pongas sospechas o duda en mi pedir. Que dicen que ofrecer mucho al que poco pide es especie de negar.

CALIXTO.—¡Corre! Parmeno, llama a mi sastre y corte luego un manto y una saya de aquel contray, que se sacó para frisado.

PARMENO.—¡Así, así! A la vieja todo, porque venga cargada de mentiras como abeja y a mí que me arrastren. Tras esto anda ella hoy todo el día con sus rodeos.

CALIXTO.—¡De qué gana va el diablo! No hay cierto tan mal servido hombre como yo, manteniendo mozos adivinos, rezongadores, enemigos de mi bien. ¿Qué vas, bellaco, rezando? Envidioso, ¿qué dices, que no te entiendo? Ve donde te mando presto y no me enojes, que harto basta mi pena para acabar: que también habrá para ti sayo en aquella pieza.

PARMENO.—No digo, señor, otra cosa, sino que es tarde para que venga el sastre.

CALIXTO.—¿No digo yo que adivinas? Pues quédese para mañana. Y tú, señora, por amor mío te sufras, que no se pierde lo que se dilata. Y mándeme mostrar aquel santo cordón que tales miembros fué digno de ceñir. ¡Gozarán mis ojos con todos los otros sentidos, pues juntos han sido apasionados! ¡Gozará mi lastimado corazón, aquel que nunca recibió momento de placer después que aquella señora conoció! Todos los sentidos le llegaron, todos corrieron a él con sus esportillas de trabajo. Cada uno le lastimó cuanto más pudo: los ojos en verla, los oídos en oírla, las manos en tocarla.

CELESTINA.—¿Que la has tocado, dices? Mucho me espantas.

CALIXTO.—Entre sueños, digo.

CELESTINA.—¿En sueños?

CALIXTO.—En sueños la veo tantas noches, que temo me acontezca como a Alcibíades o a Sócrates, que el uno soñó que se veía envuelto en el manto de su amiga y otro día matáronle, y no hubo quien le alzase de la calle ni cubrirse sino ella con su manto; el otro veía que le llamaban por nombre, y murió dende a tres días; pero en vida o en muerte, alegre me sería vestir su vestidura.

CELESTINA.—Asaz tienes pena, pues cuando los otros reposan en sus camas, preparas tú el trabajo para sufrir otro día. Esfuérzate, señor, que no hizo Dios a quien desamparase. Da espacio a tu deseo. Toma este cordón, que, si yo no me muero, yo te daré a su ama.

CALIXTO.—¡Oh nuevo huésped! ·¡Oh bienaventurado cordón, que tanto poder y merecimiento tuviste de ceñir aquel cuerpo que yo no soy digno de servir! ¡Oh nudos de mi pasión, vosotros enlazasteis mis deseos! ¡Decidme si os hallasteis presentes en la desconsolada respuesta de aquella a quien vosotros servís y yo adoro y, por más que trabajo noches y días, no me vale ni aprovecha!

CELESTINA.—Refrán viejo es: quien menos procura, alcanza más bien. Pero yo te haré procurando conseguir lo que siendo negligente no habrías. Consuélate, señor, que en una hora no se ganó Zamora; pero no por eso desconfiaron los combatientes.

CALIXTO.—¡Oh desdichado! Que las ciudades están con piedras cercadas, y a piedras piedras las vencen; pero esta mi señora tiene el corazón de acero. No hay metal que con él pueda; no hay tiro que le melle. Pues poned escalas en su muro: unos ojos tiene con que echa saetas, una lengua de reproches y desvíos, el asiento tiene en parte que media legua no le pueden poner cerco.

CELESTINA.—¡Callad, señor! Que el buen atrevimiento de un solo hombre ganó a Troya. No desconfíes, que una mujer puede ganar otra. Poco has tratado mi casa: no sabes bien lo que yo puedo.

CALIXTO.—Cuanto dijeres, señora, te quiero creer, pues tal joya como ésta me trajiste. ¡Oh mi gloria y ceñidero de aquella angélica cintura! Yo te veo y no lo creo. ¡Oh cordón, cordón! ¿Fuíste me tú enemigo? Dilo cierto. Si lo fuiste, yo te perdono, que de los buenos es propio las culpas perdonar. No lo creo: que, si fueras contrario, no vinieras tan presto a mi poder, salvo si vienes a disculparte. Conjúrote me respondas, por la virtud del gran poder que aquella señora sobre mí tiene.

CELESTINA.—Cesa ya, señor, ese devanear, que a mí tienes cansada de escucharte y al cordón roto de tratarlo.

CALIXTO.—¡Oh mezquino de mí! Que asaz bien me fuera del cielo otorgado que de mis brazos fueras hecho y tejido, no de seda como eres, porque ellos gozaran cada día de rodear y ceñir con debida reverencia aquellos miembros, que tú, sin sentir ni gozar de la gloria, siempre tienes abrazados. ¡Oh qué secretos habrás visto de aquella excelente imagen!

CELESTINA.—Más verás tú y con más sentido, si no lo pierdes hablando lo que hablas.

CALIXTO.—Calla, señora, que él y yo nos entendemos. ¡Oh mis ojos! Acordaos cómo fuisteis causa y puerta por donde fué mi corazón llagado, y que aquél es visto hacer daño que da la causa. Acordaos que sois deudores de la salud. Remirad la medicina que os viene hasta casa.

SEMPRONIO.—Señor, por holgar con el cordón, no querrás gozar de Melibea.

CALIXTO.—¡Qué, loco, desvariado, atajasolaces! ¿Cómo es eso?

SEMPRONIO.—Que mucho hablando matas a ti y a los que te oyen. Y así, que perderás la vida o el seso. Cualquiera que falte, basta para quedarte a obscuras. Abrevia tus razones: darás lugar a las de Celestina.

CALIXTO.—¿Enójote, madre, con mi luenga razón o está borracho este mozo?

CELESTINA.—Aunque no lo esté, debes, señor, cesar tu razón, dar fin a tus luengas querellas, tratar al cordón como cordón, porque sepas hacer diferencia de habla cuando con Melibea te veas: no haga tu lengua iguales la persona y el vestido.

CALIXTO.—¡Oh mi señora, mi madre, mi consoladora! Déjame gozar con este mensajero de mi gloria. ¡Oh lengua mía! ¿Por qué te impides en otras razones, dejando de adorar presente la excelencia de quien por ventura jamás verás en tu poder? ¡Oh mis manos! ¡Con qué atrevimiento, con cuán poco acatamiento tenéis y tratáis la triaca de mi llaga! Ya no podrán empecer las hierbas que aquel crudo casquillo traía envueltas en su aguda punta. Seguro soy, pues quien dió la herida la cura. ¡Oh tú, señora, alegría de las viejas mujeres, gozo de las mozas, descanso de los fatigados como yo! No me hagas más penado con tu temor, que hace mi vergüenza. Suelta la rienda a mi contemplación, déjame salir por las calles con esta joya, porque los que me vieran sepan que no hay más bienandante hombre que yo.

SEMPRONIO.—No afistules (1) tu llaga cargándola de más deseo. No es, señor, el solo cordón del que pende tu remedio.

CALIXTO.—Bien lo conozco; pero no tengo sufrimiento para me abstener de adorar tan alta empresa.

_____

(1) De *afistular*.

CELESTINA.—¿Empresa? Aquella es empresa, que de grado es dada; pero ya sabes que lo hizo por amor de Dios, para guarecer tus muelas, no por el tuyo, para cerrar tus llagas. Pero si yo vivo, ella volverá la hoja.

CALIXTO.—¿Y la oración?

CELESTINA.—No se me dió por ahora.

CALIXTO.—¿Qué fué la causa?

CELESTINA.—La brevedad del tiempo; pero quedó, que si tu pena no aflojase, que tornase mañana por ella.

CALIXTO.—¿Aflojar? Entonces aflojará mi pena, cuando su crueldad.

CELESTINA.—Asaz, señor, basta lo dicho y hecho. Obligada queda, según lo que mostró, a todo lo que para esta enfermedad yo quisiere pedir, según su poder. Mirad, señor, si esto basta para la primera vista. Yo me voy. Cumple, señor, que si salieres mañana, lleves rebozado un paño, porque si de ella fueres visto, no acuse de falsa mi petición.

CALIXTO.—Y aun cuatro por tu servicio. Pero dime, pardiós, ¿pasó más? Que muero por oír palabras de aquella dulce boca. ¿Cómo fuiste tan osada, que, sin la conocer, te mostraste tan familiar en tu entrada y demanda?

CELESTINA.—¿Sin la conocer? Cuatro años fueron mis vecinas. Trataba con ellas, hablaba y reía de día y de noche. Mejor me conoce su madre que a sus mismas manos; aunque Melibea se ha hecho grande, mujer discreta, gentil.

PARMENO.—Ea, mira, Sempronio, qué te digo al oído.

SEMPRONIO.—Dime, ¿qué dices?

PARMENO.—Aquel atento escuchar de Celestina da materia de alargar en su razón a nuestro amo. Llégate a ella, dale del pie, hagámosle de señas que no espere más; sino que se vaya. Que no hay tan loco hombre nacido, que solo mucho hable.

CALIXTO.—¿Gentil dices, señora, que es Melibea? Parece que lo dices burlando. ¿Hay nacida su par en el mundo? ¿Crió Dios otro mejor cuerpo? ¿Puédense pintar tales facciones, dechado de hermosura? Si hoy fuera viva Elena, por quien tanta muerte hubo de griegos y troyanos, o la hermosa Polixena, todas obedecerían a esta señora por quien yo peno. Si ella se hallara presente en aquel debate de la manzana con las tres diosas, nunca sobrenombre de discordia le pusieran. Porque sin contrariar ninguna, todas concedieran y vivieran conformes en que la llevara Melibea. Así, que se llamara manzana de concordia. Pues cuantas hoy son nacidas, que de ella tengan noticia, se maldicen, querellan a Dios porque no se acordó de ellas cuando a esta mi señora hizo. Consumen sus vidas, comen sus carnes con envidia, danles siempre crudos martirios, pensando con artificio igualar con la perfección, que sin trabajo dotó a ella natura. De ellas, pelan sus cejas con tenacicas y pegones y a cordelejos; de ellas, buscan las doradas hierbas, raíces, ramas y flores para hacer lejías con que sus cabellos semejasen a los de ella, las caras martillando, envistiéndolas en diversos matices con ungüentos y unturas, aguas fuertes, posturas blancas y coloradas, que por evitar prolijidad no las cuento. Pues la que todo esto halló hecho, mirad si merece de un triste hombre como yo ser servida.

CELESTINA.—Bien te entiendo, Sempronio. Déjale, que él caerá de su asno. Ya acaba.

CALIXTO.—En la que toda la natura se remiró por la hacer perfecta. Que las gracias, que en todas repartió, las juntó en ella. Allí hicieron alarde cuanto más acabadas pudieron allegarse, por que conociesen los que la viesen cuánta era la grandeza de su pintor. Sólo un poco de agua clara con un ebúrneo peine basta para exceder a las nacidas en gentileza. Éstas son sus armas. Con éstas mata y vence, con éstas me cautivó, con éstas me tiene ligado y puesto en dura cadena.

CELESTINA.—Calla y no te fatigues. Que más aguda es la lima, que yo tengo, que fuerte esa cadena que te atormenta. Yo la cortaré con ella, por que tú quedes suelto. Por ende, dame licencia, que es muy tarde, y déjame llevar el cordón, porque tengo de él necesidad.

CALIXTO.—¡Oh desconsolado de mí! La fortuna adversa me sigue junta. Que contigo o con el cordón o con entrambos quisiera yo estar acompañado esta noche luenga y obscura. Pero, pues no hay bien cumplido en esta penosa vida, venga entera la soledad. ¡Mozos, mozos!

PARMENO.—Señor.

CALIXTO.—Acompaña a esta señora hasta su casa y vaya con ella tanto placer y alegría cuanta conmigo queda tristeza y soledad.

CELESTINA.—Quede, señor, Dios contigo. Mañana será mi vuelta, donde mi manto y la respuesta vendrán a un punto; pues hoy no hubo tiempo. Y súfrete, señor, y piensa en otras cosas.

CALIXTO.—Eso no, que es herejía olvidar aquella por quien la vida me aplace.

EL ACTO SÉPTIMO

ARGUMENTO DEL SÉPTIMO ACTO

Celestina habla con Parmeno, induciéndole a concordia y amistad de Sempronio. Tráele Parmeno a memoria la promesa, que le hiciera, de lo hacer haber a Areusa, que él mucho amaba. Vanse a casa de Areusa. Queda ahí la noche Parmeno. Celestina va para su casa. Llama a la puerta. Elicia le viene a abrir, increpándole su tardanza.

PARMENO, CELESTINA, AREUSA, ELICIA

CELESTINA.—Parmeno hijo, después de las pasadas razones no he habido oportuno tiempo para te decir y mostrar el mucho amor que te tengo y asimismo cómo de mi boca todo el mundo ha oído hasta ahora en ausencia bien de ti. La razón no es menester repetirla, porque yo te tenía por hijo, a lo menos cuasi adoptivo, y así que imitabas a natural; y tú dasme el pago en mi presencia pareciéndote mal cuanto digo, susurrando y murmurando contra mí en presencia de Calixto. Bien pensaba yo que, después que concediste en mi buen consejo, que no habías de tornarte atrás. Todavía me parece que te quedan reliquias vanas, hablando por antojo, más que por razón. Desechas el provecho por contentar la lengua. Óyeme, si no me has oído, y mira que soy vieja y el buen consejo mora en los viejos y de

los mancebos es propio el deleite. Bien creo que de tu yerro
sola la edad tiene culpa. Espero en Dios [que serás mejor para
mí de aquí adelante, y mudarás el ruin propósito con la tierna
edad. Que, como dicen, múdanse costumbres con la mudanza
del cabello y variación]; digo, hijo, creciendo y viendo cosas
nuevas cada día. Porque la mocedad en sólo lo presente se
impide y ocupa a mirar; mas la madura edad no deja presente,
ni pasado, ni porvenir. Si tú tuvieras memoria, hijo Parmeno,
del pasado amor que te tuve, la primera posada que tomaste
venido nuevamente en esta ciudad había de ser la mía. Pero los
mozos curáis poco de los viejos. Regíos a sabor de paladar.
[Nunca pensáis que tenéis ni habéis de tener necesidad de ellos.
Nunca pensáis en enfermedades.] Nunca pensáis que os puede
faltar esta florecilla de juventud. Pues mira, amigo, que para
tales necesidades como éstas buen acorro es una vieja conocida,
amiga, madre y más que madre, buen mesón para descansar
sano, buen hospital para sanar enfermo, buena bolsa para necesidad, buena arca para guardar dinero en prosperidad, buen
fuego de invierno rodeado de asadores, buena sombra de verano,
buena taberna para comer y beber. ¿Qué dirás, loquillo, a todo
esto? Bien sé que estás confuso por lo que hoy has hablado. Pues
no quiero más de ti. Que Dios no pide más del pecador, de arrepentirse y enmendarse. Mira a Sempronio. Yo le hice hombre,
de Dios en ayuno. Querría que fuésedes como hermanos, porque
estando bien con él, con tu amo y con todo el mundo lo estarías. Mira que es bienquisto, diligente, palanciano, buen servidor, gracioso. Quiere tu amistad. Crecería vuestro provecho dán-
doos el uno al otro la mano; ni aun habría más privados con
vuestro amo que vosotros. Y pues sabe que es menester que ames,
si quieres ser amado, que no se toman truchas, etcétera, ni te lo
debe Sempronio de fuero, simpleza es no querer amor y esperar
de ser amado, locura es pagar la amistad con odio.

Parmeno.—Madre, para contigo digo que mi segundo yerro
te confieso, y con perdón de lo pasado, quiero que ordenes lo
por venir. Pero con Sempronio me parece que es imposible
sostenerse mi amistad. Él es desvariado, yo malsufrido: con-
ciértame esos amigos.

Celestina.—Pues no era ésa tu condición.

Parmeno.—A la mi fe, mientras más fué creciendo, más la
primera paciencia me olvidaba. No soy el que solía, y asimismo
Sempronio no hay ni tiene en qué me aproveche.

Celestina.—El cierto amigo en la cosa incierta se conoce,
en las adversidades se prueba. Entonces se allega y con más
deseo visita la casa que la fortuna próspera desamparó. ¿Qué
te diré, hijo, de las virtudes del buen amigo? No hay cosa más
amada ni más rara. Ninguna carga rehusa. Vosotros sois iguales.
La paridad de las costumbres y la semejanza de los corazones
es la que más la sostiene. Cata, hijo, que, si algo tienes, guardado se te está. Sabe tú ganar más, que aquello ganado lo
hallaste. Buen siglo haya aquel padre que lo trabajó. No se te
puede dar hasta que vivas más reposado y vengas en edad
cumplida.

Parmeno.—¿A qué llamas reposado, tía?

Celestina.—Hijo, a vivir por ti, a no andar por casas ajenas, lo cual siempre andarás mientras no te supieres aprovechar

de tu servicio. Que de lástima, que hube de verte roto, pedí hoy manto, como viste, a Calixto. No por mi manto; pero porque, estando el sastre en casa y tú delante sin sayo, te le diese. Así que, no por mi provecho, como yo sentí que dijiste; mas por el tuyo. Que si esperas al ordinario galardón de estos galanes, es tal, que lo que en diez años sacarás atarás en la manga. Goza tu mocedad, el buen día, la buena noche, el buen comer o beber. Cuando pudieres hacerlo, no lo dejes. Piérdase lo que se perdiere. No llores tú la hacienda que tu amo heredó, que esto te llevarás de este mundo, pues no le tenemos más de por nuestra vida. ¡Oh hijo mío Parmeno! Que bien te puedo decir hijo, pues tanto tiempo te crié. Toma mi consejo, pues sale con limpio deseo de verte en alguna honra. ¡Oh cuán dichosa me hallaría en que tú y Sempronio estuvieseis muy conformes, muy amigos, hermanos en todo, viéndoos venir a mi pobre casa a holgar, a verme y aun a desenojaros con sendas muchachas!

Parmeno.—¿Muchachas, madre mía?

Celestina.—¡Alahé! Muchachas digo; que viejas harto me soy yo. Cual se la tiene Sempronio, y aun sin haber tanta razón ni tenerle tanta afición como a ti. Que de las entrañas me sale cuanto te digo.

Parmeno.—Señora, ¿no vives engañada?

Celestina.—Y aunque lo viva, no me pena mucho, que también lo hago por amor de Dios y por verte solo en tierra ajena, y más por aquellos huesos de quien te me encomendó. Que tú serás hombre y vendrás en buen conocimiento y verdadero y dirás: la vieja Celestina bien me consejaba.

Parmeno.—Y aun ahora lo siento; aunque soy mozo. Que, aunque hoy veías que aquello decía, no era porque me pareciese mal lo que tú hacías; pero porque veía que le consejaba yo lo cierto y me daba malas gracias. Pero de aquí adelante demos tras él. Haz de las tuyas, que yo callaré. Que ya tropecé en no te creer cerca de este negocio con él.

Celestina.—Cerca de este y de otros tropezarás y caerás, mientras no tomares mis consejos, que son de amiga verdadera.

Parmeno.—Ahora doy por bien empleado el tiempo, que siendo niño, te serví, pues tanto fruto trae para la mayor edad. Y rogaré a Dios por el ánima de mi padre, que tal tutriz me dejó, y de mi madre, que a tal mujer me encomendó.

Celestina.—No me la nombres, hijo, por Dios, que se me hinchen los ojos de agua. ¿Y tuve yo en este mundo otra tal amiga? ¿Otra tal compañera? ¿Tal aliviadora de mis trabajos y fatigas? ¿Quién suplía mis faltas? ¿Quién sabía mis secretos? ¿A quién descubría mi corazón? ¿Quién era todo mi bien y descanso, sino tu madre, más que mi hermana y comadre? ¡Oh, qué graciosa era! ¡Oh, qué desenvuelta, limpia, varonil! Tan sin pena ni temor se andaba a media noche de cementerio en cementerio, buscando aparejos para nuestro oficio, como de día. Ni dejaba cristianos ni moros ni judíos, cuyos enterramientos no visitaba. De día los acechaba, de noche los desterraba. Así se holgaba con la noche obscura como tú con el día claro; decía que aquélla era capa de pecadores. ¿Pues maña no tenía con todas las otras gracias? Una cosa te diré, por que veas qué madre perdiste; aunque era para callar. Pero contigo todo pasa. Siete dientes quitó a un ahorcado con unas tenacitas de pelacejas, mientras

yo le descalcé los zapatos. Pues si entraba en un cerco mejor que
yo y con más esfuerzo; aunque yo tenía harto buena fama, más
que ahora, que por mis pecados todo se olvidó con su muerte.
¿Qué más quieres sino que los mismos diablos la habían miedo?
Atemorizados y espantados los tenía con las crudas voces que les
daba. Así era ella de ellos conocida como tú en tu casa. Tum-
bando venían unos sobre otros a su llamado. No le osaban decir
mentira, según la fuerza con que los apremiaba. Después que la
perdí, jamás les oí verdad.

PARMENO.—No la medre Dios más a esta vieja, que ella me
da placer con estos loores de sus palabras.

CELESTINA.—¿Qué dices, mi honrado Parmeno, mi hijo y más
que mi hijo?

PARMENO.—Digo que, ¿cómo tenía esa ventaja mi madre, pues
las palabras que ella y tú decíades eran todas unas?

CELESTINA.—¿Cómo? ¿Y de eso te maravillas? ¿No sabes que
dice el refrán que mucho va de Pedro a Pedro? Aquella gracia
de mi comadre no la alcanzábamos todas. ¿No has visto en los
oficios unos buenos y otros mejores? Así era tu madre, que Dios
haya, la prima de nuestro oficio, y por tal era de todo el mundo
conocida y querida, así de caballeros como clérigos, casados, viejos, mozos y niños. ¿Pues mozas y doncellas? Así rogaban a
Dios por su vida, como de sus mismos padres. Con todos tenía
quehacer, con todos hablaba. Si salíamos por la calle, cuantos
topábamos eran sus ahijados. Que fué su principal oficio partera
diez y seis años. Así que, aunque tú no sabías sus secretos, por
la tierna edad que habías, ahora es razón que los sepas, pues
ella es finada y tú hombre.

PARMENO.—Dime, señora, cuando la justicia te mandó pren-
der, estando yo en tu casa, ¿teníades mucho conocimiento?

CELESTINA.—¿Si teníamos me dices? ¡Como por burla! Juntas
lo hicimos, juntas nos sintieron, juntas nos prendieron y acusa-
ron, juntas nos dieron la pena esa vez, que creo que fué la
primera. Pero muy pequeño eras tú. Yo me espanto cómo te
acuerdas, que es la cosa que más olvidada está en la ciudad.
Cosas son que pasan por el mundo. Cada día verás quien peque
y pague, si sales a ese mercado.

PARMENO.—Verdad es; pero del pecado lo peor es la perseverancia. Que así como el primer movimiento no es en mano del
hombre, así el primer yerro; donde dicen que quien yerra y se
enmienda, etcétera.

CELESTINA.—Lastimásteme, don loquillo. A las verdades nos
andamos. Pues espera, que yo te tocaré donde te duela.

PARMENO.—¿Qué dices, madre?

CELESTINA.—Hijo, digo que, sin aquélla, prendieron cuatro
veces a tu madre, que Dios haya, sola. Y aun la una le levan-
taron que era bruja, porque la hallaron de noche con unas can-
delillas cogiendo tierra de una encrucijada, y la tuvieron medio
día en una escalera en la plaza, puesto uno como rocadero pintado en la cabeza. Pero cosas son que pasan. Algo han de sufrir
los hombres en este triste mundo para sustentar sus vidas [y
honras]. Y mira en qué poco lo tuvo con su buen seso, que ni
por eso dejó dende en adelante de usar mejor su oficio. Esto
ha venido por lo que decías del perseverar en lo que una vez se
yerra. En todo tenía gracia. Que en Dios y en mi conciencia,

aun en aquella escalera estaba y parecía que a todos los debajo no tenía en una blanca, según su meneo y presencia. Así que los que algo son como ella y saben y valen, son los que más presto yerran. Verás quién fué Virgilio y qué tanto supo; mas ya habrás oído cómo estuvo en un cesto colgado de una torre, mirándole toda Roma. Pero por eso no dejó de ser honrado ni perdió el nombre de Virgilio.

PARMENO.—Verdad es lo que dices; pero eso no fué por justicia.

CELESTINA.—¡Calla, bobo! Poco sabes de achaque de iglesia y cuánto es mejor por mano de justicia que de otra manera. Sabíalo mejor el cura, que Dios haya, que, viniéndole a consolar, dijo que la Santa Escritura tenía que bienaventurados eran los que padecían persecución por la justicia, que aquéllos poseerían el reino de los cielos. Mira si es mucho pasar algo en este mundo por gozar de la gloria del otro. Y más que, según todos decían, a tuerto y sin razón y con falsos testigos y recios tormentos la hicieron aquella vez confesar lo que no era. Pero con su buen esfuerzo. Y como el corazón avezado a sufrir hace las cosas más leves de lo que son, todo lo tuvo en nada. Que mil veces le oía decir: si me quebré el pie, fué por mi bien, porque soy más conocida que antes. Así que todo esto pasó tu buena madre acá, debemos creer que le dará Dios buen pago allá, si es verdad lo que nuestro cura nos dijo, y con esto me consuelo. Pues séme tú, como ella, amigo verdadero, y trabaja por ser bueno, pues tienes a quien parezcas. Que lo que tu padre te dejó a buen seguro lo tienes.

PARMENO.—Bien lo creo, madre; pero querría saber qué tanto es.

CELESTINA.—No puede ser ahora; vendrá tiempo, como te dije, para que lo sepas y lo oigas.

PARMENO.—Ahora dejemos los muertos y las herencias; que si poco me dejaron, poco hallaré; hablemos en los presentes negocios, que nos va más que en traer los pasados a la memoria. Bien se te acordará: no ha mucho que me prometiste que me harías haber a Areusa, cuando en mi casa te dije cómo moría por sus amores.

CELESTINA.—Si te lo prometí, no lo he olvidado ni creas que he perdido con los años la memoria. Que más de tres jaques he recibido de mí sobre ello en tu ausencia. Ya creo que estará bien madura. Vamos de camino por casa, que no se podrá escapar de mate. Que esto es lo menos que yo por ti tengo de hacer.

PARMENO.—Yo ya desconfiaba de la poder alcanzar, porque jamás podía acabar con ella que me esperase a poderle decir una palabra. Y como dicen, mala señal es de amor huir y volver la cara. Sentía en mí gran desfucia (1) de esto.

CELESTINA.—No tengo en mucho tu desconfianza, no me conociendo ni sabiendo, como ahora, que tienes tan de tu mano la maestra de estas labores. Pues ahora verás cuánto por mí causa vales, cuánto con las tales puedo, cuánto sé en casos de amor. Anda paso. ¿Ves aquí su puerta? Entremos quedo, no nos sientan sus vecinas. Atiende y espera debajo de esta escalera. Subiré

---

(1) Desconfianza.

yo a ver qué se podrá hacer sobre lo hablado y por ventura haremos más que tú ni yo traemos pensado.

Areusa.—¿Quién anda ahí? ¿Quién sube a tal hora en mi cámara?

Celestina.—Quien no te quiere mal, cierto; quien nunca da paso, que no piense en tu provecho; quien tiene más memoria de ti que de sí misma: una enamorada tuya, aunque vieja.

Areusa.—¡Válgala el diablo a esta vieja, con qué viene, como estantigua a tal hora! Tía, señora, ¿qué buena venida es ésta tan tarde? Ya me desnudaba para acostar.

Celestina.—¿Con las gallinas, hija? Así se hará la hacienda. ¡Andar!, ¡pase! Otro es el que ha de llorar las necesidades, que no tú. Hierba pace quien lo cumple. Tal vida quienquiera se la querría.

Areusa.—¡Jesú! Quiérome tornar a vestir, que he frío.

Celestina.—No harás, por mi vida; sino éntrate en la cama, que desde allí hablaremos.

Areusa.—Así goce de mí, que lo he bien menester, que me siento mala hoy todo el día. Así que necesidad, más que vicio, me hizo tomar con tiempo las sábanas por faldetas.

Celestina.—Pues no estés asentada; acuéstate y métete debajo de la ropa, que pareces serena (1).

Areusa.—Bien me dices, señora tía.

Celestina.—¡Ay, cómo huele toda la ropa en bulléndote! ¡Aosadas (2), que está todo a punto! Siempre me pagué de tus cosas y hechos, de tu limpieza y atavío. ¡Fresca que estás! ¡Bendígate Dios! ¡Qué sábanas y colcha! ¡Qué almohadas! ¡Y qué blancura! Tal sea mi vejez, cual todo me parece perla de oro. Verás si te quiere bien quien te visita a tales horas. Déjame mirarte toda, a mi voluntad, que me huelgo.

Areusa.—¡Paso, madre; no llegues a mí, que me haces cosquillas y provócasme a reír y la risa acreciéntame el dolor.

Celestina.—¿Qué dolor, mis amores? ¿Búrlaste, por mi vida, conmigo?

Areusa.—Mal gozo vea de mí si burlo; sino que ha cuatro horas que muero de la madre, que la tengo subida en los pechos, que me quiere sacar de este mundo. Que no soy tan vieja como piensas.

Celestina.—Pues dame lugar, tentaré. Que aún algo sé ya de este mal, por mi pecado, que cada una se tiene o ha tenido su madre y sus zozobras de ella.

Areusa.—Más arriba la siento, sobre el estómago.

Celestina.—¡Bendígate Dios y señor San Miguel, ángel! ¡Y qué gorda y fresca que estás! ¡Qué pechos y qué gentileza! Por hermosa te tenía hasta ahora, viendo lo que todos podían ver; pero ahora te digo que no hay en la ciudad tres cuerpos tales como el tuyo, en cuanto yo conozco. No parece que hayas quince años. ¡Oh quién fuera hombre y tanta parte alcanzara de ti para gozar tal vista! Por Dios, pecado ganas en no dar parte de estas gracias a todos los que bien te quieren. Que no te las dió Dios para que pasasen en balde por la frescor de tu juventud debajo de seis dobles de paño y lienzo. Cata que

_____

(1) Por *sirena.*
(2) Ciertamente.

no seas avarienta de lo que poco te costó. No atesores tu gentileza. Pues es de su natura tan comunicable como el dinero. No seas el perro del hortelano. Y pues tú no puedes de ti propia gozar, goce quien puede. Que no creas que en balde fuiste criada. Que, cuando nace ella, nace él, y cuando él, ella. Ninguna cosa hay criada al mundo superflua ni que con acordada razón no proveyese de ella natura. Mira que es pecado fatigar y dar pena a los hombres pudiéndolos remidiar.

AREUSA.—Alábame ahora, madre, y no me quiere ninguno. Dame algún remedio para mí mal y no estés burlando de mí.

CELESTINA.—De este tan común dolor todas somos, ¡mal pecado!, maestras. Lo que he visto a muchas hacer y lo que a mí siempre aprovecha, te diré. Porque como las calidades de las personas son diversas, así las medicinas hacen diversas sus operaciones y diferentes. Todo olor fuerte es bueno, así como poleo, ruda, ajenjos, humo de plumas de perdiz, de romero, de mosquete, de incienso. Recibido con mucha diligencia, aprovecha y afloja el dolor y vuelve poco a poco la madre a su lugar. Pero otra cosa hallaba yo siempre mejor que todas, y ésta no te quiero decir, pues tan santa te me haces.

AREUSA.—¿Qué, por mi vida, madre? Vesme penada ¿y encúbresme la salud?

CELESTINA.—¡Anda, que bien me entiendes; no te hagas boba!

AREUSA.—¡Ya! ¡Ya! ¡Mala landre me mate, si te entendía! Pero ¿qué quieres que haga? Sabes que se partió ayer aquel mi amigo con su capitán a la guerra. ¿Había de hacerle ruindad?

CELESTINA.—¡Verás y qué daño con gran ruindad!

AREUSA.—Por cierto, sí sería. Que me da todo lo que he menester, tiéneme honrada, favoréceme y trátame como si fuese su señora.

CELESTINA.—Pero aunque todo eso sea, mientras no parieres, nunca te faltará este mal y dolor que ahora, de lo cual él debe ser causa. [Y si no crees en dolor, cree en color, y verás lo que viene de su sola compañía.]

AREUSA.—No es sino mi mala dicha. Maldición mala que mis padres me echaron. ¿Qué, no está ya por probar todo eso? Pero dejemos eso, que es tarde, y dime a qué fué tu buena venida.

CELESTINA.—Ya sabes lo que de Parmeno te hube dicho. Quéjaseme que aun verle no le quieres. No sé por qué, sino porque sabes que le quiero yo bien y le tengo por hijo. Pues por cierto, de otra manera miro yo tus cosas, que hasta tus vecinas me parecen bien y se me alegra el corazón cada vez que las veo, porque sé que hablan contigo.

AREUSA.—¿No vives, tía señora, engañada?

CELESTINA.—No lo sé. A las obras creo; que las palabras, de balde las venden dondequiera. Pero el amor nunca se paga sino con puro amor y a las obras con obras. Ya sabes el deudo que hay entre ti y Elicia, la cual tiene Sempronio en mi casa. Parmeno y él son compañeros, sirven a este señor, que tú conoces y por quien tanto favor podrás tener. No niegues lo que tan poco hacer te cuesta. Vosotras, parientas; ellos, compañeros: mira cómo viene mejor medido, que lo queremos. Aquí viene conmigo. Verás si quieres que suba.

AREUSA.—¡Amarga de mí si nos ha oído!

CELESTINA.—No, que abajo queda. Quiérole hacer subir. Reciba tanta gracia, que le conozcas y hables y muestres buena cara. Y si tal te pareciere, goce él de ti y tú de él. Que aunque él gane mucho, tú no pierdes nada.

AREUSA.—Bien tengo, señora, conocimiento cómo todas tus razones, éstas y las pasadas, se enderezan en mi provecho; pero ¿cómo quieres que haga tal cosa, que tengo a quien dar cuenta, como has oído y, si soy sentida, matarme ha? Tengo vecinas envidiosas. Luego lo dirán. Así que, aunque no haya más mal de perderle, será más que ganaré en agradar al que me mandas.

CELESTINA.—Eso que temes yo lo proveía primero, que muy paso entramos.

AREUSA.—No lo digo por esta noche, sino por otras muchas.

CELESTINA.—¿Cómo? ¿Y de ésas eres? ¿De esa manera te tratas? Nunca tú harás casa con sobrado. Ausente le has miedo; ¿qué harías, si estuviese en la ciudad? En dicha me cabe, que jamás ceso de dar consejos a bobos y todavía hay quien yerre; pero no me maravillo, que es grande el mundo y pocos los experimentos. ¡Ay, ay, hija! Si vieses el saber de tu prima y qué tanto le ha aprovechado mi crianza y consejos y qué gran maestra está. Y aun, ¡que no se halla ella mal con mis castigos! (1). Que uno en la cama y otro en la puerta y otro que suspira por ella en su casa, se precia de tener. Y con todos cumple y a todos muestra buena cara y todos piensan que son muy queridos y cada uno piensa que no hay otro y que él solo es privado y él solo es el que le da lo que ha menester. ¿Y tú piensas que con dos, que tengas, que las tablas de la cama lo han de descubrir? ¿De una sola gotera te mantienes? ¡No te sobrarán muchos manjares! ¡No quiero arrendar tus escamochos! (2). Nunca uno me agradó, nunca en uno puse toda mi afición. Más pueden dos y más cuatro, y más dan y más tienen y más hay en qué escoger. No hay cosa más perdida, hija, que el mur, que no sabe sino un horado. Si aquél le tapan, no habrá donde se esconda del gato. Quien no tiene sino un ojo, ¡mira a cuánto peligro anda! Una alma sola, ni canta ni llora; un solo acto no hace hábito; un fraile solo pocas veces lo encontrarás por la calle; una perdiz sola, por maravilla vuela, mayormente en verano; [un manjar solo continuo, presto pone hastío; una golondrina no hace verano; un testigo solo no es entera fe; quien sola una ropa tiene, presto la envejece]. ¿Qué quieres, hija, de este número de uno? Más inconvenientes te diré de él que años tengo a cuestas. Ten siquiera dos, que es compañía loable y tal cual es esté: [como tienes dos orejas, dos pies y dos manos, dos sábanas en la cama; como dos camisas para remudar. Y si más quisieres, mejor te irá, que mientras más moros, más ganancia; que honra sin provecho, no es sino como anillo en el dedo. Y pues entrambos no caben en un saco, acoge la ganancia]. Sube, hijo Parmeno.

AREUSA.—¡No suba! ¡Landre me mate, que me fino de empacho, que no le conozco! ¡Siempre hube vergüenza de él!

CELESTINA.—Aquí estoy yo que te la quitaré y cubriré y hablaré por entrambos: que otro tan empachado es él.

PARMENO.—Señora, Dios salve tu graciosa presencia.

AREUSA.—Gentilhombre, buena sea tu venida.

---

(1) Enseñanzas.
(2) *No arriendo tus escamochos*. Frase familiar con que se moteja a uno su escasez de bienes.

CELESTINA.—Llégate acá, asno. ¿Adónde te vas allá a sentar al rincón? No seas empachado, que el hombre vergonzoso el diablo le trajo a palacio. Oídme entrambos lo que digo. Ya sabes tú, Parmeno amigo, lo que te prometí, y tú, hija mía, lo que te tengo rogado. Dejada [aparte] la dificultad con que me lo has concedido, pocas razones son necesarias, porque el tiempo no lo padece. Él ha siempre vivido penado por ti. Pues viendo su pena, sé que no le querrás matar, y aun conozco que él te parece tal, que no será malo para quedarse acá esta noche en casa.

AREUSA.—Por mi vida, madre, que tal no se haga. ¡Jesú!, no me lo mandes.

PARMENO.—Madre mía, por amor de Dios, que no salga yo de aquí sin buen concierto. Que me ha muerto de amores su vista. Ofrécele cuanto mi padre te dejó para mí. Dile que le daré cuanto tenga. ¡Ea!; díselo, que me parece que no me quiere mirar.

AREUSA.—¿Qué te dice ese señor a la oreja? ¿Piensa que tengo de hacer nada de lo que pides?

CELESTINA.—No dice, hija, sino que se huelga mucho con tu amistad, porque eres persona tan honrada y en quien cualquier beneficio cabrá bien. Y asimismo que, pues que esto por mi intercesión se hace, que él me promete de aquí adelante ser muy amigo de Sempronio y venir en todo lo que quisiere contra su amo en un negocio que traemos entre manos. ¿Es verdad, Parmeno? ¿Prométeslo así como digo?

PARMENO.—Sí prometo, sin duda.

CELESTINA.—¡Ah, don ruin, palabra te tengo, a buen tiempo te así! Llégate acá, negligente, vergonzoso, que quiero ver para cuánto eres, antes que me vaya. Retózala en esta cama.

AREUSA.—No será él tan descortés que entre en lo vedado sin licencia.

CELESTINA.—¿En cortesías y licencias estás? No espero más aquí yo, fiadora, que tú amanezcas sin dolor y él sin color. Mas como es un putillo, gallillo, barbiponiente, entiendo que en tres noches no se le demude la cresta. De éstos me mandaban a mí comer en mi tiempo los médicos de mi tierra cuando tenía mejores dientes.

[AREUSA.—¡Ay, señor mío, no me trates de tal manera; ten mesura, por cortesía; mira las canas de aquella vieja honrada, que están presente; quítate allá, que no soy de aquellas que piensas; no soy de las que públicamente están a vender sus cuerpos por dinero. Así goce de mí, de casa me salga, si hasta que Celestina mi tía sea ida a mi ropa tocas!]

[CELESTINA.—¿Qué es eso, Areusa? ¿Qué son estas extrañezas y esquividad, estas novedades y retraimientos? Parece, hija, que no sé yo qué cosa es esto, que nunca vi estar un hombre con una mujer juntos y que jamás pasé por ello ni gocé de lo que gozas, y que no sé lo que pasan y lo que dicen y hacen. ¡Guay de quien tal oye como yo! Pues avísote, de tanto, que fuí errada como tú y tuve amigos; pero nunca el viejo ni la vieja echaba de mi lado ni su consejo en público ni en mis secretos. Para la muerte que a Dios debo, más quisiera una gran bofetada en mitad de mi cara. Parece que ayer nací, según tu encubrimiento. Por hacerte a ti honesta, me haces a mí necia y vergonzosa y de poco secreto y sin experiencia o me amenguas en mi oficio por alzar a ti en el tuyo. Pues de cosario a cosario no se pierden sino los barriles. Más te alabo yo detrás que tú te estimas delante.]

[AREUSA.—Madre, si erré, haya perdón y llégate más acá y él haga lo que quisiere. Que más quiero tener a ti contenta, que no a mí; antes me quebraré un ojo que enojarte.]

[CELESTINA.—No tengo ya enojo; pero dígotelo para adelante.] Quedaos, adiós, [que] voime [sólo] porque me hacéis dentera con vuestro besar y retozar. Que aún el sabor en las encías me quedó; no le perdí con las muelas.

AREUSA.—Dios vaya contigo.

PARMENO.—Madre, ¿mandas que te acompañe?

CELESTINA.—Sería quitar a un santo para poner en otro. Acompáñeos Dios; que yo vieja soy, [que] no he temor que me fuercen en la calle.

ELICIA.—El perro ladra. ¿Si viene este diablo de vieja?

CELESTINA.—Ta, ta, [ta].

ELICIA.—¿Quién es? ¿Quién llama?

CELESTINA.—Bájame abrir, hija.

ELISA.—¿Éstas son tus venidas? Andar de noche es tu placer. ¿Por qué lo haces? ¿Qué larga estada fué ésta, madre? Nunca sales para volver a casa. Por costumbre lo tienes. Cumpliendo con uno, dejas ciento descontentos. Que has sido hoy buscada del padre de la desposada que llevaste el día de Pascua al racionero; que la quiere casar de aquí a tres días y es menester que la remedies, pues que se lo prometiste, para que no sienta su marido la falta de la virginidad.

CELESTINA.—No me acuerdo, hija, por quién dices.

ELICIA.—¿Cómo no te acuerdas? Desacordada eres, cierto. ¡Oh cómo caduca la memoria! Pues, por cierto, tú me dijiste cuando la llevabas que la habías renovado siete veces.

CELESTINA.—No te maravilles, hija, que quien en muchas partes derrama su memoria en ninguna la puede tener. Pero dime si tornará.

ELICIA.—¡Mira si tornará! Tiénete dada una manilla de oro en prendas de tu trabajo ¿y no había de venir?

CELESTINA.—¿La de la manilla es? Ya sé por quién dices. ¿Por qué tú no tomabas el aparejo y comenzabas a hacer algo? Pues en aquellas tales te habías de avezar y probar, de cuantas veces me los has visto hacer. Si no, ahí te estarás toda tu vida, hecha bestia sin oficio ni renta. Y cuando seas de mi edad, llorarás la holgura de ahora. Que la mocedad ociosa acarrea la vejez arrepentida y trabajosa. Hacíalo yo mejor, cuando tu abuela, que Dios haya, me mostraba este oficio: que a cabo de un año sabía más que ella.

ELICIA.—No me maravillo, que muchas veces, como dicen, al maestro sobrepuja el buen discípulo. Y no va esto sino en la gana con que se aprende. Ninguna ciencia es bien empleada en el que no le tiene afición. Yo le tengo a este oficio odio; tú mueres tras ello.

CELESTINA.—Tú te lo dirás todo. Pobre vejez quieres. ¿Piensa que nunca has de salir de mi lado?

ELICIA.—Por Dios, dejemos enojo y al tiempo el consejo. Hayamos mucho placer. Mientras hoy tuviéremos de comer, no pensemos en mañana. También se muere el que mucho allega como el que pobremente vive, y el doctor como el pastor, y el papa como el sacristán, y el señor como el siervo, y el de alto linaje como el bajo, y tú con oficio como yo sin ninguno. No habemos de vivir para siempre. Gocemos y holguemos, que la vejez pocos la ven y de los que la ven ninguno murió de hambre. [No quiero en este mundo sino día y vito y parte en paraíso. Aunque los ricos tienen mejor aparejo para ganar la gloria, que quien poco tiene. No hay ninguno contento, no hay quien diga: harto tengo; no hay ninguno que no trocase mi placer por sus dineros. Dejemos cuidados ajenos y] acostémonos, que es hora. [Qué más me engordará un buen sueño sin temor, que cuanto tesoro hay en Venecia.]

EL ACTO OCTAVO

ARGUMENTO DEL OCTAVO ACTO

La mañana viene. Despierta Parmeno. Despedido de Areusa, va para casa de Calixto su señor. Halla a la puerta a Sempronio. Conciertan su amistad. Van juntos a la cámara de Calixto. Hállanle hablando consigo mismo. Levantado, va a la iglesia.

SEMPRONIO, PARMENO, AREUSA, CALIXTO

PARMENO.—¿Amanece o qué es esto, que tanta claridad está en esta cámara?

AREUSA.—¿Qué amanece? Duerme, señor, que aún ahora nos acostamos. No le yo pegado bien los ojos, ¿ya había de ser de día? Abre, por Dios, esa ventana de tu cabecera y verlo has.

PARMENO.—En mi seso estoy yo, señora, que es de día claro, en ver entrar luz entre las puertas. ¡Oh traidor de mí! ¡En qué gran falta he caído con mi amo! De mucha pena soy digno. ¡Oh qué tarde que es!

AREUSA.—¿Tarde?

PARMENO.—Y muy tarde.

AREUSA.—Pues así goce de mi alma, no se me ha quitado el mal de la madre. No sé como pueda ser.

PARMENO.—¿Pues qué quieres, mi vida?

AREUSA.—Que hablemos en mi mal.

PARMENO.—Señora mía, si lo hablado no basta, lo que más necesario me perdona, porque es ya mediodía. Si voy más tarde, no seré bien recibido de mi amo. Yo vendré mañana y cuantas veces después mandares. Que por eso hizo Dios un día tras otro, porque lo que el uno no bastase, se cumpliese en otro. Y aun porque más nos veamos, reciba de ti esta gracia, que te vayas hoy a las doce del día a comer con nosotros a su casa de Celestina.

AREUSA.—Que me place, de buen grado. Ve con Dios, junta tras ti la puerta.

PARMENO.—Adiós te quedes.

PARMENO.—¡Oh placer singular! ¡Oh singular alegría! ¿Cuál hombre es ni ha sido más bienaventurado que yo? ¿Cuál más dichoso y bienandante? ¡Que un tan excelente don sea por mí

poseído y cuan presto pedido tan presto alcanzado! Por cierto,
si las traiciones de esta vieja con mi corazón yo pudiese sufrir,
de rodillas había de andar a la complacer. ¿Con qué pagaré yo
esto? ¡Oh alto Dios! ¡A quién contaría yo este gozo? ¿A quién
descubriría tan gran secreto? ¿A quién daré parte de mi gloria?
Bien me decía la vieja que de ninguna prosperidad es buena
la posesión sin compañía. El placer no comunicado no es placer.
¿Quién sentiría esta mi dicha como yo la siento? A Sempronio
veo a la puerta de casa. Mucho ha madrugado. Trabajo tengo
con mi amo, si es salido fuera. No será, que nos acostumbrado;
pero como ahora no anda en su seso, no me maravillo que haya
pervertido su costumbre.

SEMPRONIO.—Parmeno hermano, si yo supiese aquella tierra,
donde se gana el sueldo durmiendo, mucho haría por ir allá,
que no daría ventaja a ninguno: tanto ganaría como otro cualquiera. ¿Y cómo, holgazán descuidado, fuiste para no tornar?
No sé qué crea de tu tardanza, sino que te quedaste a escallen-
tar la vieja esta noche o a rascarle los pies, como cuando chi-
quito.

PARMENO.—¡Oh Sempronio, amigo y más que hermano! Por
Dios, no corrompas mi placer, no mezcles tu ira con mi sufrimiento, no revuelvas tu descontentamiento con mi descanso, no
agües con tan turbia agua el claro licor del pensamiento que
traigo, no enturbies con tus envidiosos castigos y odiosas re-
prensiones mi placer. Recíbeme con alegría y contarte he maravillas de mi buena andanza pasada.

SEMPRONIO.—Dilo, dilo. ¿Es algo de Melibea? ¿Hasla visto?

PARMENO.—¿Qué de Melibea? Es de otra que yo más quiero
y aun tal que, si no estoy engañado, puede vivir con ella en
gracia y hermosura. Sí, que no se encerró el mundo y todas
sus gracias en ella.

SEMPRONIO.—¿Qué es esto, desvariado? Reírme quería, sino
que no puedo. ¿Ya todos amamos? El mundo se va a perder.
Calixto a Melibea, yo a Elicia; tú, de envidia, has buscado con
quien perder ese poco de seso que tienes.

PARMENO.—¿Luego locura es amar [y yo soy loco sin sesos?
Pues si la locura fuese dolores, en cada casa habría voces.]

SEMPRONIO.—Según tu opinión, sí es. Que yo te he oído dar
consejos vanos a Calixto y contradecir a Celestina en cuanto
habla y, por impedir mi provecho y el suyo, huelgas de no
gozar tu parte. Pues a las manos me has venido, donde te podré
dañar y lo haré.

PARMENO.—No es, Sempronio, verdadera fuerza ni poderío
dañar y empecer; mas aprovechar y guarecer y muy mayor,
quererlo hacer. Yo siempre te tuve por hermano. No se cumpla,
por Dios, en ti lo que se dice, que pequeña causa desparte conformes amigos. Muy mal me tratas. No sé dónde nazca este
rencor. [No me indignes, Sempronio, con tan lastimeras razones. Cata que es muy rara la paciencia que agudo baldón no
penetre y traspase.]

SEMPRONIO.—No digo mal en esto; sino que se eche otra sar-
dina para el mozo de caballos, pues tú tienes amiga.

PARMENO.—Estás enojado. Quiérote sufrir, aunque más mal
me trates, [pues dicen que ninguna humana pasión es perpetua
ni durable.]

SEMPRONIO.—Más maltratas tú a Calixto, aconsejando a él lo que para ti huyes, diciendo que se aparte de amar a Melibea, hecho tablilla de mesón, que para sí no tiene abrigo y dale a todos. ¡Oh Parmeno! Ahora podrás ver cuán fácil cosa es reprender vida ajena y cuán duro guardar cada cual la suya. No digas más, pues tú eres testigo. Y de aquí adelante veremos cómo te has, pues ya tienes tu escudilla como cada cual. Si tú mi amigo fueras, en la necesidad que de ti tuve me habías de favorecer y ayudar a Celestina en mi provecho, que no hincar un clavo de malicia sobre la palabra. Sabe que, como la hez de la taberna despide a los borrachos, así la adversidad o necesidad al fingido amigo: luego se descubre el falso metal dorado por encima.

PARMENO.—Oído lo había decir y por experiencia lo veo: nunca venir placer sin contraria zozobra en esta triste vida. A los alegres, serenos y claros soles, nublados obscuros y pluvias vemos suceder; a los solaces y placeres, dolores y muertes los ocupan; a las risas y deleites, llantos y lloros y pasiones mortales los siguen; finalmente, a mucho descanso y sosiego, mucho pesar y tristeza. ¿Quién pudiera tan alegre venir, como yo ahora? ¿Quién tan triste recibimiento padecer? ¿Quién verse, como yo me vi, con tanta gloria, alcanzada con mi querida Areusa? ¿Quién caer de ella siendo tan maltratado tan presto, como yo de ti? Que no me has dado lugar a poderte decir cuánto soy tuyo, cuánto te he de favorecer en todo, cuánto soy arepiso (1) de lo pasado, cuántos consejos y castigos buenos he recibido de Celestina en tu favor y provecho y de todos. Como, pues, este juego de nuestro amo y Melibea está entre las manos, podemos ahora medrar o nunca.

SEMPRONIO.—Bien me agradan tus palabras, si tales tuviesen las obras, a las cuales espero para haberte de creer. Pero, por Dios, me digas qué es eso que dijiste de Areusa. ¡Parece que conozcas tú a Areusa, su prima de Elicia!

PARMENO.—¿Pues qué es todo el placer que traigo, sino haberla alcanzado?

SEMPRONIO.—¡Cómo se lo dice el bobo! ¡De risa no puede hablar! ¿A qué llamas haberla alcanzado? ¿Estaba a alguna ventana, o qué es eso?

PARMENO.—A ponerla en duda si queda preñada o no.

SEMPRONIO.—Espantado me tienes. Mucho puede el continuo trabajo; una continua gotera horada una piedra.

PARMENO.—Verás qué tan continuo, que ayer lo pensé: ya la tengo por mía.

SEMPRONIO.—¡La vieja anda por ahí!

PARMENO.—¿En qué lo ves?

SEMPRONIO.—Que ella me había dicho que te quería mucho y que te la haría haber. Dichoso fuiste: no hiciste sino llegar y recaudar. Por esto dicen, más vale a quien Dios ayuda que quien mucho madruga. Pero tal padrino tuviste.

PARMENO.—Di madrina, que es más cierto. Así que, quien a buen árbol se arrima... Tarde fuí; pero temprano recaudé. ¡Oh hermano! ¡Qué te contaría de sus gracias de aquella mujer, de su habla y hermosura de cuerpo? Pero quede para más oportunidad.

_____

(1) *Arepiso, arrepiso,* arrepentido.

SEMPRONIO.—¿Puede ser sino prima de Elicia? No me dirás tanto, cuanto estotra no tenga más. Todo te creo. Pero ¿qué te cuesta? ¿Hasle dado algo?

PARMENO.—No, cierto. Mas, aunque hubiera, era bien empleado: de todo bien es capaz. En tanto son las tales tenidas, cuanto caras son compradas; tanto valen cuanto cuestan. Nunca mucho costó poco, sino a mí esta señora. A comer la convidé para casa de Celestina, y, si te place, vamos todos allá.

SEMPRONIO.—¿Quién, hermano?

PARMENO.—Tú y ella, y allá está la vieja y Elicia. Habremos placer.

SEMPRONIO.—¡Oh Dios, y cómo me has alegrado! Franco eres, nunca te faltaré. Como te tengo por hombre, como creo que Dios te ha de hacer bien, todo el enojo que de tus pasadas hablas tenía se me ha tornado en amor. No dudo ya tu confederación con nosotros ser la que debe. Abrazarte quiero. Seamos como hermanos, ¡vaya el diablo para ruin! Sea lo pasado cuestión de San Juan, y así paz para todo el año. Que las iras de los amigos siempre suelen ser reintegración del amor. Comamos y holguemos, que nuestro amo ayunará por todos.

PARMENO.—¿Y qué hace el desesperado?

SEMPRONIO.—Allí está tendido en el estrado cabe la cama, donde le dejaste anoche. Que ni ha dormido ni está despierto. Si allá entro, ronca; si me salgo, canta o devanea. No le tomo tiento, si con ello pena o descansa.

PARMENO.—¿Qué dices? ¿Y nunca me ha llamado ni ha tenido memoria de mí?

SEMPRONIO.—No se acuerda de sí, ¿acordarse ha de ti?

PARMENO.—Aún hasta en esto me ha corrido buen tiempo. Pues así es, mientras recuerda (1), quiero enviar la comida que la aderecen.

SEMPRONIO.—¿Qué has pensado enviar, para que aquellas loquillas te tengan por hombre cumplido, bien criado y franco?

PARMENO.—En casa llena, presto se aderaza cena. De lo que hay en la despensa basta para no caer en falta. Pan blanco, vino de Monviedro, un pernil de tocino. Y más seis pares de pollos, que trajeron estotro día los renteros de nuestro amo. Que si los pidiere, haréle creer que se los ha comido. Y las tórtolas, que mandó para hoy guardar, diré que hedían. Tú serás testigo. Tendremos manera como a él no haga mal lo que de ellas comiere y nuestra mesa esté como es razón. Y allá hablaremos largamente en su daño y nuestro provecho, con la vieja, cerca de estos amores.

SEMPRONIO.—¡Más dolores! Que por fe tengo que de muerto o loco no escapa de esta vez. Pues que así es, despacha, subamos a ver qué hace.

CALIXTO:

> En gran peligro me veo:
> en mi muerte no hay tardanza,
> pues que me pide el deseo
> lo que me niega esperanza.

PARMENO.—Escucha, escucha, Sempronio. Trovando está nuestro amo.

---

(1) Despierta.

SEMPRONIO.—¡Oh hideputa, el trovador! El gran Antipater Sidonio, el gran poeta Ovidio, los cuales de improviso se les venían las razones metrificadas a la boca. ¡Sí, sí, de ésos es! ¡Trovará el diablo! Está devaneando entre sueños.

CALIXTO:

> Corazón, bien se te emplea
> que penes y vivas triste,
> pues tan presto te venciste
> del amor de Melibea.

PARMENO.—¿No digo yo que trova?

CALIXTO.—¿Quién habla en la sala? ¡Mozos!

PARMENO.—¡Señor!

CALIXTO.—¿Es muy noche? ¿Es hora de acostar?

PARMENO.—¡Más ya es, señor, tarde para levantar!

CALIXTO.—¿Qué dices, loco? ¿Toda la noche es pasada?

PARMENO.—Y aun harta para el día.

CALIXTO.—Di, Sempronio, ¿miente este desvariado, que me hace creer que es de día?

SEMPRONIO.—Olvida, señor un poco a Melibea y verás la claridad. Que con la mucha que en su gesto contemplas, no puedes ver de encandelado, como perdiz con la calderuela.

CALIXTO.—Ahora lo creo, que tañen a misa. Daca mis ropas, iré a la Magdalena. Rogaré a Dios aderece a Celestina y ponga en corazón a Melibea mi remedio o dé fin en breve a mis tristes días.

SEMPRONIO.—No te fatigues tanto, no lo quieras todo en una hora. Que no es de discretos desear con grande eficacia lo que se puede tristemente acabar. Si tú pides que se concluya en un día lo que en un año sería harto, no es mucha tu vida.

CALIXTO.—¿Quieres decir que soy como el mozo del escudero gallego?

SEMPRONIO.—No mande Dios que tal cosa yo diga, que eres mi señor. Y además de esto, sé que, como me galardonas el buen consejo, me castigarías el mal hablado. Verdad es que nunca es igual la alabanza del servicio o bueno habla que la represión y pena de lo mal hecho o hablado.

CALIXTO.—No sé quién te avezó tanta filosofía, Sempronio.

SEMPRONIO.—Señor, no es todo blanco aquello que de negro no tiene semejanza, [ni es todo oro cuanto amarillo reluce]. Tus acelerados deseos, no medidos por razón, hacen parecen claros mis consejos. Quisieras tú ayer que te trajeran a la primera habla amanojada y envuelta en su cordón a Melibea, como si hubieras enviado por otra cualquiera mercadería a la plaza, en que no hubiera más trabajo de llegar y pagarla. Da, señor, alivio al corazón, que en poco espacio de tiempo no cabe gran bienaventuranza. Un solo golpe no derriba un roble. Apercíbete con sufrimiento, porque la providencia es cosa loable y el apercibimiento resiste el fuerte combate.

CALIXTO.—Bien has dicho, si la cualidad de mi mal lo consintiese.

SEMPRONIO.—¿Para qué, señor, es el seso, si la voluntad priva a la razón?

CALIXTO.—¡Oh loco, loco! Dice el sano al doliente: Dios te dé salud. No quiero consejo ni esperarte más razones, que más avivas y enciendes las llamas, que me consumen. Yo me voy solo a misa y no tornaré a casa hasta que me llaméis pidiéndome las albricias de mi gozo con la buena venida de Celestina. Ni comeré hasta entonces; aunque primero sean los caballos de Febo apacentados en aquellos verdes prados que suelen, cuando han dado fin a su jornada.

SEMPRONIO.—Deja, señor, esos rodeos; deja esas poesías que no es habla conveniente la que a todos no es común, la que todos no participan, la que pocos entienden. Di: aunque se ponga el sol, y sabrán todos lo que dices. Y come alguna conserva, con que tanto espacio de tiempo te sostengas.

CALIXTO.—Sempronio, mi fiel criado, mi buen consejero, mi leal servidor, sea como a ti te parece. Porque cierto tengo, según tu limpieza de servicio, quieres tanto mi vida como la tuya.

SEMPRONIO.—¿Créeslo tú, Parmeno? Bien sé que no lo jurarías. Acuérdate, si fueres por conserva, apañes un bote para aquella gentecilla, que nos va más, y a buen entendedor... En la braguETA cabrá.

CALIXTO.—¿Qué dices, Sempronio?

SEMPRONIO.—Dije, señor, a Parmeno, que fuese por una tajada de diacitrón.

PARMENO.—Hela aquí, señor.

CALIXTO.—Daca.

SEMPRONIO.—Verás qué engullir hace el diablo. Entero lo querría tragar por más apriesa hacer.

CALIXTO.—El alma me ha tornado. Quedaos con Dios, hijos. Esperad la vieja e id por buenas albricias.

PARMENO.—¡Allá irás con el diablo tú, y malos años! ¡Y en tal hora comieses el diacitrón como Apuleyo el veneno, que le convirtió en asno!

EL ACTO NOVENO

ARGUMENTO DEL NOVENO ACTO

Sempronio y Parmeno van a casa de Celestina, entre sí hablando. Llegados allá, hablan a Elicia y Areusa. Pónense a comer. Entre comer riñe Elicia con Sempronio. Levántase de la mesa. Tórnanla apaciguar. Estando ellos todos entre sí razonando, viene Lucrecia, criada de Melibea, llamar a Celestina, que vaya a estar con Melibea.

SEMPRONIO, PARMENO, ELICIA, CELESTINA, AREUSA, LUCRECIA

SEMPRONIO.—Baja, Parmeno, nuestras capas y espadas, si te parece que es hora que vamos a comer.

PARMENO.—Vamos presto. Ya creo que se quejarán de nuestra tardanza. No por esa calle, sino por estotra, porque nos entremos por la iglesia y veremos si hubiere acabado Celestina sus devociones; llevarla hemos de camino.

SEMPRONIO.—A donosa hora ha de estar rezando.

PARMENO.—No se puede decir sin tiempo hecho lo que en todo tiempo se puede hacer.

SEMPRONIO.—Verdad es; pero mal conoces a Celestina. Cuando ella tiene que hacer, no se acuerda de Dios ni cura de santidades. Cuando hay que roer en casa, sanos están los santos; cuando va a la iglesia con sus cuentas en la mano, no sobra el comer en casa. Aunque ella te crió, mejor conozco yo sus propiedades que tú. Lo que en sus cuentas reza es los virgos que tiene a cargo, y cuántos enamorados hay en la ciudad, y cuántas mozas tiene encomendadas, y qué despenseros [le dan ración y cuál lo mejor, y cómo les llaman por nombre, porque cuando los encontrare no hable como extraña], y qué canónigo es más mozo y franco. Cuando menea los labios es fingir mentiras, ordenar cautelas para hacer dinero; por aquí le entraré, esto me responderá, estotro replicaré. Así vive esta que nosotros mucho honramos.

PARMENO.—Más que eso sé yo; sino, porque te enojaste estotro día, no quiero hablar; cuando lo dije a Calixto.

SEMPRONIO.—Aunque lo sepamos para nuestro provecho, no lo publiquemos para nuestro daño. Saberlo nuestro amo es echarla por quien es y no curar de ella. Dejándola, vendrá forzado otra, de cuyo trabajo no esperemos parte, como de ésta, que de grado o por fuerza nos dará de lo que le diere.

PARMENO.—Bien has dicho. Calla, que está abierta la puerta. En casa está. Llama antes que entres, que por ventura están envueltas y no querrán sér así vistas.

SEMPRONIO.—Entra, no cures, que todos somos de casa. Ya ponen la mesa.

CELESTINA.—¡Oh [mis enamorados], mis perlas de oro! ¡Tal me venga el año cual me parece vuestra venida!

PARMENO.—¡Qué palabras tiene la noble! Bien ves, hermano, estos halagos fingidos.

SEMPRONIO.—Déjala, que de eso vive. Que no sé quién diablos le mostró tanta ruindad.

PARMENO.—La necesidad y pobreza, la hambre. Que no hay mejor maestra en el mundo, no hay mejor despertadora y avivadora de ingenios. ¿Quién mostró a las picazas y papagayos imitar nuestra propia habla con sus arpadas lenguas, nuestro órgano y voz, sino ésta?

CELESTINA.—¡Muchachas! ¡Muchachas! ¡Bobas! Andad acá bajo, presto, que están aquí dos hombres, que me quieren forzar.

ELICIA.—¡Más nunca acá vinieran! ¡Y mucho convidar con tiempo! Que ha tres horas que está aquí mi prima. Este perezoso de Sempronio habrá sido causa de la tardanza, que no ha ojos por do verme.

SEMPRONIO.—Calla, mi señora, mi vida, mis amores. Que quien a otro sirve no es libre. Así que sujeción me releva de culpa. No hayamos enojo, asentémonos a comer.

ELICIA.—¡Así! ¡Para asentar a comer, muy diligente! ¡A mesa puesta con tus manos lavadas y poca vergüenza!

SEMPRONIO.—Después reñiremos; comamos ahora. Asiéntate, madre Celestina, tú primero.

CELESTINA.—Asentaos vosotros, mis hijos, que harto lugar hay para todos, a Dios gracias: tanto nos diesen del paraíso, cuando allá vamos. Poneos en orden, cada uno cabe la suya; yo, que estoy sola, pondré cabe mí este jarro y taza, que no más mi vida de cuanto con ello hablo. Después que me fuí haciendo vieja, no sé mejor oficio a la mesa, que escanciar, porque quien la miel trata, siempre se le pega de ello. Que con dos jarrillos de estos que beba cuando me quiero acostar, no siento frío en toda la noche. De esto aforro todos mis vestidos cuando viene la Navidad; esto me calienta la sangre; esto me sostiene continuo en un ser; esto me hace andar siempre alegre; esto me para fresca; de esto vea yo sobrado en casa, que nunca temeré el mal año. Que un cortezón de pan ratonado me basta para tres días. [Esto quita la tristeza del corazón, más que el oro ni el coral; esto da esfuerzo al mozo y al viejo fuerza, pone color al descolorido, coraje al cobarde, al flojo diligencia, conforta los cerebros, saca el frío del estómago, quita el hedor del anhélito, hace potentes los fríos, hace sufrir los afanes de las labranzas, a los cansados segadores hace sudar toda agua mala, sana el romadizo y las muelas, sostiénese sin heder en la mar, lo cual no hace el agua. Más propiedades te diría de ello que todos tenéis cabellos. Así que no sé quién no se goce de mentarlo. No tiene sino una tacha: que lo bueno vale caro y lo malo hace daño. Así que con lo que sana el hígado enferma la bolsa. Pero todavía con mi fatiga busco lo mejor para eso poco que bebo. Una sola docena de veces a cada comida. No me harán pasar de allí, salvo si no soy convidada, como ahora.]

[PARMENO.—Madre, pues tres veces dicen que es bueno y honesto todos los que escribieron.]

[CELESTINA.—Hijos, estará corrupta la letra: por trece, tres.]

SEMPRONIO.—Tía señora, a todos nos sabe bien. ¡Comiendo y hablando! Porque después no habrá tiempo para entender en los amores de este perdido de nuestro amo y de aquella graciosa y gentil Melibea.

ELICIA.—¡Apártateme allá, desabrido, enojoso! ¡Mal provecho te haga lo que comes!, ¡tal comida me has dado. Por mi alma, revesar quiero cuanto tengo en el cuerpo, de asco de oírte llamar aquella gentil! ¡Mirad quién gentil! ¡Jesú, Jesú! ¡Y qué hastío y enojo es ver tu poca vergüenza! ¿A quién gentil? ¡Mal me haga Dios, si ella lo es ni tiene parte de ello, sino que hay ojos que de lagaña se agradan! Santiguarme quiero de tu necedad y poco conocimiento. ¡Oh, quién estuviese de gana para disputar contigo su hermosura y gentileza! ¿Gentil es Melibea? Entonces lo es, entonces acertarán, cuando andan a pares los diez mandamientos. Aquella hermosura por una moneda se compra de la tienda. Por cierto que conozco yo en la calle donde ella vive cuatro doncellas, en quien Dios más repartió su gracia que no en Melibea. Que si algo tiene de hermosura es por buenos atavíos que trae. Ponedlos a un palo, también diréis que es gentil. Por mi vida, que no lo digo por alabarme; mas creo que soy tan hermosa como vuestra Melibea.

AREUSA.—Pues no la has tú visto como yo, hermana mía. Dios me lo demande, si en ayunas la topases, si aquel día pudieses comer de asco. Todo el año se está encerrada con mudas de mil suciedades. Por una vez que haya de salir donde pueda ser vista, enviste su cara con hiel y miel, con unas [tostadas de higos pasados] y con otras cosas, que por reverencia de la mesa dejo de decir. Las riquezas las hacen a estas hermosas y ser alabadas; que no las gracias de su cuerpo. Que así goce de mí, unas tetas tiene, para ser doncella, como si tres veces hubiese parido: no parecen sino dos grandes calabazas. El vientre no se le he visto; pero, juzgando por lo otro, creo que le tiene tan flojo, como vieja de cincuenta años. No sé qué se ha visto Calixto, porque deja de amar otras, que más ligeramente podría haber y con quien más él holgase; [sino que el gusto dañado muchas veces juzga por dulce lo amargo].

SEMPRONIO.—Hermana, paréceme aquí que cada buhonero alaba sus agujas, que el contrario de eso se suena por la ciudad.

AREUSA.—Ninguna cosa es más lejos de verdad que la vulgar opinión. Nunca alegre vivirás si por voluntad de muchos te riges. Porque éstas son conclusiones verdaderas: que cualquier cosa que el vulgo piensa es vanidad; lo que habla, falsedad; lo que reprueba es bondad; lo que aprueba, maldad. Y pues éste es su más cierto uso y costumbre, no juzgues la bondad y hermosura de Melibea por eso, ser la que afirmas.

SEMPRONIO.—Señora, el vulgo parlero no perdona las tachas de sus señores, y así yo creo que, si alguna tuviese Melibea ya sería descubierta de los que con ella más que con nosotros tratan. Y aunque lo que dices concediese, Calixto es caballero, Melibea, hijadalgo: así que los nacidos por linaje escogido búscanse unos a otros. Por ende no es de maravillar que ame antes a ésta que a otra.

AREUSA.—Ruin sea quien por ruin se tiene. Las obras hacen linaje, que al fin todos somos hijos de Adán y Eva. Procure de ser cada uno bueno por sí, y no vaya a buscar en la nobleza de sus pasados la virtud.

CELESTINA.—Hijos, por mi vida que cesen esas razones de enojo. Y tú, Elicia, que te tornes a la mesa y dejes esos enojos.

ELICIA.—Con tal que mala pro me hiciese, con tal que reventase en comiéndolo. ¿Había yo de comer con ese malvado, que en mi cara me ha porfiado que es más gentil su andrajo de Melibea, que yo?

SEMPRONIO.—Calla, mi vida, que tú la comparaste. Toda comparación es odiosa; tú tienes la culpa y no yo.

AREUSA.—Ven, hermana, a comer. No hagas ahora ese placer a estos locos porfiados; si no, levantarme he yo de la mesa.

ELICIA.—Necesidad de complacerte me hace contentar a ese enemigo mío y usar de virtud con todos.

SEMPRONIO.—¡Je! ¡Je! ¡Je!

ELICIA.—¿De qué te ríes? ¡De mal cáncer sea comida esa boca desgraciada, enojosa!

CELESTINA.—No le respondas, hijo; si no, nunca acabaremos. Entendamos en lo que hace a nuestro caso. Decidme, ¿cómo quedó Calixto? ¿Cómo lo dejasteis? ¿Cómo os pudisteis entrambos descabullir de él?

PARMENO.—Allá fué a la maldición, echando fuego, desesperado, perdido, medio loco, a misa a la Magdalena, a rogar a Dios que te dé gracia, que puedas bien roer los huesos de estos pollos y protestando no volver a casa hasta oír que eres venida con Melibea en tu arremango. Tu saya y manto, y aun mi sayo, cierto está; lo otro, vaya y venga. El cuándo lo dará, no lo sé.

CELESTINA.—Sea cuando fuere. Buenas son mangas pasada la Pascua. Todo aquello alegra que con poco trabajo se gana, mayormente viniendo de parte donde tan poca mella hace, de hombre tan rico, que con los salvados de su casa podría yo salir de laceria, según lo mucho que le sobra. No les duele a los tales lo que gastan y según la causa por que lo dan; no sienten con el embebecimiento del amor, no les pena, no ven, no oyen. Lo cual yo juzgo por otros, que he conocido menos apasionados y metidos en este fuego de amor que a Calixto veo. Que ni comen ni beben, ni ríen ni lloran, ni duermen ni velan, ni hablan ni callan, ni penan ni descansan, ni están contentos ni se quejan, según la perplejidad de aquella dulce y fiera llaga de sus corazones. Y si alguna cosa de éstas la natural necesidad les fuerza a hacer, están en el acto tan olvidados, que comiendo se olvida la mano de llevar la vianda a la boca. Pues si con ellos hablan, jamás conveniente respuesta vuelven. Allí tienen los cuerpos; con sus amigas los corazones y sentidos. Mucha fuerza tiene el amor: no sólo la tierra, mas aun las mares traspasa, según su poder. Igual mando tiene en todo género de hombres. Todas las dificultades quiebra. Ansiosa cosa es, temerosa y solícita. Todas las cosas mira en derredor. Así que, si vosotros buenos enamorados habéis sido, juzgaréis yo decir verdad.

SEMPRONIO.—Señora, en todo concedo con tu razón, que aquí está quien me causó algún tiempo andar hecho otro Calixto, perdido el sentido, cansado el cuerpo, la cabeza vana, los días [mal] durmiendo, las noches todas velando, dando alboradas, haciendo momos, saltando paredes, poniendo cada día la vida al tablero, esperando toros, corriendo caballos, tirando barra, echando lanza, cansando amigos, quebrando espadas, haciendo escalas, vistiendo armas y otros mil actos de enamorado, haciendo coplas, pintando motes, sacando invenciones. Pero todo lo doy por bien empleado, pues tal joya gané.

ELICIA.—¡Mucho piensas que me tienes ganada! Pues hágote cierto que no has tú vuelto la cabeza cuando está en casa otro que más quiero, más gracioso que tú y aun, que no anda buscando cómo me dar enojo. A cabo de un año, que me vienes a ver, tarde y con mal.

CELESTINA.—Hijo, déjala decir, que devanea. Mientras más de eso la oyeres, más se confirma en su amor. Todo es porque habéis aquí alabado a Melibea. No sabe en otra cosa, que os lo pagar, sino en decir eso, y creo que no ve la hora de haber comido para lo que yo me sé. Pues esotra su prima yo me la conozco. Gozad vuestras frescas mocedades, que quien tiempo tiene y mejor le espera, tiempo viene que se arrepiente. Como yo hago ahora por algunas horas que dejé perder, cuando moza, cuando me preciaban, cuando me querían. Que ya, ¡mal pecado!, caducado he, nadie no me quiere. ¡Que sabe Dios mi buen deseo! Besaos y abrazaos, que a mí no me queda otra cosa sino gozarme de verlo. Mientras a la mesa estáis, de la cinta arriba todo se perdona. Cuando seáis aparte, no quiero poner tasa, pues que el rey no la pone. Que yo sé por las muchachas, que nunca de importunos os acúsen, y la vieja Celestina mascará de dentera con sus botas encías de migajas de los manteles. Bendígaos Dios, ¡cómo lo reís y holgáis, putillos, loquillos, traviesos! ¡En esto había de parar el nublado de las cuestioncillas que habéis tenido! ¡Mirad no derribéis la mesa!

ELICIA.—Madre, a la puerta llaman. ¡El solaz es derramado!

CELESTINA.—Mira, hija, quién es; por ventura será quien lo acreciente y allegue.

ELICIA.—O la voz me engaña, o es mi prima Lucrecia.

CELESTINA.—Abrela y entre ella y buenos años. Que aun a ella algo se le entiende de esto que aquí hablamos; aunque su mucho encerramiento le impide el gozo de su mocedad.

AREUSA.—Así goce de mí, que es verdad; que éstas que sirven

a señoras, ni gozan deleite, ni conocen los dulces premios de amor. [Nunca tratan con parientes, con iguales a quien pueden hablar tú por tú, con quien digan: ¿Qué cenaste?, ¿estás preñada?, ¿cuántas gallinas crías?, llévame a merendar a tu casa, muéstrame tu enamorado; ¿cuánto ha que no te vió?, ¿cómo te va con él?, ¿quién son tus vecinas? y otras cosas de igualdad semejantes. ¡Oh tía, y qué duro nombre y qué grave y soberbio es señora continuo en la boca!] Por esto me vivo sobre mí, desde que me sé conocer. Que jamás me precié de llamarme de otro, sino mía. Mayormente de estas señoras que ahora se usan. Gástase con ellas lo mejor del tiempo, y con una saya rota de las que ellas desechan pagan servicios de diez años. Denostadas, maltratadas las traen, contino sojuzgadas, que hablar delante de ellas no osan. Y cuando ven cerca el tiempo de la obligación de casarlas, levántanles un caramillo, que se echan con el mozo o con el hijo, o pídenles celos del marido, o que meten hombres en casa, o que hurtó la taza o perdió el anillo; danles un ciento de azotes, y échanlas la puerta fuera, las haldas en la cabeza, diciendo: allá irás, ladrona, puta; no destruirás mi casa y honra. Así que esperan galardón, sacan baldón; esperan salir casadas, salen amenguadas; esperan vestidos y joyas de boda, salen desnudas y denostadas. Éstos son sus premios, éstos son sus beneficios y pagos. Oblíganseles a dar marido, quítanles el vestido. La mejor honra que en sus casas tienen, es andar hechas callejeras, de dueña en dueña, con sus mensajes a cuestas. Nunca oyen su nombre propio de la boca de ellas, sino puta acá, puta acullá. ¿A do vas, tiñosa? ¿Qué hiciste, bellaca? ¿Por qué comiste esto, golosa? ¿Cómo fregaste la sartén, puerca? ¿Por qué no limpiaste el manto, sucia? ¿Cómo dijiste esto, necia? ¿Quién perdió el plato, desaliñada? ¿Cómo faltó el paño de manos, ladrona? A tu rufián lo habrás dado. Ven acá, mala mujer, la gallina habada (1) no parece: pues búscala presto; si no, en la primera blanca de tu soldada la contaré. Y tras esto mil chapinazos y pellizcos, palos y azotes, No hay quien las sepa contentar ni quien pueda sufrirlas. Su placer es dar voces, su gloria es reñir. De lo mejor hecho menos contentamiento muestran. Por esto, madre, he querido más vivir en mi pequeña casa, exenta y señora, que no en sus ricos palacios sojuzgada y cautiva.

CELESTINA.—En tu seso has estado, bien sabes lo que haces. Que los sabios dicen que vale más una migaja de pan con paz que toda la casa llena de viandas con rencilla. Mas ahora cese esta razón, que entra Lucrecia.

LUCRECIA.—Buena pro os haga, tía y la compañía. Dios bendiga tanta gente y tan honrada.

CELESTINA.—¿Tanta, hija? ¿Por mucha has ésta? Bien parece que no me conociste en mi prosperidad, hoy ha veinte años. ¡Ay, quién me vió y quién me ve ahora, no sé cómo no quiebra su corazón de dolor! Yo vi, mi amor, a esta mesa, donde ahora están tus primas asentadas, nueve mozas de tus días, que la mayor no pasaba de diez y ocho años y ninguna había menor de catorce. Mundo es, pase, ande su rueda, rodee sus arcaduces, unos llenos, otros vacíos. La ley es de fortuna que ninguna cosa en un ser mucho tiempo permanece: su orden es mudanzas. No

_____
(1) Pintada, con pintas.

puedo decir sin lágrimas la mucha honra que entonces tenía; aunque por mis pecados y mala dicha poco a poco ha venido en disminución. Como declinaban mis días, así se disminuía y menguaba mi provecho. Proverbio es antiguo, que cuanto al mundo es o crece o decrece. Todo tiene sus límites, todo tiene sus grados. Mi honra llegó a la cumbre, según quien yo era: de necesidad es que desmengüe y abaje. Cerca ando de mi fin. En esto veo que me queda poca vida. [Pero bien sé que subí para descender, florecí para secarme, gocé para entristecerme, nací para vivir, viví para crecer, crecí para envejecer, envejecí para morirme. Y pues esto antes que ahora me consta, sufriré con menos pena mi mal; aunque del todo no pueda despedir el sentimiento, como sea de carne sentible formada.]

LUCRECIA.—Trabajo tenías, madre, con tantas mozas, que es ganado muy trabajoso de guardar.

CELESTINA.—¿Trabajo, mi amor? Antes descanso y alivio. Todas me obedecían, todas me honraban, de todas era acatada, ninguna salía de mi querer, lo que yo decía era lo bueno, a cada cual daba su cobro. No escogían más de lo que yo les mandaba: cojo o tuerto o manco, aquél habían por sano que más dinero me daba. Mío era el provecho, suyo el afán. Pues servidores, ¿no tenía por su causa de ellas? Caballeros viejos y mozos, abades de todas dignidades, desde obispos hasta sacristanes. En entrando por la iglesia, veía derrocar bonetes en mi honor, como si yo fuera una duquesa. El que menos había que negociar conmigo, por más ruin se tenía. De media legua que me viesen, dejaban las Horas. Uno a uno, dos a dos, venían a donde yo estaba, a ver si mandaba algo, a preguntarme cada uno por la suya. Que hombre había que, estando diciendo misa, en viéndome entrar, se turbaba, que no hacía ni decía cosas a derechas. Unos me llamaban señora, otros tía, otros enamorada, otros vieja honrada. Allí se concertaban sus venidas a mi casa, allí las idas a la suya, allí se me ofrecían dineros, allí promesas, allí otras dádivas, besando el cabo de mi manto y aun algunos en la cara, por me tener más contenta. Ahora hace traído la fortuna a tal estado, que me digas: buena pro hagan las zapatas.

SEMPRONIO.—Espantados nos tienes con tales cosas como nos cuentas de esa religiosa gente y benditas coronas. ¡Sí, que no serían todos!

CELESTINA.—No, hijo, ni Dios lo mande que yo tal cosa levante. Que muchos viejos devotos había con quien yo poco medraba, y aun que no me podían ver; pero creo que de envidia de los otros que me hablaban. Como la clerecía era grande, había de todos: unos muy castos, otros que tenían cargo de mantener a las de mi oficio. Y aun todavía creo que no faltan. Y enviaban sus escuderos y mozos a que me acompañasen, y apenas era llegada a mi casa, cuando entraban por mi puerta muchos pollos y gallinas, ansarones, anadones, perdices, tórtolas, perniles de tocino, tortas de trigo, lechones. Cada cual, como lo recibía de aquellos diezmos de Dios, así lo venían luego a registrar, para que comiese yo y aquellas sus devotas. ¿Pues vino? ¿No me sobraba de lo mejor que se bebía en la ciudad, venido de diversas partes: de Monviedro, de Luque, de Toro, de Madrigal, de San Martín y de otros muchos lugares, y tantos, que, aunque tengo la diferencia de los gustos y sabor en la boca, no tengo la diversidad de sus tierras en la memoria? Que harto es que una vieja,

como yo, en oliendo cualquiera vino diga de dónde es. Pues
otros curas sin renta, no era ofrecido el bodigo, cuando, en besando el feligrés la estola, era del primer voleo en mi casa.
Espesos, como piedras a tablado, entraban muchachos cargados
de provisiones por mi puerta. No sé cómo puedo vivir cayendo
en tal estado.

AREUSA.—Por Dios, pues somos venidas a haber placer, no
llores, madre, ni te fatigues; que Dios lo remediará todo.

CELESTINA.—Harto tengo, hija, que llorar, acordándome de
tan alegre tiempo y tal vida, como yo tenía, y cuán servida era
de todo el mundo. Que jamás hubo fruta nueva de que yo primero
no gozase que otros supiesen si era nacida. En mi casa se había
de hallar si para alguna preñada se buscase.

SEMPRONIO.—Madre, ningún provecho trae la memoria del
buen tiempo, si cobrar no se puede; antes tristeza. Como a ti
ahora, que nos has sacado el placer de entre las manos. Alcese
la mesa. Irnos hemos a holgar y tú darás respuesta a esta doncella, que aquí es venida.

CELESTINA.—Hija Lucrecia, dejadas estas razones, querría
que me dijeses a qué fué ahora tu buena venida.

LUCRECIA.—Por cierto, ya se me había olvidado mi principal
demanda y mensaje con la memoria de ese tan alegre tiempo
como hás contado y así me estuviera un año sin comer escuchán-
dote y pensando aquella vida buena, que aquellas mozas goza-
rían, que me parece y semeja que estoy yo ahora en ella. Mi
venida, señora, es lo que tú sabrás: pedirte el ceñidero, y demás
de esto, te ruega mi señora sea de ti visitada y muy presto,
porque se siente muy fatigada de desmayos y de dolor de corazón.

CELESTINA.—Hija, de estos dolorcillos tales más es el ruido
que las nueces. Maravillada estoy sentirse del corazón mujer
tan moza.

LUCRECIA.—¡Así te arrastren, traidora! ¿Tú no sabes qué es?
Hace la vieja falsa sus hechizos y vase; después hácese la
nueva.

CELESTINA.—¿Qué dices, hija?

LUCRECIA.—Madre, que vamos presto y me des el cordón.

CELESTINA.—Vamos, que yo le llevo.

EL ACTO DÉCIMO

ARGUMENTO DEL DÉCIMO ACTO

Mientras andan Celestina y Lucrecia por el camino, está hablando
Melibea consigo misma. Llegan a la puerta. Entra Lucrecia primero.
Hace entrar a Celestina. Melibea, después de muchas razones, descubre a Celestina arder en amor de Calixto. Ven venir a Alisa, madre
de Melibea. Despídense de en uno. Pregunta Alisa a Melibea de los
negocios de Celestina, defendiéndole su mucha conversación.

MELIBEA, CELESTINA, LUCRECIA, ALISA

MELIBEA.—¡Oh lastimada de mí! ¡Oh mal proveída (1) doncella! ¿Y no me fuera mejor conceder su petición y demanda
ayer a Celestina, cuando de parte de aquel señor, cuya vista me

(1) Prevenida.

cautivó, me fué rogado, y contentarle a él y sanar a mí, que
no venir por fuerza a descubrir mi llaga, cuando no me sea
agradecido, cuando ya, desconfiando de mi buena respuesta, haya
puesto sus ojos en amor de otra? ¡Cuánta más ventaja tuviera
mi prometimiento rogado que mi ofrecimiento forzoso! ¡Oh, mi
fiel criada Lucrecia! ¿Qué dirás de mí? ¿Qué pensarás de mi
seso, cuando me veas publicar lo que a ti jamás he quesido (1)
descubrir? ¡Cómo te espantarás del rompimiento de mi honestidad y vergüenza, que siempre, como encerrada doncella acos-
tumbré tener! No sé si habrás barruntado de dónde proceda
mi dolor. ¡Oh, si ya vinieses con aquella medianera de mi salud!
¡Oh soberano Dios! A ti, que todos los atribulados llaman, los
apasionados piden remedio, los llagados medicina; a ti, que los
cielos, mar y tierra, con los infernales centros obedecen; a ti, el
cual todas las cosas a los hombres sojuzgaste, humildemente suplico des a mi herido corazón sufrimiento y paciencia, con que
mi terrible pasión pueda disimular. No se desdore aquella hoja
de castidad que tengo asentada sobre este amoroso deseo, publi-
cando ser otro mi dolor, que no el que me atormenta. Pero,
¿cómo lo podré hacer, lastimándome tan cruelmente el ponzoñoso bocado, que la vista de su presencia de aquel caballero me
dió? ¡Oh, género femíneo, encogido y frágil! ¿Por qué no fué
también a las hembras concedido poder descubrir su congojoso
y ardiente amor, como a los varones? Que ni Calixto viviera
quejoso ni yo penada.

LUCRECIA.—Tía, detente un poquito cabe esta puerta. Entraré
a ver con quién está hablando mi señora. Entra, entra, que consigo lo ha.

MELIBEA.—Lucrecia, echa esa antepuerta. ¡Oh vieja sabia y
honrada, tú seas bienvenida! ¿Qué te parece, cómo ha querido
mi dicha y la fortuna ha rodeado que yo tuviese de tu saber
necesidad, para que tan presto me hubieses de pagar en la
misma moneda el beneficio que por ti me fué demandado por
ese gentilhombre, que curabas con la virtud de mi cordón?

CELESTINA.—¿Qué es, señora, tu mal, que así muestras las
señas de su tormento en las coloradas colores de tu gesto?

MELIBEA.—Madre mía, que comen este corazón serpientes dentro de mi cuerpo.

CELESTINA.—Bien está. Así lo quería yo. Tú me pagarás, doña
loca, la sobra de tu ira.

MELIBEA.—¿Qué dices? ¿Has sentido en verme alguna causa,
donde mi mal proceda?

CELESTINA.—No me has, señora, declarado la calidad del mal.
¿Quieres que adivine la causa? Lo que yo digo es que recibo
mucha pena de ver triste tu graciosa presencia.

MELIBEA.—Vieja honrada, alégramela tú, que grandes nuevas
me han dado de tu saber.

CELESTINA.—Señora, el sabidor sólo es Dios: pero, como para
salud y remedio de las enfermedades fueron repartidas las gracias en las gentes, de hallar las medicinas, de ellas por experiencia, de ellas por arte, de ellas por natural instinto, alguna
partecica alcanzó a esta pobre vieja, de la cual al presente podrás ser servida.

(1)   Querido: de *quies*.

MELIBEA.—¡Oh qué gracioso y agradable me es oírte! Saludable es al enfermo la alegre cara del que le visita. Paréceme que veo mi corazón entre tus manos hecho pedazos. El cual, si tú quisieses, con muy poco trabajo juntarías con la virtud de tu lengua: no de otra manera que, cuando vió en sueños aquel grande Alejandro, rey de Macedonia, en la boca del dragón la saludable raíz con que sanó a su criado Tolomeo del bocado de la víbora. Pues, por amor de Dios, te despojes para muy diligente entender en mi mal y me des algún remedio.

CELESTINA.—Gran parte de la salud es desearla; por lo cual creo menos peligroso ser tu dolor. Pero para yo dar, mediante Dios, congrua y saludable medicina, es necesario saber de ti tres cosas. La primera, a qué parte de tu cuerpo más declina y aqueja el sentimiento. Otra, si es nuevamente por ti sentido, porque más presto se curan las tiernas enfermedades en sus principios que cuando han hecho curso en la perseverancia de su oficio; mejor se doman los animales en su primera edad, que cuando ya es su cuero endurecido, para venir mansos a la melena; mejor crecen las plantas, que tiernas y nuevas se trasponen, que las que fructificando ya se mudan; muy mejor se despide el nuevo pecado, que aquel que por costumbre antigua cometemos cada día. La tercera, si procede de algún cruel pensamiento, que asentó en aquel lugar. Y esto sabido, verás obrar mi cura. Por ende, cumple que al médico, como al confesor, se hable toda verdad abiertamente.

MELIBEA.—Amiga Celestina, mujer bien sabia y maestra grande, mucho has abierto el camino por donde mi mal te pueda especificar. Por cierto, tú lo pides como mujer bien experta en curar tales enfermedades. Mi mal es de corazón, la izquierda teta es su aposentamiento: tiende sus rayos a todas partes. Lo segundo, es nuevamente nacido en mi cuerpo. Que no pensé jamás que podía dolor privar el seso, como éste hace. Túrbame la cara, quítame el comer, no puedo dormir, ningún género de risa querría ver. La causa o pensamiento, que es la final cosa por ti preguntada de mi mal, ésta no la sabré decir. Porque ni muerte de deudo ni pérdida de temporales bienes ni sobresalto de visión ni sueño desvariado ni otra cosa puedo sentir, que fuese, salvo la alteración que tú me causaste con la demanda que sospeché de parte de aquel caballero Calixto, cuando me pediste la oración.

CELESTINA.—¿Cómo, señora, tan mal hombre es aquél? ¿Tan mal nombre es el suyo, que en sólo ser nombrado trae consigo ponzoña su sonido? No creas que sea ésa la causa de tu sentimiento, antes otra que yo barrunto. Y pues que así es, si tú licencia me das, yo, señora, te la diré.

MELIBEA.—¿Cómo, Celestina? ¿Qué es ese nuevo salario que pides? ¿De licencia tienes tú necesidad para me dar la salud? ¿Cuál físico jamás pidió tal seguro para curar al paciente? Di, di, que siempre la tienes de mí, tal que mi honra no dañes con tus palabras.

CELESTINA.—Véote, señora, por una parte quejar el dolor; por otra, temer la medicina. Tu temor me pone miedo; el miedo, silencio; el silencio, tregua entre tu llaga y mi medicina. Así que será causa que ni tu dolor cese ni mi venida aproveche.

MELIBEA.—Cuanto más dilatas la cura, tanto más me acrecientas y multiplicas a pena y pasión. O tus medicinas son de polvos de infamia y licor de corrupción, confeccionados con otro

más crudo dolor, que el que de parte del paciente se siente,
o no es ninguno tu saber. Porque si lo uno o lo otro no abastase, cualquiera remedio otro darías sin temor, pues te lo pido
le muestres, quedando libre mi honra.

CELESTINA.—Señora, no tengas por nuevo ser más fuerte de
sufrir al herido la ardiente trementina y los ásperos puntos,
que lastiman lo llagado y doblan la pasión, que no la primera
lesión, que dió sobre sano. Pues si tú quieres ser sana y que te
descubra la punta de mi sutil aguja sin temor, haz para tus
manos y pies una ligadura de sosiego, para tus ojos una cobertura de piedad, para tu lengua un freno de silencio, para tus
oídos unos algodones de sufrimiento y paciencia, y verás obrar
a la antigua maestra de estas llagas.

MELIBEA.—¡Oh cómo me muero con tu dilatar! Di, por Dios,
lo que quisieres, haz lo que supieres, que no podrá ser tu remedio tan áspero que iguale con mi pena y tormento. Ahora
toque en mi honra, ahora dañe mi fama, ahora lastime mi
cuerpo, aunque sea romper mis carnes para sacar mi dolorido
corazón, te doy mi fe ser segura y, si siento alivio, bien ga-
lardonada.

LUCRECIA.—El seso tiene perdido mi señora. Gran mal es
éste. Cautivádola ha esta hechicera.

CELESTINA.—Nunca me ha de faltar un diablo acá y acullá:
escapóme Dios de Parmeno, tópome con Lucrecia.

MELIBEA.—¿Qué dices, amada maestra? ¿Qué te hablaba esa
moza?

CELESTINA.—No le oí nada. [Pero diga lo que dijere, sabe que
no hay cosa más contraria en las grandes curas delante los ani-
mosos cirujanos que los flacos corazones, los cuales con su gran
lástima, con sus dolorosas hablas, con sus sensibles meneos,
ponen temor al enfermo, hacen que desconfíe de la salud y al
médico enojan y turban, y la turbación altera la mano, rige sin
orden la aguja. Por donde se puede conocer claro,] que es muy
necesario para tu salud que no esté persona delante, y así que
la debes mandar salir. Y tú, hija Lucrecia, perdona.

MELIBEA.—Salte fuera presto.

LUCRECIA.—¡Ya!, ¡ya! ¡Todo es perdido! Ya me salgo,
señora.

CELESTINA.—También me da osadía tu gran pena, como ver
que con tu sospecha has ya tragado alguna parte de mi cura;
pero todavía es necesario traer más clara medicina y más saludable descanso de casa de aquel caballero Calixto.

MELIBEA.—Calla, por Dios, madre. No traigan de su casa
cosa para mí provecho ni le nombres aquí.

CELESTINA.—Sufre, señora, con paciencia, que es el primer
punto y principal. No se quiebre; si no, todo nuestro trabajo
es perdido. Tu llaga es grande, tiene necesidad de áspera cura.
Y lo duro con duro se ablanda más eficazmente. Y dicen los
sabios que la cura del lastimero médico deja mayor señal y que
nunca peligro sin peligro se vence. Ten paciencia, que pocas
veces lo molesto sin molestia se cura. Y un clavo con otro se
expele y un dolor con otro. No concibas odio ni desamor, ni
consientas a tu lengua decir mal persona tan virtuosa como
Calixto, que si conocido fuese...

MELIBEA.—¡Oh, por Dios, que me matas! ¿Y no te tengo dicho que no me alabes ese hombre ni me lo nombres en bueno ni en malo?

CELESTINA.—Señora, éste es otro y segundo punto, el cual si tú con tu mal sufrimiento no consientes, poco aprovechará mi venida, y si, como prometiste, lo sufres, tú quedarás sana y sin deuda, y Calixto, sin queja y pagado. Primero te avisé de mi cura y de esta invisible aguja, que sin llegar a ti sientes en sólo mentarla en mi boca.

MELIBEA.—Tantas veces me nombrarás ese tu caballero, que ni mi promesa baste ni la fe, que te di, a sufrir tus dichos. ¿De qué ha de quedar pagado? ¿Qué le debo yo a él? ¿Qué le soy a cargo? ¿Qué ha hecho por mí? ¿Qué necesario es él aquí para el propósito de mi mal? Más agradable me sería que rasgases mis carnes y sacases mi corazón, que no traer esas palabras aquí.

CELESTINA.—Sin te romper las vestiduras se lanzó en tu pecho el amor; no rasgaré yo tus carnes para te curar.

MELIBEA.—¿Cómo dices que llaman a este mi dolor, que así se ha enseñoreado en lo mejor de mi cuerpo?

CELESTINA.—Amor dulce.

MELIBEA.—Eso me declara qué es, que en sólo oírlo me alegro.

CELESTINA.—Es un fuego escondido, una agradable llaga, un sabroso veneno, una dulce amargura, una delectable dolencia, un alegre tormento, una dulce y fiera herida, una blanda muerte.

MELIBEA.—¡Ay mezquina de mí! Que si verdad es tu relación, dudosa será mi salud. Porque, según la contrariedad que esos nombres entre sí muestran, lo que al uno fuere provechoso acarreará al otro más pasión.

CELESTINA.—No desconfíe, señora, tu noble juventud de salud. Que, cuando el alto Dios da la llaga, tras ella envía el remedio. Mayormente que sé yo al mundo nacida una flor que de todo esto te dé libre.

MELIBEA.—¿Cómo se llama?

CELESTINA.—No te lo oso decir.

MELIBEA.—Di, no temas.

CELESTINA.—¡Calixto! ¡Oh por Dios, señora Melibea! ¿Qué poco esfuerzo es éste? ¿Qué descaecimiento? ¡Oh mezquina yo! ¡Alza la cabeza! ¡Oh malaventurada vieja! ¡En esto han de parar mis pasos! Si muere, matarme han; aunque viva, seré sentida, que ya no podrá sufrirse de no publicar su mal y mi cura. Señora mía Melibea, ángel mío, ¿qué has sentido? ¿Qué es de tu habla graciosa? ¿Qué de tu color alegre? Abre tus claros ojos. ¡Lucrecia! ¡Lucrecia! ¡Entra presto acá! Verás amortecida a tu señora entre mis manos. Baja presto por un jarro de agua.

MELIBEA.—Paso, paso, que yo me esforzaré. No escandalices la casa.

CELESTINA.—¡Oh cuitada de mí! No te descaezcas, señora; háblame como sueles.

MELIBEA.—Y muy mejor. Calla, no me fatigues.

CELESTINA.—¿Pues qué me mandas que haga, perla graciosa? ¿Qué ha sido este tu sentimiento? Creo que se van quebrando mis puntos.

MELIBEA.—Quebróse mi honestidad, quebróse mi empacho, aflojó mi mucha vergüenza y, como muy naturales, como muy domésticos, no pudieron tan livianamente despedirse de mi cara

que no llevasen consigo su color por algún poco de espacio, mi
fuerza, mi lengua y gran parte de mi sentido. ¡Oh! Pues ya,
mi buena maestra, mi fiel secretaria, lo que tú tan abiertamente
conoces, en vano trabajo por te lo encubrir. Muchos y muchos
días son pasados que ese noble caballero me habló en amor.
Tanto me fué entonces su habla enojosa, cuanto, después que
tú me le tornaste a nombrar, alegre. Cerrado han tus puntos
mi llaga, venida soy en tu querer. En mi cordón le llevaste envuelta la posesión de mi libertad. Su dolor de muelas era mi
mayor tormento, su pena era la mayor mía. Alabo y loo tu buen
sufrimiento, tu cuerda osadía, tu liberal trabajo, tus solícitos y
fieles pasos, tu agradable habla, tu buen saber, tu demasiada
solicitud, tu provechosa importunidad. Mucho te debe ese señor
y más yo, que jamás pudieron mis reproches aflacar tu esfuerzo
y perseverar, confiando en tu mucha astucia. Antes, como fiel
servidora, cuando más denostada, más diligente ; cuando más disfavor, más esfuerzo ; cuando peor respuesta, mejor cara ; cuando
yo más airada, tú más humilde. Pospuesto todo temor, has sacado de mi pecho lo que jamás a ti ni a otro pensé descubrir.

CELESTINA.—Amiga y señora mía, no te maravilles, porque
estos fines, con efecto, me dan osadía a sufrir los ásperos y es-
crupulosos desvíos de las encerradas doncellas como tú. Verdad
es que antes que me determinase, así por el camino, como en tu
casa, estuve en grandes dudas si te descubriría mi petición.
Visto el gran poder de tu padre, temía ; mirando la gentileza
de Calixto, osaba ; vista tu discreción, me recelaba ; mirando
tu virtud y humanidad, me esforzaba. En lo uno hablaba el
miedo y en lo otro la seguridad. Y pues así, señora, has querido
descubrir la gran merced que nos has hecho, declara tu voluntad, echa tus secretos en mi regazo, pon en mis manos el concierto de este concierto. Yo daré forma como tu deseo y el de
Calixto sean en breve cumplidos.

MELIBEA.—¡Oh mi Calixto y mi señor! ¡Mi dulce y suave
alegría! Si tu corazón siente lo que ahora el mío, maravillada
estoy cómo la ausencia te consiente vivir. ¡Oh mi madre y mi
señora! Haz de manera como luego le pueda ver, si mi vida
quieres.

CELESTINA.—Ver y hablar.

MELIBEA.—¿Hablar? Es imposible.

CELESTINA.—Ninguna cosa, a los hombres que quieren hacerla,
es imposible.

MELIBEA.—Dime cómo.

CELESTINA.—Ya lo tengo pensado, yo te lo diré: por entre las
puertas de tu casa.

MELIBEA.—¿Cuándo?

CELESTINA.—Esta noche.

MELIBEA.—Gloriosa me serás si lo ordenas. Di a qué hora.

CELESTINA.—A las doce.

MELIBEA.—Pues vé, mi señora, mi leal amiga, y habla con
aquel señor y que venga muy paso y de allí se dará concierto,
según su voluntad, a la hora que has ordenado.

CELESTINA.—Adiós, que viene hacia acá tu madre.

MELIBEA.—Amiga Lucrecia y mi [leal criada] y fiel secretaria, ya has visto cómo no ha sido más en mi mano. Cautivóme
el amor de aquel caballero. Ruégote, por Dios, se cubra con

secreto sello, por que yo goce de tan suave amor. Tú serás de
mí tenida en aquel lugar que merece tu fiel servicio.

LUCRECIA.—[Señora, mucho antes de ahora tengo sentida tu
llaga y calado tu deseo. Hame fuertemente dolido tu perdición.
Cuanto más tú me querías encubrir y celar el fuego, que te
quemaba, tanto más sus llamas se manifestaban en la color de
tu cara, en el poco sosiego del corazón, en el meneo de tus
miembros, en comer sin gana, en el no dormir. Así que contino
se te caían, como de entre las manos, señales muy claras de
pena. Pero como en los tiempos que la voluntad reina en los
señores o desmedido apetito, cumple a los servidores obedecer
con diligencia corporal y no con artificiales consejos de lengua,
sufría con pena, callaba con temor, encubría con fidelidad; de
manera que fuese mejor el áspero consejo que la blanda lisonja.]
Pero, pues ya no tiene tu merced otro medio, sino morir o amar,
mucha razón es que se escoja por mejor aquello que en sí lo es.

ALISA.—¿En qué andas acá, vecina, cada día?

CELESTINA.—Señora, faltó ayer un poco de hilado al peso y
vínelo a cumplir, porque di mi palabra, y, traído, voime. Quede
Dios contigo.

MELIBEA.—Y contigo vaya.

ALISA.—Hija Melibea, ¿qué quería la vieja?

MELIBEA.—Venderme un poquito de solimán.

ALISA.—Eso creo yo más que lo que la vieja ruin dijo. Pensó
que recibiría yo pena de ello y mintióme. Guárdate, hija, de ella,
que es gran traidora. Que el sutil ladrón siempre rodea las ricas
moradas. Sabe ésta con sus traiciones, con sus falsas mercade-
rías, mudar los propósitos castos. Daña la fama. A tres veces
que entra en una casa engendra sospecha.

LUCRECIA.—(Aparte.) Tarde acuerda nuestra ama.

ALISA.—Por amor mío, hija, que si acá tornare sin verla yo,
que no hayas por bien su venida ni la recibas con placer. Halle
en ti honestidad en tu respuesta y jamás volverá. Que la verdadera virtud más se teme que espada.

MELIBEA.—¿De ésas es? ¡Nunca más! Bien huelgo, señora,
de ser avisada, por saber de quién me tengo de guardar.

EL ACTO ONCENO

ARGUMENTO DEL ONCENO ACTO

Despedida Celestina de Melibea, va por la calle sola hablando. Ve
a Sempronio y a Parmeno que van a la Magdalena por su señor. Sempronio habla con Calixto. Sobreviene Celestina. Van a casa de Calixto.
Declárale Celestina su mensaje y negocio recaudado con Melibea. Mientras ellos en estas razones están, Parmeno y Sempronio entre sí hablan.
Despídese Celestina de Calixto, va para su casa, llama a la puerta.
Elicia le viene a abrir. Cenan y vanse a dormir.

CALIXTO, CELESTINA, PARMENO, SEMPRONIO, ELICIA

CELESTINA.—¡Ay Dios, si llegase a mi casa con mi mucha
alegría a cuestas! A Parmeno y a Sempronio veo ir a la Magdalena. Tras ellos me voy, y si ahí no estuviere Calixto, pa-
saremos a su casa a pedirle las albricias de su gran gozo.

SEMPRONIO.—Señor, mira que tu estada es dar a todo el
mundo que decir. Por Dios, que huyas de ser traído en lenguas,
que al muy devoto llaman hipócrita. ¿Qué dirán sino que andas
royendo los santos? Si pasión tienes, súfrela en tu casa; no te
sienta la tierra. No descubras tu pena a los extraños, pues está
en manos el pandero que lo sabrán bien tañer.

CALIXTO.—¿En qué manos?

SEMPRONIO.—De Celestina.

CELESTINA.—¿Qué nombráis a Celestina? ¿Qué decís de esta
esclava de Calixto? Toda la calle del Arcediano vengo a más
andar tras vosotros por alcanzaros, y jamás he podido con mis
luengas haldas.

CALIXTO.—¡Oh joya del mundo, acorro de mis pasiones, espejo de mi vista! El corazón se me alegra en ver esa honrada
presencia, esa noble senectud. Dime, ¿con qué vienes? ¿Qué
nueva traes, que te veo alegre y no sé en qué está mi vida?

CELESTINA.—En mi lengua.

CALIXTO.—¿Qué dices, gloria y descanso mío? Declárame más
lo dicho.

CELESTINA.—Salgamos, señor, de la iglesia, y de aquí a casa
te contaré algo con que te alegres de verdad.

PARMENO.—Buena viene la vieja, hermano; recaudado debe
haber.

SEMPRONIO.—Escúchala.

CELESTINA.—Todo este día, señor, he trabajado en tu negocio
y he dejado perder otros en que harto me iba. Muchos tengo
quejosos por tenerte a ti contento. Más he dejado de ganar que
piensas. Pero todo vaya en buena hora, pues tan buen recaudo
traigo, que te traigo muchas buenas palabras de Melibea y la
dejo a tu servicio.

CALIXTO.—¿Qué es esto que oigo?

CELESTINA.—Que es más tuya que de sí misma: más está a
tu mandato y querer que de su padre Pleberio.

CALIXTO.—Habla cortés, madre, no digas tal cosa, que dirán
estos mozos que estás loca. Melibea es mi señora. Melibea es mi
Dios, Melibea es mi vida; y su cautivo, yo su siervo.

SEMPRONIO.—Con tu desconfianza, señor, con tu poco preciar-
te, con tenerte en poco, hablas esas cosas con que atajas su
razón. A todo el mundo turbas diciendo desconciertos. ¿De qué
te santiguas? Dale algo por su trabajo: harás mejor, que eso
esperan esas palabras.

CALIXTO.—Bien has dicho. Madre mía, yo sé cierto que jamás
igualará tu trabajo y mi liviano galardón. En lugar de manto
y saya, por que no se dé parte a oficiales, toma esta cadenilla,
ponla al cuello y procede en tu corazón y mi alegría.

PARMENO.—¿Cadenilla la llama? ¿No lo oyes, Sempronio? No
estima el gasto. Pues yo te certifico que diese mi parte por
medio marco de oro, por mal que la vieja lo reparta.

SEMPRONIO.—Oírte ha nuestro amo; tendremos en él que
amansar y en ti que sanar, según estás hinchado de tu mucho
murmurar. Por mi amor, hermano, que oigas y calles, que por
eso te dió Dios dos oídos y una lengua sola.

PARMENO.—¡Oirá el diablo! Está colgado de la boca de la
vieja, sordo y mudo y ciego, hecho personaje sin son, que, aunque le diésemos higas diría que alzábamos las manos a Dios
rogando por buen fin de sus amores.

SEMPRONIO.—Calla, oye, escucha bien a Celestina. En mi alma, todo lo merece y más que le diese. Mucho dice.

CELESTINA.—Señor Calixto, para tan flaca vieja como yo, de mucha franqueza usaste. Pero como todo don o dádiva se juzgue grande o chica respecto del que lo da, no quiero traer a consecuencia mi poco merecer ante quien sobra en cualidad y en cuantidad. Mas medirse ha con tu magnificencia, ante quien no es nada. En pago de la cual te restituyo tu salud, que iba perdida; tu corazón, que te faltaba; tu seso, que se alteraba. Melibea pena por ti más que tú por ella, Melibea te ama y desea ver, Melibea piensa más horas en tu persona que en la suya, Melibea se llama tuya y esto tiene por título de libertad y con esto amansa el fuego, que más que a ti la quema.

CALIXTO.—Mozos, ¿estoy yo aquí? Mozos, ¿oigo yo esto? Mozos, mirad si estoy despierto. ¿Es de día o de noche? ¡Oh señor Dios, padre celestial! ¡Ruégote que esto no sea sueño! ¡Despierto, pues, estoy! Si burlas, señora, de mí, por me pagar (1) en palabras, no temas, di verdad, que para lo que tú de mí has recibido, más merecen tus pasos.

CELESTINA.—Nunca el corazón lastimado de deseo toma la buena nueva por cierta, ni la mala por dudosa; pero, si burlo o si no, verlo has yendo esta noche, según el concierto dejo con ella, a su casa, en dando el reloj doce, a la hablar por entre las puertas. De cuya boca sabrás más por entero mi solicitud y su deseo y el amor que te tiene y quién lo ha causado.

CALIXTO.—Ya, ya, ¿tal cosa espero? ¿Tal cosa es posible haber de pasar por mí? Muerto soy de aquí allá, no soy capaz de tanta gloria, no merecedor de tan gran merced, no digno de hablar con tal señora de su voluntad y grado.

CELESTINA.—Siempre lo oí decir, que es más difícil de sufrir la próspera fortuna que la adversa: que la una no tiene sosiego y la otra tiene consuelo. ¿Cómo, señor Calixto, y no mirarías quién tú eres? ¿No mirarías el tiempo que has gastado en su servicio? ¿No mirarías a quién has puesto entremedias? ¿Y asimismo que hasta ahora siempre has estado dudoso de la alcanzar y tenías sufrimiento? Ahora que te certifico el fin de tu penar, ¿quieres poner fin a tu vida? Mira, mira que está Celestina de tu parte y que, aunque todo te faltase lo que en un enamorado se requiere, te vendería por el más acabado galán del mundo, que te haría llanas las peñas para andar, que te haría las más crecidas aguas corrientes pasar sin mojarte. Mal conoces a quien das tu dinero.

CALIXTO.—¡Cata, señora! ¿Qué me dices? ¿Que vendrá de su grado?

CELESTINA.—Y aun de rodillas.

SEMPRONIO.—No sea ruido (2) hechizo, que nos quieren tomar a manos a todos. Cata, madre, que así se suelen dar las zarazas en pan envueltas, por que no las sienta el gusto.

PARMENO.—Nunca te oí decir mejor cosa. Mucha sospecha me pone el presto conceder de aquella señora y venir tan aína en todo su querer de Celestina, engañando nuestra voluntad con sus palabras dulces y prestas por hurtar por otra parte, como

---

(1) Contentar.
(2) Fingido.

hacen los de Egipto (1) cuando el signo nos catan en la mano. [Pues alahé, madre, con dulces palabras están muchas injurias vengadas. El manso boyezuelo con su blando cencerrar trae las perdices a la red; el canto de la sirena engaña los simples marineros con su dulzor. Así ésta con su mansedumbre y concesión presta querrá tomar una manada de nosotros a su salvo; purgará su inocencia con la honra de Calixto y con nuestra muerte. Así como corderica mansa que mama su madre y la ajena, ella con su segurar tomará la venganza de Calixto en todos nosotros, de manera que con la mucha gente que tiene, podrá cazar a padres e hijos en una nidada y tú estarte has rascando a tu fuego, diciendo: a salvo está el que repica.]

CALIXTO.—¡Callad, locos, bellacos, sospechosos! Parece que dais a entender que los ángeles sepan hacer mal. Sí, que Melibea ángel disimulado es, que vive entre nosotros.

SEMPRONIO.—¿Todavía te vuelves a tus herejías? Escúchale, Parmeno. No te pene nada, que, si fuere trato doble, él lo pagará, que nosotros buenos pies tenemos.

CELESTINA.—Señor, tú estás en lo cierto; vosotros, cargados de sospechas vanas. Yo he hecho todo lo que a mí era a cargo. Alegre te dejo. Dios te libre y aderece. Pártome muy contenta. Si fuere menester para esto o para más, allí estoy muy aparejada a tu servicio.

PARMENO.—¡Ji!, ¡ji!, ¡ji!

SEMPRONIO.—¿De qué te ríes, por tu vida, Parmeno?

PARMENO.—De la priesa que la vieja tiene por irse. No ve la hora que haber despegado la cadena de casa. No puede creer que la tenga en su poder ni que se la han dado de verdad. No se halla digna de tal don, tan poco como Calixto de Melibea.

SEMPRONIO.—¿Qué quieres que haga una puta alcahueta, que sabe y entiende lo que nosotros nos callamos, y suele hacer siete virgos por dos monedas, después de verse cargada de oro, sino ponerse en salvo con la posesión, con temor no se la tornen a tomar, después que ha cumplido de su parte aquello para que era menester? ¡Pues guárdese del diablo, que sobre el partir no le saquemos el alma!

CALIXTO.—Dios vaya contigo, madre. Yo quiero dormir y reposar un rato para satisfacer a las pasadas noches y cumplir con la por venir.

CELESTINA.—Ta, ta.

ELICIA.—¿Quién llama?

CELESTINA.—Abre, hija Elicia.

ELICIA.—¿Cómo vienes tan tarde? No lo debes hacer, que eres vieja; tropezarás donde caigas y mueras.

CELESTINA.—No temo eso, que de día me aviso por donde venga de noche. [Que jamás me subo por poyo ni calzada, sino por medio de la calle. Porque, como dicen: no da paso seguro quien corre por el muro, y que aquél va más sano que anda por llano. Más quiero ensuciar mis zapatos con el lodo que ensangrentar las tocas y los cantos. Pero] no te duele a ti en ese lugar.

ELICIA.—¿Pues qué me ha de doler?

_____

(1) Los gitanos (de *egiptano*).

CELESTINA.—Que se fué la compañía que te dejé y quedaste sola.

ELICIA.—Son pasadas cuatro horas [después], ¿y habíaseme de acordar de eso?

CELESTINA.—Cuanto más presto te dejaron, más con razón lo sentiste. Pero dejemos su ida y mi tardanza. Entendamos en cenar y dormir.

EL ACTO DOCENO

ARGUMENTO DEL DOCENO ACTO

Llegando la media noche, Calixto, Sempronio y Parmeno, armados, van para casa de Melibea. Lucrecia y Melibea están cabe la puerta, aguardando a Calixto. Viene Calixto. Háblale primero Lucrecia. Llama a Melibea. Apártase Lucrecia. Háblanse por entre las puertas Melibea y Calixto. Parmeno y Sempronio, de su cabo, departen. Oyen gentes por la calle. Apercíbense para huir. Despídese Calixto de Melibea, dejando concertada la tornada para la noche siguiente. Pleberio, al son del ruido que había en la calle, despierta, llama a su mujer, Alisa. Pregunta a Melibea quién da patadas en su cámara. Responde Melibea a su padre, Pleberio, fingiendo que tenía sed. Calixto, con sus criados, va para su casa hablando. Échase a dormir. Parmeno y Sempronio van a casa de Celestina. Demandan su parte de la ganancia. Disimula Celestina. Vienen a reñir. Échanle mano a Celestina, mátanla. Da voces Elicia. Viene la justicia y préndelos ambos.

CALIXTO, LUCRECIA, MELIBEA, SEMPRONIO, PARMENO, PLEBERIO, ALISA, CELESTINA, ELICIA

CALIXTO.—Mozos, ¿qué hora da el reloj?

SEMPRONIO.—Las diez.

CALIXTO.—¡Oh, cómo me descontenta el olvido en los mozos! De mi mucho acuerdo en esta noche y tu descuidar y olvido se haría una razonable memoria y cuidado. ¿Cómo, desatinado, sabiendo cuánto me va, Sempronio, en ser diez u once, me respondías a tiento lo que más aína se te vino a la boca? ¡Oh cuitado de mí! Si por caso me hubiera dormido y colgara mi pregunta de la respuesta de Sempronio para hacerme de once diez y así de doce once, saliera Melibea, yo no fuera ido, tornárase: ¡de manera, que ni mi mal hubiera fin ni mi deseo ejecución! No se dice en balde que mal ajeno de pelo cuelga.

SEMPRONIO.—Tanto yerro, señor, me parece, sabiendo preguntar, como ignorando responder. Mas este mi amo tiene gana de reñir y no sabe cómo.

PARMENO.—Mejor sería, señor, que se gastase esta hora que queda en aderezar armas, que en buscar cuestiones.

CALIXTO.—[Bien me dice este necio. No quiero en tal tiempo recibir enojo. No quiero pensar en lo que pudiera venir, sino en lo que fué; no en el daño que resultara de su negligencia, sino en el provecho que vendrá de mi solicitud. Quiero dar espacio a la ira, que o se me quitará o se me ablandará.] Descuelga, [Parmeno,] mis corazas [y armaos vosotros, y así iremos a buen recaudo, porque como dicen: el hombre apercibido, medio combatido].

PARMENO.—Helas aquí, señor.

CALIXTO.—Ayúdame aquí a vestirlas. Mira tú, Sempronio, si parece alguno por la calle.

SEMPRONIO.—Señor, ninguna gente parece, y aunque la hubiese, la mucha obscuridad privaría el viso y conocimiento a los que nos encontrasen.

CALIXTO.—Pues andemos por esta calle, aunque se rodee alguna cosa, porque más encubiertos vamos. Las doce dan ya: buena hora es.

PARMENO.—Cerca estamos.

CALIXTO.—A buen tiempo llegamos. Párate tú, Parmeno, a ver si es venida aquella señora por entre las puertas.

PARMENO.—¿Yo, señor? Nunca Dios mande que sea en dañar lo que no concerté; mejor será que tu presencia sea su primer encuentro, porque viéndome a mí no se turbe de ver que de tantos es sabido lo que tan ocultamente quería hacer y con tanto temor hace, o porque quizá pensará que la burlaste.

CALIXTO.—¡Oh qué bien has dicho! La vida me has dado con tu sutil aviso, pues no era más menester para me llevar muerto a casa, que volverse ella por mi mala providencia. Yo me llego allá; quedaos vosotros en ese lugar.

PARMENO.—¿Qué te parece, Sempronio, cómo el necio de nuestro amo pensaba tomarme por broquel para el encuentro del primer peligro? ¿Qué sé yo quién está tras las puertas cerradas? ¿Qué sé yo si hay [alguna] traición? ¿Qué sé yo si Melibea anda por que le pague nuestro amo su mucho atrevimiento de esta.manera? Y [más], aún no somos muy ciertos decir verdad la vieja. No sepas hablar, Parmeno; ¡sacarte han el alma sin saber quién! No seas lisonjero, como tu amo quiere, y jamás llorarás duelos ajenos. No tomes en lo que te cumple el consejo de Celestina y hallarte has a obscuras. Ándate ahí con tus consejos y amonestaciones fieles: ¡darte han de palos! No vuelvas la hoja y quedarte has a buenas noches. Quiero hacer cuenta que hoy me nací, pues de tal peligro me escapé.

SEMPRONIO.—Paso, paso, Parmeno. No saltes ni hagas ese bullicio de placer, que darás causa que seas sentido.

PARMENO.—Calla, hermano, que no me hallo de alegría. ¡Cómo le hice creer que por lo que a él cumplía dejaba de ir, y era por mi seguridad! ¿Quién supiera así rodear su provecho, como yo? Muchas cosas me verás hacer, si está de aquí adelante atento, que no las sientan todas personas, así con Calixto como con cuantos en este negocio suyo se entremetieren. Porque soy cierto que esta doncella ha de ser para él cebo de azuelo o carne de buitrera, que suelen pagar bien el escote los que a comerla vienen.

SEMPRONIO.—Anda, no te penen a ti esas sospechas, aunque salgan verdaderas. Apercíbete: a la primera voz que oyeres, tomar calzas de Villadiego.

PARMENO.—Leído has donde yo: en un corazón estamos. Calzas traigo, y aun borceguíes de esos ligeros que tú dices, para mejor huir que otro. Pláceme que me has, hermano, avisado de lo que yo no hiciera de vergüenza de ti. Que nuestro amo, si es sentido, no temo que se escapará de manos de esta gente de Pleberio, para podernos después demandar cómo lo hicimos e incusarnos el huir.

SEMPRONIO.—¡Oh Parmeno amigo! ¡Cuán alegre y provechosa es la conformidad en los compañeros! Aunque por otra cosa no nos fuera buena Celestina, era harta la utilidad que por su causa nos ha venido.

PARMENO.—Ninguno podrá negar lo que por sí se muestra. Manifiesto es que, con vergüenza el uno del otro por no ser odiosamente acusado de cobarde, esperáramos aquí la muerte con nuestro amo, no siendo más de él merecedor de ella.

SEMPRONIO.—Salido debe haber Melibea. Escucha, que hablan quedito.

PARMENO.—¡Oh, cómo temo que no sea ella, sino alguno que finja su voz!

SEMPRONIO.—Dios nos libre de traidores, no nos hayan tomado la calle por do tenemos que huir; que de otra cosa no tengo temor.

CALIXTO.—Este bullicio más de una persona lo hace. Quiero hablar, sea quien fuere. ¡Ce, señora mía!

LUCRECIA.—La voz de Calixto es ésta. Quiero llegar. ¿Quién habla? ¿Quién está fuera?

CALIXTO.—Aquel que viene a cumplir tu mandado.

LUCRECIA.—¿Por qué no llegas, señora? Llega sin temor acá, que aquel caballero está aquí.

MELIBEA.—¡Loca, habla paso! Mira bien si es él.

LUCRECIA.—Allégate, señora, que sí es, que yo le conozco en la voz.

CALIXTO.—Cierto soy burlado: no era Melibea la que me habló. ¡Bullicio oigo, perdido soy! Pues viva o muera, que no he de ir de aquí.

MELIBEA.—Vete, Lucrecia, acostar un poco. ¡Ce, señor! ¿Cómo es tu nombre? ¿Quién es el que te mandó ahí venir?

CALIXTO.—Es la que tiene merecimiento de mandar a todo el mundo, la que dignamente servir yo no merezco. No tema tu merced de se descubrir a este cautivo de tu gentileza: que el dulce sonido de tu habla, que jamás de mis oídos se cae, me certifica ser tú mi señora Melibea. Yo soy tu siervo Calixto.

MELIBEA.—La sobrada osadía de tus mensajes me ha forzado a haberte de hablar, señor Calixto. Que habiendo habido de mí la pasada respuesta a tus razones, no sé qué piensas más sacar de mi amor de lo que entonces te mostré. Desvía estos vanos y locos pensamientos de ti, porque mi honra y persona estén sin detrimento de mala sospecha seguras. A esto fué aquí mi venida, a dar concierto en tu despedida y mi reposo. No quieras poner mi fama en la balanza de las lenguas maldicientes.

CALIXTO.—A los corazones aparejados con apercibimiento recio contra las adversidades, ninguna puede venir que pase de claro en claro la fuerza de su muro. Pero el triste que, desarmado y sin proveer los engaños y celadas, se vino a meter por las puertas de tu seguridad, cualquiera cosa, que en contrario vea, es razón que me atormente y pase rompiendo todos los almacenes en que la dulce nueva estaba aposentada. ¡Oh malaventurado Calixto! ¡Oh cuán burlado has sido de tus sirvientes! ¡Oh engañosa mujer Celestina! ¡Dejárasme acabar de morir y no tornaras a vivificar mi esperanza, para que tuviese más que gastar el fuego que ya me aqueja! ¿Por qué falseaste la palabra de esta mi señora? ¿Por qué has así dado con tu lengua causa a mi desesperación? ¿A qué me mandaste aquí venir, para que me fuese mostrado el disfavor, el entredicho, la desconfianza, el odio,

por la misma boca de esta que tiene las llaves de mi perdición
y gloria? ¡Oh enemiga! ¿Y tú no me dijiste que esta mi señora
me era favorable? ¿No me dijiste que de su grado mandaba
venir este su cautivo al presente lugar, no para me desterrar
nuevamente de su presencia, pero para alzar el destierro, ya por
otro su mandamiento puesto antes de ahora? ¿En quién hallaré
yo fe? ¿Adónde hay verdad? ¿Quién carece de engaño? ¿Adónde
no moran falsarios? ¿Quién es claro enemigo? ¿Quién es verdadero amigo? ¿Dónde no se fabrican traiciones? ¿Quién osó darme
tan cruda esperanza de perdición?

MELIBEA.—Cesen, señor mío, tus verdaderas querellas: que ni
mi corazón basta para lo sufrir ni mis ojos para lo disimular. Tú
lloras de tristeza, juzgándome cruel; yo lloro de placer, viéndote
tan fiel. ¡Oh mi señor y mi bien todo! ¡Cuánto más alegre me
fuera poder ver tu faz, que oír tu voz! Pero, pues no se puede
al presente más hacer, toma la firma y sello de las razones que te
envié escritas en la lengua de aquella solícita mensajera. Todo
lo que te dijo confirmo, todo lo he por bueno. Limpia, señor, tus
ojos; ordena de mí a tu voluntad.

CALIXTO.—¡Oh señora mía, esperanza de mi gloria, descanso
y alivio de mi pena, alegría de mi corazón! ¿Qué lengua será
bastante para te dar iguales gracias a la sobrada e incomparable
merced que en este punto, de tanta congoja para mí, me has querido hacer en querer que un flaco e indigno hombre pueda gozar
de tu suavísimo amor? Del cual, aunque muy deseoso, siempre
me juzgaba indigno, mirando tu grandeza, considerando tu estado, remirando tu perfección, contemplando tu gentileza, acatando
mi poco merecer y tu alto merecimiento, tus extremas gracias,
tus loadas y manifiestas virtudes. Pues, ¡oh alto Dios!, ¿cómo
te podré ser ingrato, que tan milagrosamente has obrado conmigo
tus singulares maravillas? ¡Oh cuántos días antes de ahora pasados me fué venido este pensamiento a mi corazón, y por imposible le rechazaba de mi memoria, hasta que ya los rayos ilus-
trantes de tu muy claro gesto dieron luz en mis ojos, encendie-
ron mi corazón, despertaron mi lengua, engrandecieron mi merecer,
acortaron mi cobardía, destorcieron mi encogimiento, doblaron
mis fuerzas, desadormecieron mis pies y manos, finalmente, me
dieron tal osadía, que me han traído con su mucho poder a este
sublimado estado en que agora me veo, oyendo de grado tu suave
voz. La cual, si antes de agora no conociese y no sintiese tus
saludables olores, no podía creer que careciesen de engaño tus
palabras. Pero, como soy cierto de tu limpieza de sangre y
hechos, me estoy remirando si soy yo, Calixto, a quien tanto
bien se le hace.

MELIBEA.—Señor Calixto, tu mucho merecer, tus extremadas
gracias, tu alto nacimiento han obrado que, después que de ti
hube entera noticia, ningún momento de mi corazón te partieses.
Y aunque muchos días he pugnado por lo disimular, no he podido
tanto que, en tornándome aquella mujer tu dulce nombre a la
memoria, no descubriese mi deseo y viniese a este lugar y tiempo,
donde te suplico ordenes y dispongas de mi persona según querrás. Las puertas impiden nuestro gozo, las cuales yo maldigo y
sus fuertes cerrojos y mis flacas fuerzas, que ni tú estarías
quejoso ni yo descontenta.

CALIXTO.—¿Cómo, señora mía, y mandas que consienta a un
palo impedir nuestro gozo? Nunca yo pensé que, demás de tu

voluntad, lo pudiera cosa estorbar. ¡Oh molestas y enojosas puertas! Ruego a Dios que tal fuego os abrase, como a mí da guerra: que con tercia parte seríades en un punto quemadas. Pues, por Dios, señora mía, permite que llame a mis criados para que las quiebren.

PÁRMENO.—¿No oyes, no oyes, Sempronio? A buscarnos quiere venir para que nos den mal año. No me agrada cosa esta venida. ¡En mal punto creo que se empezaron estos amores! Y no espero más aquí.

SEMPRONIO.—Calla, calla, escucha, que ella no consiente que vamos allá.

MELIBEA.—¿Quieres, amor mío, perderme a mí y dañar mi fama? No sueltes las riendas a la voluntad. La esperanza es cierta, el tiempo breve, cuanto tú ordenares. Y pues tú sientes tu pena sencilla y yo la de entrambos; tú solo dolor, y el tuyo y el mío, conténtate con venir mañana a esta hora por las paredes de mi huerto. Que si ahora quebrases las crueles puertas, aunque al presente no fuésemos sentidos, amanecería en casa de mi padre terrible sospecha de mi yerro. Y pues sabes que tanto mayor es el yerro cuanto mayor es el que yerra, en un punto será por la ciudad publicado.

SEMPRONIO.—¡Enhoramala acá esta noche venimos! Aquí nos ha de amanecer, según el espacio que nuestro amo lo toma. Que, aunque más la dicha nos ayude, nos han en tanto tiempo de sentir de su casa o vecinos.

PÁRMENO.—Ya ha dos horas que te requiero que nos vamos, que no faltará un achaque.

CALIXTO.—¡Oh mi señora y mi bien todo! ¿Por qué llamas yerro aquello que por los santos de Dios me fué concedido? Rezando hoy ante el altar de la Magdalena me vino con tu mensaje alegre aquella solícita mujer.

PÁRMENO.—¡Desvariar, Calixto, desvariar! Por fe tengo, hermano, que no es cristiano. Lo que la vieja traidora con sus pestíferos hechizos ha rodeado y hecho dice que los santos de Dios se lo han concedido e impetrado. Y con esta confianza quiere quebrar las puertas. Y no habrá dado el primer golpe, cuando sea sentido y tomado por los criados de su padre, que duermen cerca.

SEMPRONIO.—Ya no temas, Pármeno, que harto desviados estamos. En sintiendo bullicio, el buen huir nos ha de valer. Déjale hacer, que si mal hiciere, él lo pagará.

PÁRMENO.—Bien hablas, en mi corazón estás. Así se haga. Huyamos la muerte, que somos mozos. [Que no querer morir ni matar no es cobardía, sino buen natural. Estos escuderos de Pleberio son locos: no desean tanto comer ni dormir como cuestiones y ruidos. Pues más locura sería esperar pelea con enemigo que no ama tanto la victoria y vencimiento, como la continua guerra y contienda.] ¡Oh si me vieses, hermano, cómo estoy, placer habrías! A medio lado, abiertas las puertas, el pie izquierdo adelante puesto en huida las faldas en la cinta, la adarga arrollada y so el sobaco, por que no me empache. ¡Que, por Dios, que creo corriese como un gamo, según el temor tengo de estar aquí!

SEMPRONIO.—Mejor estoy yo, que tengo liado el broquel y el espada con las correas, por que no se me caigan al correr. y el casquete en la capilla.

PARMENO.—¿Y las piedras que traías en ella?

SEMPRONIO.—Todas las vertí por ir más liviano. Que harto tengo que llevar en estas corazas que me hiciste vestir por importunidad; que bien las rehusaba de traer, porque me parecían para huir muy pesadas. ¡Escucha, escucha! ¿Oyes, Parmeno? ¡A malas andan! ¡Muertos somos! Bota presto, echa hacia casa de Celestina, no nos atajen por nuestra casa.

PARMENO.—Huye, huye, que corres poco. ¡Oh pecador de mí!, si nos han de alcanzar, deja broquel y todo.

SEMPRONIO.—¿Si han muerto ya a nuestro amo?

PARMENO.—No sé, no me digas nada; corre y calla, que el menor cuidado mío es ése.

SEMPRONIO.—¡Ce!, ¡ce! ¡Parmeno! Torna, torna callando, que no es sino la gente del alguacil, que pasaba haciendo estruendo por la otra calle.

PARMENO.—Míralo bien. No te fíes en los ojos, que se antoja muchas veces uno por otro. No me habían dejado gota de sangre. Tragada tenía ya la muerte, que me parecía que me iban dando en estas espaldas golpes. En mi vida me acuerdo haber tan gran temor ni verme en tal afrenta, aunque he andado por casas ajenas harto tiempo y en lugares de harto trabajo. Que nueve años serví a los frailes de Guadalupe, que mil veces nos apuñeábamos yo y otros. Pero nunca como esta vez hube miedo de morir.

SEMPRONIO.—¿Y yo no serví al cura de San Miguel [y al mesonero de la plaza y a Mollejar, el hortelano? Y también yo tenía mis cuestiones con los que tiraban piedras a los pájaros, que asentaban en un álamo grande que tenía, porque dañaban la hortaliza.] Pero guárdate Dios de verte con armas, que aquél es el verdadero temor. No en balde dicen: cargado de hierro y cargado de miedo. Vuelve, vuelve, que el alguacil es, cierto.

MELIBEA.—Señor Calixto, ¿qué es eso que en la calle suena? Parecen voces de gente que van en huída. Por Dios, mírate, que estás a peligro.

CALIXTO.—Señora, no temas, que a buen seguro vengo. Los míos deben ser, que son unos locos y desarman a cuantos pasan y huiríales alguno.

MELIBEA.—¿Son muchos los que traes?

CALIXTO.—No, sino dos; pero, aunque sean seis sus contrarios, no recibirán mucha pena para les quitar las armas y hacerlos huir, según su esfuerzo. Escogidos son, señora, que no vengo a lumbre de pajas. Si no fuese por lo que a tu honra toca, pedazos harían estas puertas. Y si sentidos fuésemos, a ti y a mí librarían de toda la gente de tu padre.

MELIBEA.—¡Oh, por Dios, no se cometa tal cosa! Pero mucho placer tengo que de tan fiel gente andes acompañado. Bien empleado es el pan que tan esforzados sirvientes comen. Por mi amor, señor, pues tal gracia la natura les quiso dar, sean de ti bien tratados y galardonados, porque en todo te guardan secreto. [Y cuando sus osadías y atrevimientos les corrigieres, a vuelta del castigo mezcla el favor. Porque los ánimos esforzados no sean con encogimientos diminutos e irritados en el osar a sus tiempos.]

PARMENO.—¡Ce!, ¡ce!, señor, quítate presto dende (1), que viene mucha gente con hachas y serás visto y conocido, que no hay donde te metas.

_____
(1) De ahí.

CALIXTO.—¡Oh mezquino yo, y cómo es forzado, señora partirme de ti! ¡Por cierto, temor de la muerte no obrara tanto como el de tu honra! Pues que así es, los ángeles queden con tu presencia. Mi venida será, como ordenaste, por el huerto.

MELIBEA.—Así sea, y vaya Dios contigo.

PLEBERIO.—Señora mujer, ¿duermes?

ALISA.—Señor, no.

PLEBERIO—¿No oyes bullicio en el retraimiento de tu hija?

ALISA.—Sí, oigo. ¡Melibea! ¡Melibea!

PLEBERIO.—No te oye; yo lo llamaré más recio. ¡Hija mía, Melibea!

MELIBEA.—¡Señor!

PLEBERIO.—¿Quién da patadas y hace bullicio en tu cámara?

MELIBEA.—Señor, Lucrecia es, que salió por un jarro de agua para mí, que había gran sed.

PLEBERIO.—Duerme, hija, que pensé que era otra cosa.

LUCRECIA.—Poco estruendo los despertó. Con gran pavor hablaban.

MELIBEA.—No hay tan manso animal que con amor o temor de sus hijos no asperece (1). Pues ¿qué harían si mi cierta salida supiesen?

CALIXTO.—Cerrad esa puerta, hijos. Y tú, Parmeno, sube una vela arriba.

SEMPRONIO.—Debes, señor, reposar y dormir esto que queda de aquí al día.

CALIXTO.—Pláceme, que bien lo he menester. ¿Qué te parece, Parmeno, de la vieja, que tú me desalababas? ¿Qué obra ha salido de sus manos? ¿Qué fuera hecha sin ella?

PARMENO.—Ni yo sentía tu gran pena ni conocía la gentileza y merecimiento de Melibea, y así no tengo culpa. Conocía a Celestina y sus mañas. Avisábate como a señor; pero ya me parece que es otra. Todas las ha mudado.

CALIXTO.—¿Y cómo mudado?

PARMENO.—Tanto que, si no lo hubiese visto, no lo creería; más ya vivas tú como es verdad.

CALIXTO.—¿Pues habéis oído lo que con aquella mi señora he pasado? ¿Qué hacíades? ¿Teníades temor?

SEMPRONIO.—¿Temor, señor, a qué? Por cierto, todo el mundo no nos le hiciera temer. ¡Hallado habías los temerosos! Allí estuvimos esperándote muy aparejados y nuestras armas muy a mano.

CALIXTO.—¿Habéis dormido algún rato?

SEMPRONIO.—¿Dormir, señor? ¡Dormilones son los mozos! Nunca me asenté, ni aun junté, por Dios, los pies, mirando a todas partes para, en sintiendo por qué, saltar presto y hacer todo lo que mis fuerzas me ayudaran. Pues Parmeno, que te parecía que no te servía hasta aquí de buena gana, así se holgó cuando vió los de las hachas, como lobo cuando siente polvo de ganado, pensando poder quitárselas, hasta que vió que eran muchos.

CALIXTO.—No te maravilles, que procede de su natural ser osado, y aunque no fuese por mí, hacíalo porque no pueden los tales venir contra su uso, que aunque muda el pelo la raposa,

_____

(1) Se haga áspero, bravo.

su natural no despoja. Por cierto yo dije a mi señora Melibea lo que en vosotros hay y cuán seguras tenía mis espaldas con vuestra ayuda y guarda. Hijos, en mucho cargo vos soy. Rogad a Dios por salud, que yo os galardonaré más cumplidamente vuestro buen servicio. Id con Dios a reposar.

PARMENO.—¿Adónde iremos, Sempronio? ¿A la cama a dormir, o a la cocina a almorzar?

SEMPRONIO.—Ve tú donde quisieres; que, antes que venga el día quiero yo ir a Celestina a cobrar mi parte de la cadena. Que es una puta vieja. No le quiero dar tiempo en que fabrique una ruindad con que nos excluya.

PARMENO.—Bien dices. Olvidado lo había. Vamos entrambos y, si en eso se pone, espantémosla de manera que le pese. Que sobre dinero no hay amistad.

SEMPRONIO.—¡Ce, ce! Calla, que duerme cabe esta ventanilla. Ta, ta, señora Celestina, ábrenos.

CELESTINA.—¿Quién llama?

SEMPRONIO.—Abre, que son tus hijos.

CELESTINA.—No tengo yo hijos que anden a tal hora.

SEMPRONIO.—Ábrenos a Parmeno y Sempronio, que nos venimos acá almorzar contigo.

CELESTINA.—¡Oh locos, traviesos! Entrad, entrad. ¿Cómo venís a tal hora, que ya amanece? ¿Qué habéis hecho? ¿Qué os ha pasado? ¿Despidióse la esperanza de Calixto o vive todavía con ella o cómo queda?

SEMPRONIO.—¿Cómo, madre? Si por nosotros no fuera, ya anduviera su alma buscando posada para siempre. Que, si estimarse pudiese a lo que de allí nos queda obligado, no sería su hacienda bastante a cumplir la deuda, si verdad es lo que dicen, que la vida y persona es más digna y de más valor que otra cosa ninguna.

CELESTINA.—¡Jesú! ¿Que en tanta afrenta os habéis visto? Cuéntamelo, por Dios.

SEMPRONIO.—Mira qué tanta, que, ¡por mi vida!, la sangre me hierve en el cuerpo en tornarlo a pensar.

CELESTINA.—Reposa, por Dios, y dímelo.

PARMENO.—Cosa larga te la pides, según venimos alterados y cansados del enojo que habemos habido. Harías mejor aparejarnos a él y a mí de almorzar; quizá nos amasaría algo la alteración que traemos. Que cierto te digo que no quería ya topar hombre que paz quisiese. Mi gloria sería ahora hallar en quién vengar la ira, que no pude en los que nos la causaron por su mucho huir.

CELESTINA.—¡Landre me mate, si no me espanto en verte tan fiero! Creo que burlas. Dímelo, ahora, Sempronio, tú, por mi vida: ¿qué os ha pasado?

SEMPRONIO.—Por Dios, sin seso vengo, desesperado; aunque para contigo por demás es no templar la ira y todo enojo y mostrar otro semblante que con los hombres. Jamás me mostré poder mucho con los que poco pueden. Traigo, señora, todas las armas despedazadas, el broquel sin aro, la espada como sierra, el casquete abollado en la capilla. Que no tengo con qué salir un paso con mi amo, cuando menester me haya. Que quedó concertado de ir esta noche que viene a verse por el huerto. ¿Pues comprarlo de nuevo? No mando un maravedí en que caiga muerto.

CELESTINA.—Pídelo, hijo, a tu amo, pues en su servicio se gastó y quebró. Pues sabes que es persona que luego lo cumplirá. Que no es de los que dicen: vive conmigo y busca quien te mantenga. Él es tan franco, que te dará para eso y para más.

SEMPRONIO.—¡Ah! Trae también Parmeno perdidas las suyas. A este cuento, en armas se le irá su hacienda. ¿Cómo quieres que le sea tan importuno en pedirle más de lo que él de su propio grado hace, pues es harto? No digan por mí que dando un palmo pido cuatro. Diónos las cien monedas, diónos después la cadena. A tres tales aguijones no tedrá cera en el oído. Caro le costaría este negocio. Contentémonos con lo razonable, no lo perdamos todo por querer más de la razón, que quien mucho abarca, poco suele apretar.

CELESTINA.—¡Gracioso es el asno! Por mi vejez que, si sobre comer fuera, que dijera que habíamos todos cargado demasiado. ¿Estás en tu seso, Sempronio? ¿Qué tiene que hacer tu galardón con mi salario, tu soldada con mis mercedes? ¿Soy yo obligada a soldar vuestras armas, a cumplir vuestras faltas? A osadas, que me maten si no te has asido a una palabrilla que te dije el otro día viniendo por la calle, que cuanto yo tenía era tuyo y que, en cuanto pudiese, con mis pocas fuerzas, jamás te faltaría, y que, si Dios me diese buena manderecha con tu amo, que tú no perderías nada. Pues ya sabes, Sempronio, que estos ofrecimientos, estas palabras de buen amor, no obligan. No ha de ser oro cuanto reluce; si no, más barato valdría. Dime, ¿estoy en tu corazón, Sempronio? Verás si, aunque soy vieja, si acierto lo que tú puedes pensar. Tengo, hijo, en buena fe, más pesar, que se me quiere salir esta alma de enojo. Di a esta loca de Elicia, como vine de tu casa, la cadenilla que traje, para que se holgase con ella, y no se puede acordar dónde la puso. Que en toda esta noche ella ni yo no habemos dormido sueño, de pesar. No por su valor o de la cadena, que no era mucho; pero por su mal cobro de ella y de mi mala dicha. Entraron unos conocidos y familiares míos en aquella sazón aquí: temo no la hayan llevado, diciendo: si te vi, burléme, etcétera. Así que, hijos, agora que quiero hablar con entrambos: si algo vuestro amo a mí me dió, debéis mirar que es mío; que de tu jubón de brocado no te pedí yo parte ni la quiero. Sirvamos todos, que a todos dará, según viere que lo merecen. Que si me ha dado algo, dos veces he puesto por él mi vida al tablero. Más herramienta se me ha embotado en su servicio que a vosotros, más materiales he gastado. Pues habéis de pensar, hijos, que todo me cuesta dinero y aun mi saber, que no lo he alcanzado holgando. De lo cual fuera buen testigo su madre de Parmeno. Dios haya su alma. Esto trabajé yo; a vosotros se os debe esotro. Esto tengo ya por oficio y trabajo; vosotros por recreación y deleite. Pues así, no habéis vosotros de haber igual galardón de holgar que yo de penar. Pero aun con todo lo que he dicho, no os despidáis, si mi cadena parece, de sendos pares de calzas de grana, que es el hábito que mejor en los mancebos parece. Y si no, recebid la voluntad, que yo me callaré con mi pérdida. Y todo esto, de buen amor, porque holgasteis que hubiese yo antes el provecho de estos pasos que no otra. Y si no os contentáredes, de vuestro daño haréis.

SEMPRONIO.—No es ésta la primera vez que yo he dicho cuán-

to en los viejos reina este viejo de la codicia. Cuando pobre,
franca; cuando rica, avarienta. Así que adquiriendo crece la codicia y la pobreza codiciando; ninguna cosa hace pobre al ava-
riento sino la riqueza. ¡Oh Dios, y cómo crece la necesidad con
la abundancia! ¡Quién la oyó era vieja decir que me llevase
yo todo el provecho, si quisiese, de este negocio, pensando que
sería poco! ¡Ahora que lo ve crecido, no quiere dar nada, por
cumplir el refrán de los niños, que dicen: de lo poco, poco; de
lo mucho, nada.

PARMENO.—Déte lo que prometió o tomémoslo todo. Harto te
decía yo quién era esta vieja, si tú me creyeras.

CELESTINA.—Si mucho enojo traéis con vosotros o con vuestro
amo o armas, no lo quebréis en mí; que bien sé dónde nace esto,
bien sé y barrunto de qué pie cojeáis. No cierto de la necesidad
que tenéis de lo que pedís, ni aun por la mucha codicia que lo
tenéis, sino pensando que os he de tener toda vuestra vida atados y cautivos con Elicia y Areusa, sin quereros buscar otras,
movéisme estas amenazas de dinero, ponéisme estos temores de
la partición. Pues callad, que quien éstas os supo acarrear, os
dará otras diez ahora, que hay más conocimiento y más razón
y más merecido de vuestra parte. Y si sé cumplir lo que prometo
en este caso, dígalo Parmeno. Dilo, dilo, no hayas empacho de
contar cómo nos pasó cuando a la otra dolía la madre.

SEMPRONIO.—[Yo dígole que se vaya y abájese las bragas: no
ando por lo que piensas. No entremetas burlas a nuestra demanda, que con ese galgo no tomarás, si yo puedo, más liebres.]
Déjate conmigo de razones. A perro viejo no cuz cuz. Danos las
dos partes por cuenta de cuanto de Calixto has recibido, no quieras que se descubra quien tú eres. A los otros, a los otros, con
esos halagos, vieja.

CELESTINA.—¿Quién soy yo, Sempronio? ¿Quitásteme de la
putería? Calla tu lengua, no amengües mis canas, que soy una
vieja cual Dios me hizo, no peor que todas. Vivo de mi oficio,
como cada cual oficial del suyo, muy limpiamente. A quien no
me quiere no le busco. De mi casa me vienen a sacar, en mi casa
me ruegan. Si bien o mal vivo, Dios es el testigo de mi corazón.
Y no pienses con tu ira maltratarme, que justicia hay para
todos: a todos es igual. También seré oída, aunque mujer, como
vosotros, muy peinados. Déjame en mi casa con mi fortuna.
Y tú, Parmeno, no pienses que soy tu cautiva por saber mis
secretos y mi pasada vida y los casos que nos acaecieron a mí
y a la desdichada de tu madre. Y aun así me trataba ella, cuando Dios quería.

PARMENO.—No me hinches las narices con esas memorias; si
no, enviarte he con nuevas a ella, donde mejor te puedas quejar.

CELESTINA.—¡Elicia! ¡Elicia! Levántate de esa cama, daca
mi manto presto, que por los santos de Dios para aquélla justicia me vaya bramando como una loca. ¿Qué es esto? ¿Qué
quieren decir tales amenazas en mi casa? ¿Con una oveja mansa
tenéis vosotros manos y braveza? ¿Con una gallina atada? ¿Con
una vieja de sesenta años? ¡Allá, allá, con los hombres como
vosotros, contra los que ciñen espada mostrad vuestras iras, no
contra mi flaca rueca! [Señal es de gran cobardía acometer a
los menores y a los que poco pueden. Las sucias moscas nunca
pican sino los bueyes magros y flacos; los gozques ladradores a
los pobres peregrinos aquejan con mayor ímpetu. Si aquélla que

allí está en aquella cama, me hubiese a mí creído, jamás quedaría esta casa de noche sin varón ni dormiríamos a lumbre de pajas; pero por aguardarte, por serte fiel, padecemos esta soledad. Y como nos veis mujeres, habláis y pedís demasías. Lo cual, si hombre sintiésedes en la posada, no haríades. Que como dicen: el duro adversario entibia las iras y sañas.]

SEMPRONIO.—¡Oh vieja avarienta, garganta muerta de sed por dinero! ¿No serás contenta con la tercia parte de lo ganado?

CELESTINA.—¿Qué tercia parte? Vete con Dios de mi casa tú. Y ese otro no dé voces, no allegue la vecindad. No me hagáis salir de seso. No queráis que salgan a plaza las cosas de Calixto y vuestras.

SEMPRONIO.—Da voces o gritos, que tú cumplirás lo que prometiste o cumplirán hoy tus días.

ELICIA.—Mete, por Dios, el espada. Tenle. Parmeno, tenle, no la mate ese desvariado.

CELESTINA.—¡Justicia, justicia, señores vecinos! ¡Justicia, que me matan en mi casa estos rufianes!

SEMPROÑIO.—¿Rufianes o qué? Esperad, doña hechicera, que yo te haré ir al infierno con cartas.

CELESTINA.—¡Ay, que me ha muerto! ¡Ay, ay! ¡Confesión, confesión!

PARMENO.—Dale, dale, acábala, pues comenzaste. ¡Que nos sentirán! ¡Muera, muera! De los enemigos, los menos.

CELESTINA.—¡Confesión!

ELICIA.—¡Oh crueles enemigos! ¡En mal poder os veáis! ¡Y para quien tuvisteis manos! ¡Muerta es mi madre y mi bien todo!

SEMPRONIO.—¡Huye, huye, Parmeno, que carga mucha gente! ¡Guarte, guarte (1), que viene el alguacil!

PARMENO.—¡Oh pecador de mí!, que no hay por do nos vamos, que está tomada la puerta.

SEMPRONIO.—Saltemos de estas ventanas. No muramos en poder de justicia.

PARMENO.—Salta, que tras ti voy.

ACTO TRECENO

ARGUMENTO DEL TRECENO ACTO

Despertando Calixto de dormir, está hablando consigo mismo. Dende (2), un poco, está llamando a Tristán y a otros sus criados. Torna a dormir Calixto. Pónese Tristán a la puerta. Viene Sosia llorando. Preguntando de Tristán, Sosia cuéntale la muerte de Sempronio y Parmeno. Van a decir las nuevas a Calixto, el cual, sabiendo la verdad, hace gran lamentación.

CALIXTO, TRISTÁN, SOSIA

CALIXTO.—¡Oh, cómo he dormido tan a mi placer después de aquel azucarado rato, después de aquel angélico razonamiento! Gran reposo he tenido. El sosiego y descanso ¿proceden de mi

(1) Guárdate.
(2) Desde allí.

alegría o causó el trabajo corporal mi mucho dormir o la gloria
y placer del ánimo? Y no me maravillo que lo uno y lo otro
se juntasen a cerrar los candados de mis ojos, pues trabajé con
el cuerpo y persona y holgué con el espíritu y sentido la pasada
noche. Muy cierto es que la tristeza acarrea pensamiento y el
mucho pensar impide el sueño, como a mí estos días es acaecido
con la desconfianza que tenía de la mayor gloria que ya poseo.
¡Oh señora y amor mío, Melibea! ¿Qué piensas ahora? ¿Si
duermes o estás despierta? ¿Si piensas en mí o en otro? ¿Si
estás levantada o acostada? ¡Oh dichoso y bienandante Calixto,
si verdad es que no ha sido sueño lo pasado! ¿Soñélo o no?
¿Fué fantaseado o pasó en verdad? Pues no estuve solo; mis
criados me acompañaron. Dos eran. Si ellos dicen que pasó en
verdad, creerlo he según derecho. Quiero mandarlos llamar para
más firmar mi gozo. ¡Tristanico! ¡Mozos! ¡Tristanico! Levántate de ahí.

TRISTÁN.—Señor, levantado estoy.

CALIXTO.—Corre, llámame a Sempronio y a Parmeno.

TRISTÁN.—Ya voy, señor.

CALIXTO:

> Duerme y descansa, penado,
> Desde ahora,
> Pues te ama tu señora
> De tu grado.
> Vence placer al cuidado
> Y no lo vea,
> Pues te ha hecho su privado
> Melibea.

TRISTÁN.—Señor, no hay ningún mozo en casa.

CALIXTO.—Pues abre esas ventanas, verás qué hora es.

TRISTÁN.—Señor, bien de día.

CALIXTO.—Pues tórnalas a cerrar y déjame dormir hasta que
sea hora de comer.

TRISTÁN.—Quiero bajarme a la puerta, por que duerma mi
amo sin que ninguno le impida, y a cuantos le buscaren se le
negaré. ¡Oh qué grita suena en el mercado! ¿Qué es esto? Alguna justicia se hace o madrugaron a correr toros. No sé qué me
diga de tan grandes voces como se dan. De allá viene Sosia, el
mozo de espuelas. Él me dirá qué es esto. Desgreñado viene el
bellaco. En alguna taberna se debe haber revolcado. Y si mi
amo le cae en el rastro, mandarle ha dar dos mil palos. Que,
aunque es algo loco, la pena le hará cuerdo. Parece que viene
llorando. ¿Qué es esto, Sosia? ¿Por qué lloras? ¿De dó vienes?

SOSIA.—¡Oh malaventurado yo, y qué pérdida tan grande!
¡Oh deshonra de la casa de mi amo! ¡Oh qué mal día amaneció
éste! ¡Oh desdichados mancebos!

TRISTÁN.—[¿Qué es?] ¿Qué has? ¿Por qué te matas? ¿Qué
mal es éste?

SOSIA.—Sempronio y Parmeno...

TRISTÁN.—¿Qué dices Sempronio y Parmeno? ¿Qué es esto,
loco? Aclárate más, que me turbas.

SOSIA.—Nuestros compañeros, nuestros hermanos...

TRISTÁN.—O tú estás borracho, o has perdido el seso, o traes
alguna mala nueva. ¿No me dirás qué es esto que dices de estos
mozos?

Sosia.—Que quedan degollados en la plaza.

Tristán.—¡Oh, mala fortuna la nuestra, si es verdad! [¿Vístelos cierto o habláronte?]

Sosia.—[Ya sin sentido iban; pero el uno, con harta dificultad, como me sintió que con lloro le miraba, hincó los ojos en mí, alzando las manos al cielo, cuasi dando gracias a Dios y como preguntándome qué sentía de su morir. Y en señal de triste despedida abajó su cabeza con lágrimas en los ojos, dando bien a entender que no me había de ver más hasta el día del gran juicio.]

Tristán.—[No sentiste bien, que sería preguntarte si estaba presente Calixto. Y pues tan claras señas traes de este cruel dolor], vamos presto con las tristes nuevas a nuestro amo.

Sosia.—¡Señor! ¡Señor!

Calixto.—¿Qué es eso, locos? ¿No os mandé que no me recordásedes?

Sosia.—Recuerda y levanta, que si tú no vuelves por los tuyos, de caída vamos. Sempronio y Parmeno quedan descabezados en la plaza como públicos malhechores, con pregones que manifestaban su delito.

Calixto.—¡Oh, válgame Dios! ¿Y qué es esto que me dices? No sé si te crea tan acelerada y triste nueva. ¿Vístelos tú?

Sosia.—Yo los vi.

Calixto.—Cata, mira qué dices, que esta noche han estado conmigo.

Sosia.—Pues madrugaron a morir.

Calixto.—¡Oh mis leales criados! ¡Oh mis grandes servidores! ¡Oh mis fieles secretarios y consejeros! ¿Puede ser tal cosa verdad? ¡Oh amenguado Calixto! Deshonrado quedas para toda tu vida. ¿Qué será de ti, muertos tal par de criados? Dime, por Dios, Sosia, ¿qué fué la causa? ¿Qué decía el pregón? ¿Dónde los tomaron? ¿Qué justicia lo hizo?

Sosia.—Señor, la causa de su muerte publicaba el cruel verdugo a voces, diciendo: "¡Manda la justicia que mueran los violentos matadores!"

Calixto.—¿A quién mataron tan presto? ¿Qué puede ser esto? No ha cuatro horas que de mí se despidieron. ¿Cómo se llamaba el muerto?

Sosia.—[Señor], una mujer, que se llamaba Celestina.

Calixto.—¿Qué me dices?

Sosia.—Esto que oyes.

Calixto.—Pues si eso es verdad, mátame tú a mí, yo te perdono: que más mal hay que me viste ni puedes pensar si Celestina, la de la cuchillada, es la muerta.

Sosia.—Ella misma es. De más de treinta estocadas la vi llagada, tendida en su casa, llorándola una su criada.

Calixto.—¡Oh tristes mozos! ¿Cómo iban? ¿Viéronte? ¿Habláronte?

Sosia.—¡Oh señor!, que si los vieras, quebraras el corazón de dolor. El uno llevaba todos los sesos de la cabeza de fuera, sin ningún sentido; el otro, quebrados entrambos brazos y la cara magullada. Todos llenos de sangre. Que saltaron de unas ventanas muy altas por huir del alguacil. Y así, casi muertos, les cortaron las cabezas, que creo ya no sintieron nada.

Calixto.—Pues yo bien siento mi honra. Pluguiera a Dios

que fuera yo ellos y perdiera la vida y no la honra, y no la esperanza de conseguir mi comenzado propósito, que es lo que más en este caso desastrado siento. ¡Oh mi triste nombre y fama, cómo andas al tablero de boca en boca! ¡Oh mis secretos más secretos, cuán públicos andaréis por las plazas y mercados! ¿Qué será de mí? ¿A dónde iré? ¿Que salga allá? A los muertos no puedo ya remediar. ¿Que me esté aquí? Parecerá cobardía. ¿Qué consejo tomaré? Dime, Sosia, ¿qué era la causa por que la mataron?

SOSIA.—Señor, aquella su criada, dando voces, llorando su muerte, la publicaba a cuantos la querían oír, diciendo que porque no quiso partir con ellos una cadena de oro que tú le diste.

CALIXTO.—¡Oh día de congoja! ¡Oh fuerte tribulación! ¡Y en qué anda mi hacienda de mano en mano y mi nombre de lengua en lengua! Todo será público cuanto con ella y con ellos hablaba, cuanto de mí sabían, el negocio en que andaban. No osaré salir ante gentes. ¡Oh pecadores de mancebos, padecer por tan súpito desastre! ¡Oh mi gozo, cómo te vas disminuyendo! Proverbio es antiguo que de muy alto grandes caídas se dan. Mucho había anoche alcanzado; mucho tengo hoy perdido. Rara es la bonanza en el piélago. Yo estaba en título de alegre si mi ventura quisiera tener quedos los ondosos vientos de mi perdición. ¡Oh fortuna, cuánto y por cuántas partes me has combatido! Pues, por más que sigas mi morada y seas contraria a mi persona, las adversidades con igual ánimo se han de sufrir, y en ellas se prueba el corazón recio o flaco. No hay mejor toque para conocer qué quilates de virtud o esfuerzo tiene el hombre. Pues por más mal y daño que me venga, no dejaré de cumplir el mandado de aquella por quien todo esto se ha causado. Que más me va en conseguir la ganancia de la gloria que espero, que en la pérdida de morir los que murieron. Ellos eran sobrados y esforzados: ahora o en otro tiempo de pagar habían. La vieja era mala y falsa, según parece que hacía trato con ellos, y así que riñeron sobre la capa del justo. Permisión fué divina que así acabase en pago de muchos adulterios que por su intercesión o causa son cometidos. Quiero hacer aderezar a Sosia y a Tristanico. Irán conmigo este tan esperado camino. Llevarán escalas, que son muy altas las paredes. Mañana haré que vengo de fuera, si pudiere vengar estas muertes; si no, pagaré mi inocencia con mi fingida ausencia [o me fingiré loco, por mejor gozar de este sabroso deleite de mis amores, como hizo aquel gran capitán Ulises por evitar la batalla troyana y holgar con Penélope, su mujer].

ACTO CATORCENO

ARGUMENTO DEL CATORCENO ACTO

Está Melibea muy afligida hablando con Lucrecia sobre la tardanza de Calixto, el cual le había hecho voto de venir en aquella noche a visitarla, lo cual cumplió, y con él vinieron Sosia y Tristán. Y después que cumplió su voluntad, volvieron todos a la posada, y Calixto se retrae en su palacio y quéjase por haber estado tan poca cantidad de tiempo con Melibea, y ruega a Febo que cierre sus rayos, para haber de restaurar su deseo.

MELIBEA, LUCRECIA, SOSIA, TRISTÁN, CALIXTO

MELIBEA.—Mucho se tarda aquel caballero que esperamos. ¿Qué crees tú o sospechas de su estada, Lucrecia?

LUCRECIA.—Señora, que tiene justo impedimento y que no es en su mano venir más presto.

MELIBEA.—Los ángeles sean en su guarda, su persona esté sin peligro, que su tardanza no me es pena. Mas, cuitada, pienso muchas cosas que desde su casa acá le podrían acaecer. [¿Quién sabe si él, con voluntad de venir al prometido plazo en la forma que los tales mancebos a las tales horas suelen andar, fué topado de los alguaciles nocturnos y sin le conocer le han acometido, el cual por se defender los ofendió o es de ellos ofendido? ¿O si por acaso los ladradores perros con sus crueles dientes, que ninguna diferencia saben hacer ni acatamiento de personas, le hayan mordido? ¿O si ha caído en alguna calzada u hoyo, donde algún daño le viniese? ¡Mas, oh mezquina de mí! ¿Qué son estos inconvenientes que el concebido amor me pone delante y los atribulados imaginamientos me acárrean? No plega a Dios que ninguna de estas cosas sea, antes esté cuanto le placerá sin verme.] Mas escucha, que pasos suenan en la calle y aun parece que hablan de esta otra parte del huerto.

SOSIA.—Arrima esta escalera, Tristán, que éste es el mejor lugar, aunque alto.

TRISTÁN.—Sube, señor. Yo iré contigo, porque no sabemos quién está dentro. Hablando están.

CALIXTO.—Quedaos, locos, que yo entraré solo, que a mi señora oigo.

MELIBEA.—Es tu sierva, es tu cautiva, es la que más tu vida que la suya estima. ¡Oh mi señor!, no saltes de tan alto, que me moriré en verlo; baja, baja poco a poco por el escala; no vengas con tanta presura.

CALIXTO. — ¡Oh angélica imagen! ¡Oh preciosa perla, ante quien el mundo es feo! ¡Oh mi señora y mi gloria! En mis brazos te tengo y no lo creo. Mora en mi persona tanta turbación de placer, que me hace no sentir todo el gozo que poseo.

MELIBEA.—Señor mío, pues me fié en tus manos, pues quise cumplir tu voluntad, no sea de peor condición, por ser piadosa.

que si fuera esquiva y sin misericordia; no quieras perderme por tan breve deleite y en tan poco espacio. Que las mal hechas cosas, después de cometidas, más presto se pueden reprender que enmendar. Goza de lo que yo gozo, que es ver y llegar a tu persona; no pidas ni tomes aquello que, tomado, no será en tu mano volver. Guárdate, señor, de dañar lo que con todos tesoros del mundo no se restaura.

CALIXTO.—Señora, pues por conseguir esta merced toda mi vida he gastado, ¿qué sería, cuando me la diesen, desecharla? Ni tú, señora, me lo mandarás, ni yo podría acabarlo conmigo. No me pidas tal cobardía. No es hacer tal cosa de ninguno que de hombre sea, mayormente amando como yo. Nadando por este fuego de tu deseo toda mi vida, ¿no quieres que me arrime al dulce puerto a descansar de mis pasados trabajos?

MELIBEA.—Por mi vida, que aunque hable tu lengua cuanto quisiere, no obren las manos cuanto pueden. Estad quedo, señor mío. [Básteते, pues ya soy tuya, gozar de lo exterior, de esto que es fruto de amadores; no me quieras robar el mayor don que la Natura me ha dado. Cata que del buen pastor es propio trasquilar sus ovejas y ganado, pero no destruirlo y estragarlo.]

CALIXTO.—¿Para qué, señora? ¿Para que no esté queda mi pasión? ¿Para penar de nuevo? ¿Para tornar el juego de comienzo? Perdona, señora, a mis desvergonzadas manos, que jamás pensaron de tocar tu ropa con su indignidad y poco merecer; ahora gozan de llegar a tu gentil cuerpo y lindas y delicadas carnes.

MELIBEA.—Apártate allá, Lucrecia.

CALIXTO.—¿Por qué, mi señora? Bien me huelgo que estén semejantes testigos de mi gloria.

MELIBEA.—Yo no los quiero de mi yerro. Si pensara que tan desmesuradamente te habías de haber conmigo, no fiara mi persona de tu cruel conversación.

SOSIA.—Tristán, bien oyes lo que pasa. ¡En qué término anda el negocio!

TRISTÁN.—Oigo tanto, que juzgo a mi amo por el más bienaventurado hombre que nació. Y por mi vida que, aunque soy muchacho, que diese tan buena cuenta como mi amo.

SOSIA.—Para con tal joya quienquiera se tendría manos; pero con su pan se la coma, que bien caro le cuesta; dos mozos entraron en la salsa de estos amores.

TRISTÁN.—Ya los tiene olvidados. ¡Dejaos morir sirviendo a ruines, haced locuras en confianza de su defensión! Viviendo con el conde, que no matase al hombre, me daba mi madre por consejo. Vedlos a ellos alegres y abrazados, y sus servidores, con harta mengua, degollados.

MELIBEA.—¡Oh mi vida y mi señor! ¿Cómo has querido que pierda el nombre y corona de virgen por tan breve deleite? ¡Oh pecadora de mi madre, si de tal cosa fueses sabedora, cómo tomarías de grado tu muerte y me la darías a mí por fuerza! ¡Cómo serías cruel verdugo de tu propia sangre! ¡Cómo sería yo fin quejosa de tus días! ¡Oh mi padre honrado, cómo he dañado tu fama y dado causa y lugar a quebrantar tu casa! ¡Oh traidora de mí, cómo no miré primero el gran yerro que seguía de tu entrada, el gran peligro que esperaba!

Sosia.—¡Antes quisiera yo oírte esos milagros! Todas sabéis esa oración después que no puede dejar de ser hecho. ¡ Y el bobo de Calixto, que se lo escucha!

Calixto.—Ya quiere amanecer. ¿Qué es esto? No me parece que ha una hora que estamos aquí, y da el reloj las tres.

Melibea.—Señor, por Dios, pues ya todo queda por ti, pues ya soy tu dueña, pues no puedes negar mi amor, no me niegues tu vista de día, pasando por mi puerta; de noche, donde tú ordenares. [Sea tu venida por este secreto lugar a la misma hora, porque siempre te espere apercibida del gozo con que quedo, esperando las venideras noches.] Y por el presente te ve con Dios, que no serás visto, que hace [muy] obscuro, ni yo en casa sentida, que aún no amanece.

Calixto.—Mozos, poned el escala.
Sosia.—Señor, vesla aquí. Baja.

Melibea.—Lucrecia, vente acá, que estoy sola. Aquel señor mío es ido. Conmigo deja su corazón, consigo lleva el mío. ¿Hasnos oído?
Lucrecia.—No, señora, durmiendo he estado.

[Sosia (1).—Tristán, debemos ir muy callando, porque suelen levantarse a esta hora los ricos, los codiciosos de temporales bienes, los devotos de templos, monasterios e iglesias, los enamorados como nuestro amo, los trabajadores de los campos y labranzas, y los pastores que en este tiempo traen las ovejas a estos apriscos a ordeñar, y podría ser que cogiesen de pasada alguna razón por do toda su honra y la de Melibea se turbase.
Tristán.—¡Oh simple rascacaballos! ¡Dices que callemos y nombras su nombre de ella! Bueno eres para adalid o para regir gente en tierra de moros de noche. Así que, prohibiendo, permites; encubriendo, descubres, asegurando, ofendes; callando, voceas y pregonas; preguntando, respondes. Pues tan sutil y discreto eres, ¿no me dirás en qué mes cae Santa María de Agosto, porque sepamos si hay harta paja en casa que comas hogaño?
Calixto.—Mis cuidados y los de vosotros no son todos unos. Entrad callando, no nos sientan en casa. Cerrad esa puerta y vamos a reposar, que yo me quiero subir solo a mi cámara. Yo me desarmaré. Id vosotros a vuestras camas.

Calixto.—¡Oh mezquino yo!, cuánto me es agradable de mi natural la solitud y silencio y obscuridad. No sé si lo causa que me vino a la memoria la traición que hice en me despartir (2) de aquella señora, que tanto amo, hasta que más fuera de día, o el dolor de mi deshonra. ¡Ah, ay!, que esto es. Esta herida es la que siento ahora, que se ha resfriado. Ahora que está helada la sangre, que ayer hervía; ahora que veo la mengua de mi casa, la falta de mi servicio, la perdición de mi patrimonio, la infamia que tiene mi persona de la muerte que

_____
(1) Desde aquí hasta cerca del final del acto XIX, página 135, es añadido que no se encuentra en la edición de Burgos de 1499.
(2) Separar.

de mis criados se ha seguido. ¿Qué hice? ¿En qué me detuve? ¿Cómo me puedo sufrir, que no me mostré luego presente, como hombre injuriado, vengador, soberbio y acelerado de la manifiesta injusticia que me fué hecha? ¡Oh mísera suavidad de esta brevísima vida! ¿Quién es de ti tan codicioso que no quiera más morir luego que gozar un año de vida denostado y prorrogarle con deshonra, corrompiendo la buena fama de los pasados? Mayormente que no hay hora cierta ni limitada, ni aun un solo momento. Deudores somos sin tiempo, continuo estamos obligados a pagar luego. ¿Por qué no salí a inquirir siquiera la verdad de la secreta causa de mi manifiesta perdición? ¡Oh breve deleite mundano! ¡Cómo duran poco y cuestan mucho tus dulzores! No se compra tan caro el arrepentir. ¡Oh triste yo! ¿Cuándo me restaurará tan grande pérdida? ¿Qué haré? ¿Qué consejo tomaré? ¿A quién descubriré mi mengua? ¿Por qué lo celo a los otros mis servidores y parientes? Tresquílanme en consejo y no lo saben en mi casa. Salir quiero; pero si salgo para decir que he estado presente, es tarde; si ausente, es temprano. Y para proveer amigos y criados antiguos, parientes y allegados, es menester tiempo, y para buscar armas y otros aparejos de venganza. ¡Oh cruel juez! ¡Y qué mal pago me has dado del pan que de mi padre comiste! Yo pensaba que pudiera con tu favor matar mil hombres sin temor de castigo, inicuo falsario, perseguidor de verdad, hombre de bajo suelo. Bien dirán de ti que te hizo alcalde mengua de hombres buenos. Miraras que tú y los que mataste, en servir a mis pasados y a mí érades compañeros; mas cuando el vil está rico no tiene pariente ni amigo. ¿Quién pensara que tú me habías de destruir? No hay, cierto, cosa más empecible que el incogitado enemigo. ¿Por qué quisiste que dijesen: del monte sale con que se arde y que crié cuervo que me sacase el ojo? Tú eres público delincuente y mataste a los que son privados. Y pues sabe que menor delito es el privado que el público, menor su utilidad, según las leyes de Atenas disponen. Las cuales no son escritas con sangre; antes muestran que es menor yerro no condenar los malhechores que punir los inocentes. ¡Oh, cuán peligroso es seguir justa causa delante injusto juez! Cuanto más este exceso de mis criados, que no carecían de culpa. Pues mira, si mal has hecho, que hay sindicado en el cielo y en la tierra: así, que a Dios y al rey serás reo y a mí capital enemigo. ¿Qué pecó el uno por lo que hizo el otro, que por sólo ser compañeros los mataste a entrambos? ¿Pero qué digo? ¿Con quién hablo? ¿Estoy en mi seso? ¿Qué es esto, Calixto? ¿Soñabas, duermes o velas? ¿Estás en pie o acostado? Cata que están en tu cámara. ¿No ves que el ofendedor no está presente? ¿Con quién lo has? Torna en ti. Mira que nunca los ausentes se hallaron justos. Oye entrambas partes para sentenciar. ¿No ves que por ejecutar la justicia no había de mirar amistad ni deudo ni crianza? ¿No miras que la ley tiene que ser igual a todos? Mira que Rómulo, el primer cimentador de Roma, mató a su propio hermano porque la ordenada ley traspasó. Mira a Torcuato romano, cómo mató a su hijo porque excedió la tribunicia Constitución. Otros muchos hicieron lo mismo. Considera que, si aquí presente él estuviese, respondería que hacientes y consintientes merecen igual pena; aunque a entrambos matase por lo que el uno pecó. Y que, si aceleró en su muerte, que era

crimen notorio y no eran necesarias muchas pruebas y que
fueron tomados en el acto del matar: que ya estaba el uno
muerto de la caída que dió. Y que también se debe creer que
aquella lloradera moza, que Celestina tenía en su casa, le dió
recia prisa con su triste llanto, y él, por no hacer bullicio,
por no me difamar, por no esperar a que la gente se levantase
y oyese el pregón, del cual gran infamia se me seguía, los mandó justiciar tan de mañana, pues era forzoso el verdugo y vo-
ceador para la ejecución y su descargo. Lo cual todo, así como
creo es hecho, antes le quedo deudor y obligado para cuanto
viva, no como a criado de mi padre, pero como a verdadero hermano. Y puesto caso que así no fuese, puesto caso que no
echase lo pasado a la mejor parte, acuérdate, Calixto, del gran
gozo pasado. Acuérdate de tu señora y tu bien todo. Y pues
tu vida no tienes en nada por su servicio, no has de tener las
muertes de otros, pues ningún dolor igualará con el recibido
placer.
    ¡Oh mi señora y mi vida! Que jamás pensé en ausencia ofen-
derte. Que parece que tengo en poca estima la merced que me
has hecho. No quiero pensar en enojo, no quiero tener ya con
la tristeza amistad. ¡Oh bien sin comparación! ¡Oh insaciable
contentamiento! ¿Y cuándo pidiera yo más a Dios por premio
de mis méritos, si algunos son de esta vida, de lo que alcanzado
tengo? ¿Por qué no estoy contento? Pues no es razón ser ingrato
a quien tanto bien me ha dado. ¡Quiérolo conocer, no quiero con
enojo perder mi seso, porque perdido no caiga de tan alta posesión! No quiero otra honra ni otra gloria, no otras riquezas,
no otro padre ni madre, no otros deudos ni parientes. De día
estaré en mi cámara, de noche en aquel paraíso dulce, en aquel
alegre vergel, entre aquellas suaves plantas y fresca verdura.
¡Oh noche de mi descanso, si fueses ya tornada! ¡Oh luciente
Febo, date prisa a tu acostumbrado camino! ¡Oh deleitosas
estrellas, apareceos antes de la continua orden! ¡Oh espacioso
reloj, aún te vea yo arder en vivo fuego de amor! Que si tú
esperases lo que yo, cuando des doce, jamás estarías arrendado
a la voluntad del maestro que te compuso. Pues ¡vosotros, inver-
nales meses, que ahora estáis escondidos, viniésedes con vuestras muy cumplidas noches a trocarlas por estos prolijos días!
Ya me parece haber un año que no he visto aquel suave descanso, aquel deleitoso refrigerio de mis trabajos. Pero ¿qué es
lo que demando? ¿Qué pido, loco, sin sufrimiento? Lo que jamás
fué ni puede ser. No aprenden los cursos naturales a rodearse
sin orden, que a todos es un igual curso, a todos un mismo
espacio para muerte y vida, un limitado término a los secretos
movimientos del alto firmamento celestial de los planetas y norte de los crecimientos y mengua de la menstrua luna. Todo se
rige con un freno igual, todo se mueve con igual espuela: cielo,
tierra, mar, fuego, viento, calor, frío. ¿Qué aprovecharía a
mí que dé doce horas el reloj de hierro, si no las ha dado el del
cielo? Pues por mucho que madrugue no amanece más aína.
    Pero tú, dulce imaginación, tú que puedes, me acorre. Trae a
mi fantasía la presencia angélica de aquella imagen luciente,
vuelve a mis oídos el suave son de sus palabras, aquellos desvíos
sin gana, aquel "Apártate allá, señor, no llegues a mí"; aquel
"No seas descortés" que con sus rubicundos labios veía sonar;
aquel "No quieras mi perdición", que de rato en rato proponía;

aquellos amorosos abrazos entre palabra y palabra, aquel soltarme y prenderme, aquel huir y llegarse, aquellos azucarados besos, aquella final salutación con que se despidió. ¡Con cuánta pena salió de su boca! ¡Con cuántos desperezos! ¡Con cuántas lágrimas, que parecían granos de aljófar, que sin sentir se le caían de aquellos claros y resplandecientes ojos!

Sosia.—Tristán, ¿qué te parece de Calixto, qué dormir ha hecho? Que son ya las cuatro de la tarde y no nos ha llamado ni ha comido.

Tristán.—Calla, que el dormir no quiere prisa. Demás de esto, aquéjale por una parte la tristeza de aquellos mozos, por otra le alegra el muy gran placer de lo que con su Melibea ha alcanzado. Así, que dos tan recios contrarios verás qué tal pararán un flaco sujeto donde estuvieron aposentados.

Sosia.—¿Piénsaste tú que le penan a él mucho los muertos? Si no le penase más a aquella que desde esta ventana veo yo ir por la calle, no llevaría las tocas de tal color.

Tristán.—¿Quién es, hermano?

Sosia.—Llégate acá y verla has antes que trasponga. Mira aquella lutosa que se limpia ahora las lágrimas de los ojos. Aquella es Elicia, criada de Celestina y amiga de Sempronio. Una muy bonita moza; aunque queda ahora perdida la pecadora, porque tenía a Celestina por madre y a Sempronio por el principal de sus amigos. Y aquella casa donde entra, allí mora una hermosa mujer, muy graciosa y fresca, enamorada, medio ramera; pero no se tiene por poco dichoso quien la alcanza tener por amiga sin grande escote, y llámase Areusa. Por la cual sé yo que hubo el triste Parmeno más de tres noches malas y aun que no le place a ella con su muerte.

ACTO DÉCIMOQUINTO

ARGUMENTO DEL DÉCIMOQUINTO ACTO

Areusa dice palabras injuriosas a un rufián llamado Centurio, el cual se despide de ella por la venida de Elicia, la cual cuenta a Areusa las muertes que sobre los amores de Calixto y Melibea se habían ordenado, y conciertan Areusa y Elicia que Centurio haya de vengar las muertes de los tres en los dos enamorados. En fin, despídese Elicia de Areusa, no consintiendo en lo que le ruega, por no perder el tiempo que se daba, estando en su asueta (1) casa.

Areusa, Centurio, Elicia

Elicia.—¿Qué vocear es este de mi prima? Si ha sabido las tristes nuevas que yo le traigo, no habré yo las albricias de dolor que por tal mensaje se ganan. Llore, llore, vierta lágrimas, pues no se hallan tales hombres a cada rincón. Pláceme que así lo siente. Mese aquellos cabellos como yo, triste, he hecho; sepa que es perder buena vida más trabajo que la misma muerte. ¡Oh cuánto más la quiero que hasta aquí, por el gran sentimiento que muestra!

_____
(1) Acostumbrada, habitual.

AREUSA.—Vete de mi casa, rufián, bellaco, mentiroso, burlador, que me traes engañada, boba, con tus ofertas vanas. Con tus ronces y halagos hasme robado cuanto tengo. Yo te di, bellaco, sayo y capa, espada y broquel, camisas de dos en dos a las mil maravillas labradas, yo te di armas y caballo, púsete con señor que no le merecías descalzar; ahora una cosa que te pido que por mí hagas pónesme mil achaques.

CENTURIO.—Hermana mía, mándame tú matar con diez hombres por tu servicio y no que ande una legua de camino a pie.

AREUSA.—¿Por qué jugaste tú el caballo, tahur bellaco? Que si por mí no hubiese sido, estarías tú ya ahorcado. Tres veces te he librado de la justicia, cuatro veces desempeñado en los tableros. ¿Por qué lo hago? ¿Por qué soy loca? ¿Por qué tengo fe con este cobarde? ¿Por qué creo sus mentiras? ¿Por qué le consiento entrar por mis puertas? ¿Qué tiene bueno? Los cabellos crespos, la cara acuchillada, dos veces azotado, manco de la mano del espada, treinta mujeres en la putería. Salte luego de ahí. No te vea yo más, no me hables ni digas que me conoces; si no, por los huesos del padre que me hizo y de la madre que me parió, yo te haga dar mil palos en esas espaldas de molinero. Que ya sabes que tengo quien lo sepa hacer y, hecho, salirse con ello.

CENTURIO.—¡Loquear, bobilla! Pues si yo me ensaño, alguna llorará. Mas quiero irme y sufrirte, que no sé quién entra, no nos oigan.

ELICIA.—Quiero entrar, que no es son de buen llanto donde hay amenazas y denuestos.

AREUSA.—¡Ay triste yo! ¿Eres tú, mi Elicia? ¡Jesú, Jesú! No lo puedo creer. ¿Qué es esto? ¿Quién te me cubrió de dolor? ¿Qué manto de tristeza es éste? Cata, que me espantas, hermana mía. Dime presto qué cosa es, que estoy sin tiento; ninguna gota de sangre has dejado en mi cuerpo.

ELICIA.—¡Gran dolor, gran pérdida! Poco es lo que muestro con lo que siento y encubro; más negro traigo el corazón que el manto, las entrañas que las tocas. ¡Ay hermana, hermana, que no puedo hablar! No puedo, de ronca, sacar la voz del pecho.

AREUSA.—¡Ay triste! ¿Qué me tienes suspensa? Dímelo, no te meses, no te rasguñes ni maltrates. ¿Es común de entrambas este mal? ¿Tócame a mí?

ELICIA.—¡Ay prima mía y mi amor! Sempronio y Parmeno ya no viven, ya no son en el mundo. Sus ánimas ya están purgando su yerro. Ya son libres de esta triste vida.

AREUSA.—¿Qué me cuentas? No me lo digas. Calla, por Dios, que me caeré muerta.

ELICIA.—Pues más mal hay que suena. Oye la triste, que te contará más queja. Celestina, aquella que tú bien conociste, aquella que yo tenía por madre, aquella que me regalaba, aquella que me encubría, aquella con quien yo me honraba entre mis iguales, aquella por quien yo era conocida en toda la ciudad y arrabales, ya está dando cuenta de sus obras. Mil cuchilladas le vi dar a mis ojos: en mi regazo me la mataron.

AREUSA.—¡Oh fuerte tribulación! ¡Oh dolorosas nuevas, dignas de mortal lloro! ¡Oh acelerados desastres! ¡Oh pérdida

incurable! ¿Cómo ha rodeado atán presto la fortuna su rueda?
¿Quién los mató? ¿Cómo murieron? Que estoy embelesada, sin
tiento, como quien cosa imposible oye. No ha ocho días que los
vi vivos y ya podemos decir: perdónalos Dios. Cuéntame, amiga
mía, cómo es acaecido tan cruel y desastrado caso.

ELICIA.—Tú lo sabrás. Ya oíste decir, hermana, los amores
de Calixto y la loca de Melibea. Bien verías cómo Celestina
había tomado el cargo, por intercesión de Sempronio, de ser
medianera, pagándole su trabajo. La cual puso tanta diligencia
y solicitud, que a la segunda azadonada sacó agua. Pues (1)
como Calixto tan presto vió tan buen concierto en cosa que jamás
lo esperaba, a vueltas de otras cosas dió a la desdichada de
mi tía una cadena de oro. Y como sea de tal calidad aquel
metal, que mientras más bebemos de ello más sed nos pone, con
sacrílega hambre, cuando se vió tan rica, alzóse con su ganancia y no quiso dar parte a Sempronio ni a Parmeno de ello, lo
cual había quedado entre ellos que partiesen lo que Calixto
diese. Pues, como ellos viniesen cansados una mañana de acompañar a su amo toda la noche, muy airados de no sé qué
cuestiones que dicen que habían habido, pidieron su parte a
Celestina de la cadena para remediarse. Ella púsose en negarles
la convención y promesa y decir que todo era suyo lo ganado,
y aun descubriendo otras cosillas de secretos, que, como dicen:
riñen las comadres, etcétera. Así que ellos muy enojados, por
una parte les aquejaba la necesidad, que priva todo amor; por
otra, el enojo grande y cansancio que traían, que acarrea alteración; por otra, habían la fe quebrada de su mayor esperanza.
No sabían qué hacer. Estuvieron gran rato en palabras. Al fin,
viéndola tan codiciosa, perseverando en su negar, echaron mano
a sus espadas y diéronle mil cuchilladas.

AREUSA.—¡Oh desdichada de mujer! ¡Y en esto había su
vejez de fenecer! Y de ellos ¿qué me dices? ¿En qué pararon?

ELICIA.—Ellos, como hubieron hecho el delito, por huir de la
justicia, que acaso pasaba por allí, saltaron de las ventanas, y
cuasi muertos los prendieron y sin más dilación los degollaron.

AREUSA.—¡Oh mi Parmeno y mi amor! ¡Y cuánto dolor me
pone su muerte! Pésame del grande amor que con él tan poco
tiempo había puesto, pues no me había más de durar. Pero
pues ya este mal recaudo es hecho, pues ya esta desdicha es
acaecida, pues ya no se pueden por lágrimas comprar ni restaurar sus vidas, no te fatigues tú tanto, que cegarás llorando. Que
creo que poca ventaja me llevas en sentimiento y verás con
cuánta paciencia lo sufro y paso.

ELICIA.—¡Ay, que rabio! ¡Ay, mezquina, que salgo de seso!
¡Ay, que no hallo quien la sienta como yo! No hay quien pierda
lo que yo pierdo. ¡Oh cuánto mejores y más honestas fueran
mis lágrimas en pasión ajena, que en la propia mía! ¿Adónde
iré, que pierdo madre, manto y abrigo; pierdo amigo y tal que
nunca faltaba de mi marido! ¡Oh Celestina sabia, honrada y
autorizada, cuántas faltas me encubrías con tu buen saber! ¡Tú
trabajabas, yo holgaba; tú salías fuera, yo estaba encerrada;
tú rota, yo vestida; tú entrabas contino como abeja por casa,
yo destruía, que otra cosa no sabía hacer! ¡Oh bien y gozo mundano, que mientras eres poseído eres menospreciado y jamás te

_____
(1)   Después.

consientes conocer hasta que te perdemos! ¡Oh Calixto y Melibea, causadores de tantas muertes! ¡Mal fin hayan vuestros amores, en mal sabor se conviertan vuestros dulces placeres! Tórnese lloro vuestra gloria, trabajo vuestro descanso. Las hierbas deleitosas, donde tomáis los hurtados solaces, se conviertan en culebras, los cantares se os tornen lloro, los sombrosos árboles del huerto se sequen con vuestra vista, sus flores olorosas se tornen de negra color.

AREUSA.—Calla, por Dios, hermana, pon silencio a tus quejas, ataja tus lágrimas, limpia tus ojos, torna sobre tu vida. Que cuando una puerta se cierra, otra suele abrir la fortuna, y este mal, aunque duro, se soldará. Y muchas cosas se pueden vengar que es imposible remediar, y ésta tiene el remedio dudoso y la venganza en la mano.

ELICIA.—¿De quién se ha de haber enmienda, que la muerta y los matadores me han arrancado esta cuita? No menos me fatiga la punición de los delincuentes que el yerro cometido. ¿Qué mandas que haga, que todo carga sobre mí? Pluguiera a Dios que fuera yo con ellos y no quedara para llorar a todos. Y de lo que más dolor siento es ver que por eso no deja aquel vil de poco sentimiento de ver y visitar festejando cada noche a su estiércol de Melibea, y ella muy ufana en ver sangre vertida por su servicio.

AREUSA.—Si eso es verdad, ¿de quién mejor se puede tomar venganza? De manera que quien lo comió, aquél lo escote. Déjame tú, que si yo les caigo en el rastro cuándo se ven y cómo, por dónde y a qué hora, no me hayas tú por hija de la pastelera vieja, que bien conociste, si no hago que les amarguen los amores. Y si pongo en ello a aquel con quien me viste que reñía cuando entrabas, si no sea él peor verdugo para Calixto que Sempronio de Celestina. Pues ¡qué gozo habría ahora él en que le pusiese yo en algo por mi secreto servicio, que se fué muy triste de verme que le traté mal! Y vería él los cielos abiertos en tornarle yo a hablar y mandar. Por ende, hermana, dime tú de quién pueda yo saber el negocio cómo pasa, que yo le haré armar un lazo con que Melibea llore cuanto ahora goza.

ELICIA.—Yo conozco, amiga, otro compañero de Parmeno, mozo de caballos, que se llama Sosia, que le acompaña cada noche. Quiero trabajar de se lo sacar todo el secreto y éste será buen camino para lo que dices.

AREUSA.—Mas hazme este placer, que me envíes acá ese Sosia. Yo le halagaré y diré mil lisonjas y ofrecimientos hasta que no le deje en el cuerpo de lo hecho y por hacer. Después a él y a su amo haré revesar el placer comido. Y tú, Elicia, alma mía, no recibas pena. Pasa a mi casa tu ropa y alhajas y vente a mi compañía, que estarás muy sola, y la tristeza es amiga de la soledad. Con nuevo amor olvidarás los viejos. Un hijo que nace restaura la falta de tres finados: con nuevo sucesor se pierde la alegre memoria y placeres perdidos del pasado. De un pan que yo tenga, tendrás tú la mitad. Más lástima tengo de tu fatiga que de los que te la ponen. Verdad sea, que cierto duele más la pérdida de lo que hombre tiene que da placer la esperanza de otro tal, aunque sea cierta. Pero ya lo hecho es sin remedio y los muertos irrecuperables. Y como dicen: mueran y vivamos. A los vivos me deja a cargo, que yo te les daré tan amargo jarope a beber cual ellos a ti te han dado. ¡Ay prima, prima, cómo sé yo, cuando me ensaño, revolver estas tramas, aunque soy moza! Y dé ál (1) me vengue Dios, que de Calixto, Centurio me vengará.

ELICIA.—Cata que creo que, aunque llame el que mandas, no habrá efecto lo que quieres, porque la pena de los que murieron por descubrir el secreto pondrá silencio al vivo para guardarle. Lo que me dices de mi venida a tu casa te agradezco mucho. Y Dios te ampare y alegre en tus necesidades, que bien muestras el parentesco y hermandad no servir de viento, antes en las adversidades aprovechar. Pero aunque no lo quiera hacer, por gozar de tu dulce compañía, no podrá ser, por el daño que me vendría. La causa no es necesario decir, pues hablo con quien me entiende. Que allí, hermana, soy conocida, allí estoy aparrochada (2). Jamás perderá aquella casa el nombre de Celestina, que Dios haya. Siempre acuden allí mozas conocidas y allegadas, medio parientas de las que ella crió. Allí hacen sus conciertos, de donde se me seguirá algún provecho. Y también esos pocos amigos que me quedan no me saben otra morada. Pues ya sabes cuán duro es dejar lo usado y que mudar costumbre es a par de muerte y piedra movediza que nunca moho la cobija. Allí quiero estar, siquiera por que el alquile de la casa, que está pagado por hogaño, no se vaya en balde. Así que, aunque cada cosa no abastase por sí, juntas aprovechan y ayudan. Ya me parece que es hora de irme. De lo dicho me llevo el cargo. Dios quede contigo, que me voy.

ACTO DÉCIMOSEXTO

ARGUMENTO DEL DÉCIMOSEXTO ACTO

Pensando Pleberio y Alisa tener su hija Melibea el don de la virginidad conservando, lo cual, según ha parecido, está en contrario y están razonando sobre el casamiento de Melibea; y en tan gran cantidad le dan pena las palabras que de sus padres oye, que envía a Lucrecia para que sea causa de su silencio en aquel propósito.

PLEBERIO, ALISA, LUCRECIA, MELIBEA

PLEBERIO.—Alisa, amiga, el tiempo, según me parece, se nos va como dicen, entre las manos. Corren los días como agua de río. No hay cosa tan ligera para huir como la vida. La muerte nos sigue y rodea, de la cual somos vecinos y hacia su bandera nos acostamos, según Natura. Esto vemos muy claro, si miramos nuestros iguales, nuestros hermanos y parientes en derredor. Todos los come ya la tierra, todos están en sus perpetuas moradas. Y pues somos inciertos cuándo habemos de ser llamados, viendo tan ciertas señales, debemos echar nuestras barbas en remojo y aparejar nuestros fardeles para andar este forzoso camino; no nos tome improvisos ni de salto aquella cruel voz de la muerte. Ordenemos nuestras ánimas con tiempo, que más vale prevenir que ser prevenidos. Demos nuestra hacienda a dulce

(1) De otra cosa.
(2) Aparroquiada, establecida en una parroquia.

sucesor, acompañemos nuestra única hija con marido, cual nuestro estado requiere, porque vamos descansados y sin dolor de este mundo. Lo cual con mucha diligencia debemos poner desde ahora por obra, y lo que otras veces habemos principiado en este caso, ahora haya ejecución. No quede por nuestra negligencia nuestra hija en manos de tutores, pues parecerá ya mejor en su propia casa que en la nuestra. Quitarla hemos de lenguas del vulgo, porque ninguna virtud hay tan perfecta que no tenga vituperadores y maldicientes. No hay cosa con que mejor se conserve la limpia fama en las vírgenes que con temprano casamiento. ¿Quién rehuiría nuestro parentesco en toda la ciudad? ¿Quién no se hallará gozoso de tomar tal joya en su compañía? ¿En quién caben las cuatro principales cosas que en los casamientos se demandan, conviene a saber: lo primero, discreción, honestidad y virginidad; segundo, hermosura; lo tercero, el alto origen y parientes; lo final, riqueza? De todo esto la dotó Natura. Cualquiera cosa que nos pidan hallarán bien cumplida.

ALISA.—Dios la conserve, mi señor Pleberio, por que nuestros deseos veamos cumplidos en nuestra vida. Que antes pienso que faltará igual a nuestra hija, según su virtud y tu noble sangre, que no sobrarán muchos que la merezcan. Pero como esto sea oficio de los padres y muy ajeno a las mujeres, como tú lo ordenares seré yo alegre, y nuestra hija obedecerá, según su casto vivir y honesta vida y humildad.

LUCRECIA.—¡Aun si bien lo supieses, reventarías! ¡Ya, ya! ¡Perdido es lo mejor! ¡Mal año se nos apareja a la vejez! Lo mejor, Calixto lo lleva. No hay quien ponga virgos, que ya es muerta Celestina. Tarde acordáis y más habíades de madrugar. ¡Escucha, escucha, señora Melibea!

MELIBEA.—¿Qué haces ahí escondida, loca?

LUCRECIA.—Llégate aquí, señora; oirás a tus padres la priesa que traen por te casar.

MELIBEA.—Calla, por Dios, que te oirán. Déjalos parlar, déjalos devaneen. Un mes ha que otra cosa no hacen ni otra cosa entienden. No parece sino que les dice el corazón el gran amor que a Calixto tengo y todo lo que con él un mes ha me he pasado. No sé si me han sentido, no sé qué se sea aquejarles más ahora este cuidado que nunca. Pues mándoles yo trabajar en vano. Por demás es la cítola en el molino. ¿Quién es el que me ha de quitar mi gloria? ¿Quién apartarme mis placeres? Calixto es mi ánima, mi vida, mi señor, en quien yo tengo toda mi esperanza. Conozco de él que no vivo engañada. Pues él me ama, ¿con qué otra cosa le puedo pagar? Todas las deudas del mundo reciben compensación en diverso género; el amor no admite sino sólo amor por paga. En pensar en él me alegro, en verlo me gozo, en oírlo me glorifico. Haga y ordene de mí a su voluntad. Si pasar quisiese la mar, con él iré; si rodear el mundo, lléveme consigo; si venderme en tierra de enemigos, no rehuiré su querer. Déjenme mis padres gozar de él si ellos quieren gozar de mí. No piensen en estas vanidades ni en estos casamientos: que más vale ser buena amiga que mala casada. Déjenme gozar mi mocedad alegre, si quieren gozar su vejez cansada; si no, presto podrán aparejar mi perdición y su sepultura. No tengo otra lástima sino por el tiempo que perdí de no gozarlo, de no conocerlo, después que a mí me sé conocer. No quiero marido, no quiero ensuciar los ñudos del matrimonio, ni las maritales pisadas de ajeno hombre repisar, como muchas hallo en los antiguos libros que leí o que hicieron más discretas que yo, más subidas en estado y linaje. Las cuales algunas eran de la gentilidad tenidas por diosas, así como Venus, madre de Eneas y Cupido, el dios del amor, que siendo casada corrompió la prometida fe marital. Y aun otras, de mayores fuegos encendidas, cometieron nefarios e incestuosos yerros, como Mirra con su padre, Semíramis con su hijo, Canasce con su hermano, y aun aquella forzada Thamar, hija del rey David. Otras aún más cruelmente traspasaron las leyes de Natura, como Pasiphe, mujer del rey Minos, con el toro. Pues reinas eran y grandes señoras, debajo de cuyas culpas la razonáble mía podrá pasar sin denuesto. Mi amor fué con justa causa. Requerida y rogada, cautivada de su merecimiento, aquejada por tan astuta maestra como Celestina, servida de muy peligrosas visitaciones, antes que concediese por entero en su amor. Y después un mes ha, como has visto, que jamás noche ha faltado sin ser nuestro huerto escalado como fortaleza y muchas haber venido en balde y por eso no me mostrar más pena ni trabajo. Muertos por mí sus servidores, perdiéndose su hacienda, fingiendo ausencia con todos los de la ciudad, todos los días encerrado en casa con esperanza de verme a la noche. ¡Afuera, afuera la ingratitud, afuera las lisonjas y el engaño con tan verdadero amador, que ni quiero marido ni quiero padres ni parientes! Faltándome Calixto, me falte la vida, la cual, por que él de mí goce, me aplace.

LUCRECIA.—Calla, señora, escucha, que todavía perseveran.

PLEBERIO.—Pues ¿qué te parece, señora mujer? ¿Debemos hablarlo a nuestra hija, debemos darle de tantos como me la piden, para que de su voluntad venga, para que diga cuál le agrada? Pues en esto las leyes dan libertad a los hombres y mujeres, aunque estén so el paterno poder, para elegir.

ALISA.—¿Qué dices? ¿En qué gastas el tiempo? ¿Quién ha de ifle con tan grande novedad a nuestra Melibea que no la espante? ¡Cómo! ¿Y piensas que sabe ella qué cosa sean hombres? ¿Si se casan o qué es casar? ¿O que del ayuntamiento de marido y mujer se procreen los hijos? ¿Piensas que su virginidad simple le acarrea torpe deseo de lo que no conoce ni ha entendido jamás? ¿Piensas que sabe errar aun con el pensamiento? No lo creas, señor Pleberio, que si alto o bajo de sangre o feo o gentil de gesto le mandáremos tomar, aquello será su placer, aquello habrá por bueno. Que yo sé bien lo que tengo criado en mi guardada hija.

MELIBEA.—Lucrecia, Lucrecia, corre presto, entra por el postigo en la sala y estórbales su hablar, interrúmpeles sus alabanzas con algún fingido mensaje, si no quieres que vaya yo dando voces como loca, según estoy enojada del concepto engañoso que tienen de mi ignorancia.

LUCRECIA.—Ya voy, señora.

ACTO DÉCIMOSÉPTIMO

ARGUMENTO DEL DÉCIMOSÉPTIMO ACTO

Elicia, careciendo de la castimonia de Penélope, determina de despedir el pesar y luto que por causa de los muertos trae, alabando el consejo de Areusa en este propósito; la cual va a casa de Areusa, adonde viene Sosia, al cual Areusa, con palabras fictas (1), saca todo el secreto que está entre Calixto y Melibea.

ELICIA, AREUSA, SOSIA

ELICIA.—Mal me va con este luto. Poco se visita mi casa, poco se pasea mi calle. Ya no veo las músicas de la alborada, ya no las canciones de mis amigos, ya no las cuchilladas ni ruidos de noche por mi causa, y, lo que peor siento, que ni blanca ni presente veo entrar por mi puerta. De todo esto me tengo yo la culpa, que si tomara el consejo de aquella que bien me quiere, de aquella verdadera hermana, cuando el otro día le llevé las nuevas de este triste negocio que esta mi mengua ha acarreado, no me viera ahora entre dos paredes sola, que de asco ya no hay quien me vea. El diablo me da tener dolor por quien no sé si, yo muerta, lo tuviera. A osadas (2), que me dijo ella a mí lo cierto: nunca, hermana, traigas ni muestres más pena por el mal ni muerte de otro que él hiciera por ti. Sempronio holgara, yo muerta; pues ¿por qué, loca, me peno yo por él degollado? ¿Y qué sé si me matara a mí, como era acelerado y loco, como hizo a aquella vieja que tenía yo por madre? Quiero en todo seguir su consejo de Areusa, que sabe más del mundo que yo, y verla muchas veces y traer materia cómo viva. ¡Oh qué participación tan suave, qué conversación tan gozosa y dulce! No en balde se dice: que vale más un día del hombre discreto que toda la vida del necio y simple. Quiero, pues, deponer el luto, dejar tristeza, despedir las lágrimas, que tan aparejadas han estado a salir. Pero como sea el primer oficio que en naciendo hacemos llorar, no me maravilla ser más ligero de comenzar y de dejar más duro. Mas para esto es el buen seso, viendo la pérdida al ojo, viendo que los atavíos hacen la mujer hermosa, aunque no lo sea, tornan de vieja moza, y a la moza más. No es otra cosa la color y albayalde sino pegajosa liga en que se traban los hombres. Ande, pues mi espejo y alcohol, que tengo dañados estos ojos; anden mis tocas blancas, mis gorgueras labradas, mis ropas de placer. Quiero aderezar lejía para estos cabellos, que perdían ya la rubia color, y esto hecho, contaré mis gallinas, haré mi cama, porque la limpieza alegra el corazón, barreré mi puerta y regaré la calle, porque los que pasaren vean que es ya desterrado el dolor. Mas primero quiero ir a visitar mi prima, por preguntarle si ha ido allá Sosia y lo que con él ha pasado, que no lo he visto después que le dije cómo le quería hablar Areusa. Quiera Dios que la halle sola, que jamás está desacompañada de galanes, como buena taberna de borrachos.

(1) Fingidas.
(2) En verdad.

ELICIA.—Cerrada está la puerta. No debe estar allá hombre. Quiero llamar. Ta, ta.

AREUSA.—¿Quién es?

ELICIA.—Abre, amiga; Elicia soy.

AREUSA.—Entra, hermana mía. Véate Dios, que tanto placer me haces en venir como vienes, mudado el hábito de tristeza. Ahora nos gozaremos juntas, ahora te visitaré, vernos hemos én mi casa y en la tuya. Quizá por bien fué para entrambas la muerte de Celestina, que yo ya siento la mejoría más que antes. Por esto se dice que los muertos abren los ojos de los que viven: a unos, con haciendas; a otros, con libertad, como a ti.

ELICIA.—A tu puerta llaman. Poco espacio nos dan para hablar, que te querría preguntar si había venido acá Sosia.

AREUSA.—No ha venido; después hablaremos. ¡Qué porradas que dan! Quiero ir abrir, que o es loco o privado. ¿Quién llama?

SOSIA.—Ábreme, señora. Sosia soy, criado de Calixto.

AREUSA.—Por los santos del cielo, el lobo es en la conseja. Escóndete, hermana, tras ese paramento y verás cuál te lo paro, lleno de viento de lisonjas, que piense, cuando se parta de mí, que es él y otro no. Y sacarle he lo suyo y lo ajeno del buche con halagos, como él saca el polvo con la almohaza a los caballos.

AREUSA.—¿Es mi Sosia, mi secreto amigo? ¿El que yo me quiero bien sin que él lo sepa? ¿El que deseo conocer por su buena fama? ¿El fiel a su amo? ¿El buen amigo de sus compañeros? Abrazarte quiero, amor, que ahora que te veo creo que hay más virtudes en ti que todos me decían. Andacá (1), entremos a asentarnos, que me gozo en mirarte, que me representas la figura del desdichado Parmeno. Con esto hace hoy tan claro día que habías tú de venir a verme. Dime, señor, ¿conocíasme antes de ahora?

SOSIA.—Señora, la fama de tu gentileza, de tus gracias y saber vuela tan alto por esta ciudad, que no debes tener en mucho ser más conocida que conociente, porque ninguno habla en loor de hermosas que primero no se acuerde de ti que de cuantas son.

ELICIA.—(Aparte, escondida.) ¡Oh hideputa el pelón y cómo se desasna! ¡Quién le ve ir al agua con sus caballos en cerro (2) y sus piernas de fuera, en sayo, y ahora, en verse medrado con calzas y capa, sálenle alas y lengua!

AREUSA.—Ya me correría con tu razón, si alguno estuviese delante, en oírte tanta burla como de mí haces; pero como todos los hombres traigáis proveídas esas razones, esas engañosas alabanzas, tan comunes para todas, hechas de molde, no me quiero de ti espantar. Pero hágote cierto, Sosia, que no tienes de ellas necesidad; sin que me alabes te amo, y sin que me ganes de nuevo me tienes ganada. Para lo que te envié a rogar que me vieses son dos cosas, las cuales, si más lisonja o engaño en ti conozco, te dejaré de decir, aunque sean de tu provecho.

SOSIA.—Señora mía, no quiera Dios que yo te haga cautela. Muy seguro venía de la gran merced que me piensas hacer y

(1) Andad acá.
(2) En pelo.

haces. No me sentía digno para descalzarte. Guía tú mi lengua, responde por mí a tus razones, que todo lo haré por rato y firme.

AREUSA.—Amor mío, ya sabes cuánto quise a Parmeno, y como dicen: quien bien quiere a Beltrán a todas sus cosas ama. Todos sus amigos me agradaban; el buen servicio de su amo, como a él mismo me placía. Donde veía su daño de Calixto, le apartaba. Pues como esto así sea, acordé decirte, lo uno, que conozcas el amor que te tengo y cuánto contigo y con tu visitación siempre me alegrarás y que en esto no perderás nada, si yo pudiere; antes te vendrá provecho. Lo otro y segundo, que pues yo pongo mis ojos en ti, y mi amor y querer, avisarte que te guardes de peligros y más de descubrir tu secreto a ninguno, pues ves cuánto daño vino a Parmeno y a Sempronio de lo que supo Celestina, porque no querría verte morir malogrado como a tu compañero. Harto me basta haber llorado al uno. Porque has de saber que vino a mí una persona y me dijo que le habías tú descubierto los amores de Calixto y Melibea, y cómo la había alcanzado, y cómo ibas cada noche a le acompañar, y otras muchas cosas, que no sabría relatar. Cata, amigo, que no guardar secreto es propio de las mujeres. No de todas, sino de las bajas y de los niños. Cata que te puede venir gran daño. Que para esto te dió Dios dos oídos y dos ojos y no más de una lengua, por que sea doblado lo que vieres y oyeres, que no el hablar. Cata no confíes que tu amigo te ha de tener secreto de lo que le dijeres, pues tú no le sabes a ti mismo tener. Cuando hubieres de ir con tu amo Calixto a casa de aquella señora, no hagas bullicio, no te sienta la tierra, qué otros me dijeron que ibas cada noche dando voces, como loco de placer.

SOSIA.—¡Oh cómo son sin tiento y personas desacordadas las que tales nuevas, señora, te acarrean! Quien te dijo que de mi boca lo había oído, no dice verdad. Los otros, de verme ir con la luna de la noche a dar agua a mis caballos, holgando y habiendo placer, diciendo cantares por olvidar el trabajo y desechar enojo, y esto antes de las diez, sospechan mal y de la sospecha hacen certidumbre, afirman lo que barruntan. Sí, que no estaba Calixto loco, que a tal hora había de ir a negocio de tanta afrenta, sin esperar que repose la gente, que descansen todos en el dulzor del primer sueño. Ni menos había de ir cada noche, que aquel oficio no sufre cotidiana visitación. Y si más clara quieres, señora, ver su falsedad, como dicen que toman antes al mentiroso que al que cojea, en un mes no habemos ido ocho veces, y dicen los falsarios revolvedores que cada noche.

AREUSA.—Pues, por mi vida, amor mío, porque yo los acuse y tome en el lazo del falso testimonio, me dejes en la memoria los días que habéis concertado de salir y, si yerran, estaré segura de tu secreto y cierta de su levantar. Porque no siendo su mensaje verdadero, será tu persona segura de peligro y yo sin sobresalto de tu vida. Pues tengo esperanzas de gozarme contigo largo tiempo.

SOSIA.—Señora, no alarguemos los testigos. Para esta noche, en dando el reloj las doce, está hecho el concierto de su visitación por el huerto. Mañana preguntarás lo que han sabido, de lo cual, si alguno te diere señas, que me trasquilen a mí a cruces.

AREUSA.—¿Y por qué parte, alma mía, por que mejor los pueda contradecir si anduvieren errados vacilando?

Sosia.—Por la calle del Vicario gordo, a las espaldas de su casa.

Elicia.—*(Aparte, escondida.)* ¡Tiénente, don andrajoso! ¡No es más menester! ¡Maldito sea el que en manos de tal acemilero se confía! ¡Qué desgoznarse hace el badajo!

Areusa.—Hermano Sosia, esto hablado, basta para que tome cargo de saber tu inocencia y la maldad de tus adversarios. Vete con Dios, que estoy ocupada en otro negocio y me he detenido mucho contigo.

Elicia.—*(Aparte.)* ¡Oh sabia mujer! ¡Oh despidiente propio, cual le merece el asno que ha vaciado su secreto tan de ligero!

Sosia.—Graciosa y suave señora, perdóname si te he enojado con mi tardanza. Mientras holgares con mi servicio, jamás hallarás quien tan de grado aventure en él su vida. Y queden los ángeles contigo.

Areusa.—Dios te guíe. ¡Allá irás, acemilero! ¡Muy ufano vas, por tu vida! Pues toma para tu ojo, bellaco, y perdona, que te la doy de espaldas. ¿A quién digo? Hermana, sal acá. ¿Qué te parece cual le envío? Así sé yo tratar los tales, así salen de mis manos los asnos, apaleados como éste, y los locos corridos, y los discretos espantados, y los devotos alterados, y los castos encendidos. Pues, prima, aprende, que otra arte es ésta que la de Celestina; aunque ella me tenía por boba, porque me quería yo serlo. Y pues ya tenemos de este hecho sabido cuanto deseábamos, debemos ir a casa de aquel otro cara de ahorcado que el jueves eché delante de ti baldonado de mi casa, y haz tú como que nos quieres hacer amigos y que rogaste que fuese a verlo.

ACTO DÉCIMOCTAVO

ARGUMENTO DEL DÉCIMOCTAVO ACTO

Elicia determina de hacer las amistades entre Areusa y Centurio por precepto de Areusa y vanse a casa de Centurio, donde ellas le ruegan que haya de vengar las muertes en Calixto y Melibea; el cual lo prometió delante de ellas. Y como sea natural a éstos no hacer lo que prometen, excúsase como en el proceso parece.

Centurio, Elicia, Areusa

Elicia.—¿Quién está en su casa?

Centurio.—Muchacho, corre, verás quién osa entrar sin llamar a la puerta. Torna, torna acá, que ya he visto quién es. No te cubras con el manto, señora: ya no te puedes esconder, que cuando vi adelante entrar a Elicia, vi que no podía traer consigo mala compañía ni nuevas que me pesasen, sino que me habían de dar placer.

Areusa.—No entremos, por mi vida, más adentro, que se extiende ya el bellaco, pensando que le vengo a rogar. Que más holgara con la vista de otras como él, que con la nuestra. Volvamos, por Dios, que me fino en ver tan mal gesto. ¿Parécete, hermana, que me traes por buenas estaciones y que es cosa justa venir de vísperas y entrarnos a ver un desuellacaras que ahí está?

ELICIA.—Torna por mi amor, no te vayas; si no, en mis manos dejarás el medio manto.

CENTURIO.—Tenla, por Dios, señora; tenla, no se te suelte.

ELICIA.—Maravillada estoy, prima, de tu buen seso. ¿Cuál hombre hay tan loco y fuera de razón que no huelgue de ser visitado, mayormente de mujeres? Llégate acá, señor Centurio, que en cargo de mi alma por fuerza haga que te abrace, que yo pagaré la fruta.

AREUSA.—Mejor lo vea yo en poder de justicia y morir a manos de sus enemigos que yo tal gozo le dé. ¡Ya, ya hecho ha conmigo para cuanto viva! ¿Y por cuál carga de agua le tengo de abrazar ni ver a ese enemigo? Porque le rogué estotro día que fuese una jornada de aquí, en que me iba la vida, y dijo de no.

CENTURIO.—Mándame tú, señora, cosa que yo sepa hacer, cosa que sea de mi oficio. Un desafío con tres juntos, y si más vinieren, que no huya, por tu amor. Matar un hombre, cortar una pierna o brazo, arpar el gesto de alguna que se haya igualado contigo; estas tales cosas, antes serán hechas que encomendadas. No me pidas que ande camino ni que te dé dinero, que bien sabes que no dura conmigo, que tres saltos daré sin que me caiga blanco. Ninguno da lo que no tiene. En una casa vivo, cual ves, que rodará el majadero (1) por toda ella sin que tropiece. Las alhajas que tengo es el ajuar de la frontera, un jarro desbocado, un asador sin punta. La cama en que me acuesto está armada sobre aros de broqueles, un rimero de malla rota por colchones, una talega de dados por almohada. Que, aunque quiero dar colación, no tengo qué empeñar, sino esta capa arpada, que traigo a cuestas.

ELICIA.—Así goce, que sus razones me contentan a maravilla. Como un santo está obediente, como ángel te habla, a toda razón se allega; ¿qué más le pides? Por mi vida que le hables y pierdas enojo, pues tan de grado se te ofrece con su persona.

CENTURIO.—¿Ofrecer dices, señora? Yo te juro por el santo martilogio (2). de pe a pa, el brazo me tiembla de lo que por ella entiendo hacer, que contino pienso cómo la tenga contenta y jamás acierto. La noche pasada soñaba que hacía armas en un desafío por su servicio con cuatro hombres, que ella bien conoce, y maté al uno. Y de los otros que huyeron, el que más sano se libró me dejó a los pies un brazo izquierdo. Pues muy mejor lo haré despierto de día, cuando alguno tocare en su chapín.

AREUSA.—Pues aquí te tengo, a tiempo somos. Yo te perdono con condición de que me vengues de un caballero que se llama Calixto, que nos ha enojado a mí y a mi prima.

CENTURIO.—¡Oh reniego de la condición! Dime luego si está confesado.

AREUSA.—No seas tú cura de su ánima.

CENTURIO.—Pues sea así. Enviémosle a comer al infierno sin confesión.

AREUSA.—Escucha, no atajes mi razón. Esta noche lo tomarás.

CENTURIO.—No me digas más, al cabo estoy Todo el negocio de sus amores sé y los que por su causa hay muertos, y lo que

---

(1) Mano de almirez.
(2) Martirologio.

os tocaba a vosotras, por dónde va y a qué hora y con quién es. Pero dime, ¿cuántos son los que le acompañan?

AREUSA.—Dos mozos.

CENTURIO.—Pequeña presa es ésa, poco cebo tiene ahí mi espada. Mejor cebara ella en otra parte esta noche, que estaba concertada.

AREUSA.—Por excusarte lo haces. A otro perro con ese hueso. No es para mí esa dilación. Aquí quiero ver si decir y hacer si comen juntos a tu mesa.

CENTURIO.—Si mi espada dijese lo que hace, tiempo le faltaría para hablar. ¿Quién sino ella puebla los más cementerios? ¿Quién hace ricos los cirujanos de esta tierra? ¿Quién da contino quehacer a los armeros? ¿Quién destroza la malla muy fina? ¿Quién hace riza (1) de los broqueles de Barcelona? ¿Quién rebana los capacetes de Calatayud, sino ella? Que los casquetes de Almacén así los corta como si fuesen hechos de melón. Veinte años ha que me da de comer. Por ella soy temido de hombres y querido de mujeres; sino de ti. Por ella le dieron Centurio por nombre a mi abuelo, y Centurio se llamó mi padre, y Centurio me llamo yo.

ELICIA.—Pues ¿qué hizo la espada por que ganó tu abuelo ese nombre? Dime, ¿por ventura fué por ella capitán de cien hombres?

CENTURIO.—No; pero fué rufián de cien mujeres.

AREUSA.—No curemos de linaje ni hazañas viejas. Si has de hacer lo que te digo, sin dilación determina, porque nos queremos ir.

CENTURIO.—Más deseo ya la noche por tenerte contenta que tú por verte vengada. Y por que más se haga todo a tu voluntad, escoge qué muerte quieres que le dé. Allí te mostraré un repertorio en que hay setecientas setenta especies de muertes: verás cuál más te agradare.

ELICIA.—Areusa, por mi amor, que no se ponga este hecho en manos de tan fiero hombre. Más vale que se quede por hacer que no escandalizar la ciudad, por donde nos venga más daño de lo pasado.

AREUSA.—Calla, hermana; digamos alguna que no sea de mucho bullicio.

CENTURIO.—Las que ahora estos días yo uso y más traigo entre manos son espaldarazos sin sangre, o porradas de pomo de espada, o revés mañoso; a otros agujereo como harnero a puñaladas; tajo largo, estocada temerosa, tiro mortal. Algún día doy palos, por dejar holgar mi espada.

ELICIA.—No pase, por Dios, adelante; déle palos, por que quede castigado y no muerto.

CENTURIO.—Juro por el cuerpo santo de la letanía no es más en mi brazo derecho dar palos sin matar que en el sol dejar de dar vueltas al cielo.

AREUSA.—Hermana, no seamos nosotras lastimeras; haga lo que quisiere, mátele como se le antojare. Llore Melibea como tú has hecho. Dejémosle. Centurio, da buena cuenta de lo encomendado. De cualquier muerte holgaremos. Mira que no se escape sin alguna paga de su yerro.

_____

(1) Causar gran destrozo.

CENTURIO.—Perdónele Dios si por pies no se me va. Muy alegre quedo, señora mía, que se ha ofrecido caso, aunque pequeño, en que conozcas lo que yo sé hacer por tu amor.

AREUSA.—Pues Dios te dé buena manderecha y a él te encomiendo, que nos vamos.

CENTURIO.—Él te guíe y te dé más paciencia con los tuyos.

CENTURIO.—Allá irán estas putas atestadas de razones. Ahora quiero pensar cómo me excusaré de lo prometido, de manera que piensen que puse diligencia con ánimo de ejecutar lo dicho y no negligencia, por no me poner en peligro. Quiérome hacer doliente; pero ¿qué aprovecha? Que no se apartarán de la demanda cuando sane. Pues si digo que fuí allá y que les hice huir, pedirme han señas de quién eran y cuántos iban y en qué lugar los tomé y qué vestidos llevaban; yo no las sabré dar. ¡Helo todo perdido! Pues ¿qué consejo tomaré, que cumpla con mi seguridad y su demanda? Quiero enviar a llamar a Traso, el cojo, y a sus dos compañeros y decirles que, porque yo estoy ocupado esta noche en otro negocio, vayan a dar un repiquete de broquel, a manera de levada, para oxear unos garzones, que me fué encomendado; que todo esto es a pasos seguros y donde no conseguirán ningún daño más de hacerlos huir y volverse a dormir.

ACTO DÉCIMONONO

ARGUMENTO DEL DÉCIMONONO ACTO

Yendo Calixto con Sosia y Tristán al huerto de Pleberio a visitar a Melibea, que lo estaba esperando y con ella Lucrecia, cuenta Sosia lo que le aconteció con Areusa. Estando Calixto dentro del huerto con Melibea, vienen Traso y otros, por mandato de Centurio, a cumplir lo que había prometido a Areusa y a Elicia, a los cuales sale Sosia; y oyendo Calixto desde el huerto, donde estaba con Melibea, el ruido que traían, quiso salir fuera; la cual salida fué causa que sus días pereciesen, porque los tales este don reciben por galardón y por esto han de saber desamar los amadores.

SOSIA, TRISTÁN, CALIXTO, MELIBEA, LUCRECIA

SOSIA.—Muy quedo, para que no seamos sentidos. Desde aquí al huerto de Pleberio te contaré, hermano Tristán, lo que con Areusa me ha pasado hoy, que estoy el más alegre hombre del mundo. Sabrás que ella, por las buenas nuevas que de mí había oído, estaba presa de mi amor y envióme a Elicia, rogándome que la visitase. Y dejando aparte otras razones de buen consejo que pasamos, mostró al presente ser tanto mía cuanto algún tiempo fué de Parmeno. Rogóme que la visitase siempre, que ella pensaba gozar de mi amor por tiempo. Pero yo te juro por el peligroso camino en que vamos, hermano, y así goce de mí, que estuve dos o tres veces por me arremeter a ella, sino que me empachaba la vergüenza de verla tan hermosa y arreada y a mí con una capa vieja ratonada. Echaba de sí en bullendo un olor de almizcle; yo hedía al estiércol que llevaba dentro de los zapatos. Tenía unas manos como la nieve, que cuando las sacaba de rato en rato de un guante parecía que se derramaba azahar por casa. Así por esto, como porque tenía un poco ella que hacer, se quedó mi atrever para otro día. Y aun porque a la primera vista todas las cosas no son bien tratables y cuanto más se comunican mejor se entienden en su participación.

TRISTÁN.—Sosia amigo, otro seso más maduro y experimentado que no el mío era necesario para darte consejo en este negocio; pero lo que con mi tierna edad y mediano natural alcanzo al presente te diré. Esta mujer es marcada ramera, según tú me dijiste: cuanto con ella te pasó has de creer que no carece de engaño. Sus ofrecimientos fueron falsos y no sé yo a qué fin. Porque amarte por gentilhombre, ¿cuántos más tendrá ella desechados? Si por rico, bien sabe que no tienes más del polvo que se te pega del almohaza. Si por hombre de linaje, ya sabrá que te llaman Sosia, y a tu padre llamaron Sosia, nacido y criado en una aldea, quebrando terrones con un arado, para lo cual eres tú más dispuesto que para enamorado. Mira, Sosia, y acuérdate bien si te quería sacar algún punto del secreto de este camino que ahora vamos, para con que lo supiese revolver a Calixto y Pleberio, de envidia del placer de Melibea. Cata que la envidia es una incurable enfermedad donde asienta, huésped que fatiga la posada: en lugar de galardón, siempre goza del mal ajeno. Pues si esto es así, ¡oh cómo te quiere aquella malvada hembra engañar con su alto nombre, del cual todas se arrean! Con su vicio ponzoñoso quería condenar el ánima por cumplir su apetito, revolver tales cosas para contentar su dañada voluntad. ¡Oh arrufianada mujer y con qué blanco pan te daba zarazas! Quería vender su cuerpo a trueco de contienda. Óyeme, y si así presumes que sea, ármale trato doble, cual yo te diré: que quien engaña al engañador... ya me entiendes. Y si sabe mucho la raposa, más el que la toma. Contramínale sus malos pensamientos, escala sus ruindades cuando más segura la tengas, y cantarás después en tu establo: uno piensa el bayo y otro el que lo ensilla.

SOSIA.—¡Oh Tristán, discreto mancebo! Mucho más me has dicho que tu edad demanda. Astuta sospecha has remontado y creo que verdadera. Pero, porque ya llegamos al huerto y nuestro amo se nos acerca, dejemos este cuento, que es muy largo, para otro día.

CALIXTO.—Poned, mozos, la escala y callad, que me parece que está hablando mi señora de dentro. Subiré encima de la pared y en ella estaré escuchando, por ver si oiré alguna buena señal de mi amor en ausencia.

MELIBEA.—Canta más, por mi vida, Lucrecia, que me huelgo en oírte, mientras viene aquel señor, y muy paso, entre estas verduricas, que no nos oirán los que pasaren.

LUCRECIA:

> ¡Oh quién fuese la hortelana
> de aquestas viciosas flores,
> por prender cada mañana
> al partir a tus amores!

> Vístanse nuevas colores
> los lirios y el azucena;
> derramen frescos olores
> cuando entre por estrena.

MELIBEA.—¡Oh cuán dulce me es oírte! De gozo me deshago.
No ceses, por mi amor.

LUCRECIA:

> Alegre es la fuente clara
> a quien con gran sed la vea;
> mas muy más dulce es la cara
> de Calixto a Melibea.
>
> Pues, aunque más noche sea,
> con su vista gozará.
> ¡Oh, cuando saltar le vea,
> qué de abrazos le dará!
>
> Saltos de gozo infinitos
> da el lobo viendo ganados;
> con las tetas, los cabritos;
> Melibea, con su amado.
>
> Nunca fué más deseado
> amado de su amiga,
> ni huerto más visitado,
> ni noche más sin fatiga.

MELIBEA.—Cuanto dices, amiga Lucrecia, se me representa
delante; todo me parece que lo veo con mis ojos. Procede, que
a muy buen son lo dices y ayudarte he yo.

LUCRECIA, MELIBEA:

> Dulces árboles sombrosos,
> humillaos cuando veáis
> aquellos ojos graciosos
> del que tanto deseáis.
>
> Estrellas que relumbráis,
> norte y lucero del día,
> ¿por qué no le despertáis
> si duerme mi alegría?

MELIBEA.—Óyeme, tú, por mi vida, que yo quiero cantar sola.

> Papagayos, ruiseñores,
> que cantáis al alborada,
> llevad nueva a mis amores
> cómo espero aquí asentada.
>
> La medianoche es pasada
> y no viene.
> Sabedme si hay otra amada
> que lo detiene.

CALIXTO.—Vencido me tiene el dulzor de tu suave canto; no
puedo más sufrir tu penado esperar. ¡Oh mi señora y mi bien
todo! ¿Cuál mujer podía haber nacida que desprivase tu gran
merecimiento? ¡Oh salteada melodía! ¡Oh gozoso rato! ¡Oh corazón mío! ¿Y cómo no pudiste más tiempo sufrir sin interrum-
pir tu gozo y cumplir el deseo de entrambos?

MELIBEA.—¡Oh sabrosa traición! ¡Oh dulce sobresalto! ¿Es mi señor de mi alma? ¿Es él? No lo puedo creer. ¿Dónde estabas, luciente sol? ¿Dónde me tenías tu claridad escondida? ¿Había rato que escuchabas? ¿Por qué me dejabas echar palabras sin seso al aire, con mi ronca voz de cisne? Todo se goza este huerto con tu venida. Mira la luna cuán clara se nos muestra; mira las nubes cómo huyen. Oye la corriente agua de esta fontecica, ¡cuánto más suave murmurio su río lleva por entre las frescas hierbas! Escucha los altos cipreses, ¡cómo se dan paz unos ramos con otros por intercesión de un templadico viento que los menea! Mira sus quietas sombras, ¡cuán obscuras están y aparejadas para encubrir nuestro deleite!

Lucrecia, ¿qué sientes, amiga? ¿Tórnaste loca de placer? Déjamele, no me le despedaces, no le trabajes sus miembros con tus pesados abrazos. Déjame gozar lo que es mío, no me ocupes mi placer.

CALIXTO.—Pues, señora y gloria mía, si mi vida quieres, no cese tu suave canto. No sea de peor condición mi presencia, con que te alegras, que mi ausencia, que te fatiga.

MELIBEA.—¿Qué quieres que cante, amor mío? ¿Cómo cantaré, que tu deseo era el que regía mi son y hacía sonar mi canto? Pues conseguida tu venida, desaparecióse el deseo, destemplóse el tono de mi voz. Y pues tú, señor, eres el dechado de cortesía y buena crianza, ¿cómo mandas a mi lengua hablar y no a tus manos que estén quedas? ¿Por qué no olvidas estas mañas? Mándalas estar sosegadas y dejar su enojoso uso y conversación incomportable. Cata, ángel mío, que así como me es agradable tu vista sosegada, me es enojoso tu riguroso trato; tus honestas burlas me dan placer, tus deshonestas manos me fatigan cuando pasan de la razón. Deja estar mis ropas en su lugar, y si quieres ver si es el hábito de encima de seda o de paño, ¿para qué me tocas en la camisa? Pues cierto es de lienzo. Holguemos y burlemos de otros mil modos que yo te mostraré; no me destroces ni maltrates como sueles. ¿Qué provecho te trae dañar mis vestiduras?

CALIXTO.—Señora, el que quiere comer el ave, quita primero las plumas.

LUCRECIA.—*(Aparte.)* Mala landre me mate si más los escucho. ¿Vida es ésta? ¡Que me esté yo deshaciendo de dentera y ella esquivándose por que la rueguen! Ya, ya apaciguado es el ruido: no hubieron menester despartidores. Pero también me lo haría yo si estos necios de sus criados me hablasen entre día; pero esperan que los tengo de ir a buscar.

MELIBEA.—¿Señor mío, quieres que mande a Lucrecia traer alguna colación?

CALIXTO.—No hay otra colación para mí sino tener tu cuerpo y belleza en mi poder. Comer y beber, dondequiera se da por dinero, en cada tiempo se puede haber y cualquiera lo puede alcanzar; pero lo no vendible, lo que en toda la tierra no hay igual que en este huerto, ¿cómo mandas que se me pase ningún momento que no goce?

LUCRECIA.—*(Aparte.)* Ya me duele a mí la cabeza de escuchar y no a ellos de hablar ni los brazos de retozar ni las bocas de besar. ¡Andar! Ya callan: a tres me parece que va la vencida.

CALIXTO.—Jamás querría, señora, que amaneciese, según la gloria y descanso que mi sentido recibe de la noble conversación de tus delicados miembros.

MELIBEA.—Señor, yo soy la que gozo, yo la que gano; tú, señor, el que me haces con tu visitación incomparable merced.

SOSIA.—¿Así, bellacos, rufianes, veníades a asombrar a los que no os temen? Pues yo juro que si esperárades, que yo os hiciera ir como merecíades.

CALIXTO.—Señora, Sosia es aquel que da voces. Déjame ir a verle, no le maten, que no está sino un pajecico con él. Dame presto mi capa, que está debajo de ti.

MELIBEA.—¡Oh triste de mi ventura! No vayas allá sin tus corazas; tórnate a armar.

CALIXTO.—Señora, lo que no hace espada y capa y corazón, no lo hacen corazas y capacete y cobardía.

SOSIA.—¿Aún tornáis? Esperadme. Quizá venís por lana.

CALIXTO.—Déjame, por Dios, señora, que puesta está el escala.

MELIBEA.—¡Oh desdichada yo! ¿Y cómo vas tan recio y con tanta prisa y desarmado a meterte entre quien no conoces? Lucrecia, ven presto acá, que es ido Calixto a un ruido. Echémosle sus corazas por la pared, que se quedan acá.

TRISTÁN.—Tente, señor, no bajes, que idos son; que no era sino Traso el cojo y otros bellacos, que pasaban voceando. Que ya se torna Sosia. Tente, tente, señor, con las manos al escala.

CALIXTO.—¡Oh válame Santa María! ¡Muerto soy! ¡Confesión!

TRISTÁN.—Llégate presto, Sosia, que el triste de nuestro amo es caído del escala y no habla ni se bulle.

SOSIA.—¡Señor, señor! ¡A esotra puerta! ¡Tan muerto es como mi abuelo! ¡Oh gran desventura! (1).

LUCRECIA.—¡Escucha, escucha! ¡Gran mal es éste!

MELIBEA.—¿Qué es esto? ¿Qué oigo, amarga de mí?

TRISTÁN.—¡Oh mi señor y mi bien muerto! ¡Oh mi señor despeñado! ¡Oh triste muerte sin confesión! Coge, Sosia, esos sesos de esos cantos, júntalos con la cabeza del desdichado amo nuestro. ¡Oh día de aciago! ¡Oh arrebatado fin!

MELIBEA.—¡Oh desconsolada de mí! ¿Qué es esto? ¿Qué puede ser tan áspero acontecimiento como oigo? Ayúdame a subir, Lucrecia, por estas paredes, veré mi dolor; si no, hundiré con alaridos la casa de mi padre. ¡Mi bien y placer, todo es ido en humo! ¡Mi alegría es perdida! ¡Consumióse mi gloria!

LUCRECIA.—Tristán, ¿qué dices, mi amor? ¿Qué es eso, que lloras tan sin mesura?

(1) A partir de aquí sigue la edición de Burgos de 1499, empalmando en la página 150.

TRISTÁN.—¡Lloro mi gran mal, lloro mis muchos dolores! Cayó mi señor Calixto del escala y es muerto. Su cabeza está en tres partes. Sin confesión pereció. Díselo a la triste y nueva amiga, que no espere más su penado amador. Toma tú, Sosia, de esos pies. Llevemos el cuerpo de nuestro querido amo donde no padezca su honra detrimento, aunque sea muerto en este lugar. Vaya con nosotros llanto, acompáñenos soledad, síganos desconsuelo, visítenos tristeza, cúbranos luto y dolorosa jerga.

MELIBEA.—Oh la más de las tristes triste! ¡Tan tarde alcanzado el placer, tan presto venido el dolor!

LUCRECIA.—Señora, no rasgues tu cara ni meses tus cabellos. ¡Ahora en placer, ahora en tristeza! ¿Qué planeta hubo que tan presto contrarió su operación? ¡Qué poco corazón es éste! Levanta, por Dios, no seas hallada de tu padre en tan sospechoso lugar, que serás sentida. Señora, señora, ¿no me oyes? No te amortezcas, por Dios. Ten esfuerzo para sufrir la pena, pues tuviste osadía para el placer.

MELIBEA.—¿Oyes lo que aquellos mozos van hablando? ¿Oyes sus tristes cantares? ¡Rezando llevan con responso mi bien todo! ¡Muerta llevan mi alegría! ¡No es tiempo de yo vivir! ¿Cómo no gocé más del gozo? ¿Cómo tuve en tan poco la gloria que entre mis manos tuve? ¡Oh ingratos mortales! ¡Jamás conocéis vuestros bienes sino cuando de ellos carecéis!

LUCRECIA.—Avívate, aviva, que mayor mengua será hallarte en el huerto que placer sentiste con la venida ni pena con ver que es muerto. Entremos en la cámara, acostarte has. Llamaré a tu padre y fingiremos otro mal, pues éste no es para poderse encubrir.

EL VEINTENO ACTO

ARGUMENTO DEL VEINTENO ACTO

Lucrecia llama a la puerta de la cámara de Pleberio. Pregúntale Pleberio lo que quiere. Lucrecia le da priesa que vaya a ver a su hija Melibea. Levantado Pleberio, va a la cámara de Melibea. Consuélala, preguntando qué mal tiene. Finge Melibea dolor de corazón. Envía Melibea a su padre por algunos instrumentos músicos. Suben ella y Lucrecia en una torre. Envía de sí a Lucrecia. Cierra tras ella la puerta. Llégase su padre al pie de la torre. Descúbrele Melibea todo el negocio que había pasado. En fin, déjase caer de la torre abajo.

PLEBERIO, LUCRECIA, MELIBEA

PLEBERIO.—¿Qué quieres, Lucrecia? ¿Qué quieres tan presurosa? ¿Qué pides con tanta importunidad y poco sosiego? ¿Qué es lo que mi hija ha sentido? ¿Qué mal tan arrebatado puede ser, que no haya tiempo de me vestir ni me des aun espacio a me levantar?

LUCRECIA.—Señor, apresúrate mucho si la quieres ver viva, que ni su mal conozco de fuerte ni a ella ya de desfigurada.

PLEBERIO.—[Vamos presto, anda allá, entra adelante, alza esa antepuerta y abre bien esa ventana, por que le pueda ver el gesto con claridad.] ¿Qué es esto, hija mía? ¿Qué dolor y sentimiento es el tuyo? ¿Qué novedad es ésta? ¿Qué poco esfuerzo es éste? Mírame, que soy tu padre. Habla conmigo, cuéntame la causa de tu arrebatada pena. ¿Qué has? ¿Qué sientes? ¿Qué quieres? Háblame, mírame, dime la razón de tu dolor, por que presto sea remediado. No quieras enviarme con triste postrimería al sepulcro. Ya sabes que no tengo otro bien sino a ti. Abre esos alegres ojos y mírame.

MELIBEA.—¡Ay, dolor!

PLEBERIO.—¿Qué dolor puede ser que iguale con ver yo el tuyo? Tu madre está sin seso en oír tu mal. No pudo venir a verte de turbada. Esfuerza tu fuerza, aviva tu corazón, arréciate de manera que puedas tú conmigo ir a visitar a ella. Dime, ánima mía, la causa de tu sentimiento.

MELIBEA.—¡Pereció mi remedio!

PLEBERIO.—Hija, mi bienamada y querida del viejo padre, por Dios, no te ponga desesperación el cruel tormento de esta enfermedad y pasión, que a los flacos corazones el dolor los arguye. Si tú me cuentas tu mal, luego será remediado. Que ni faltarán medicinas ni médicos ni sirvientes para buscar tu salud, ahora consista en hierbas o en piedras o en palabras o esté secreta en cuerpos de animales. Pues no me fatigues más, no me atormentes, no me hagas salir de mi seso y dime, ¿qué sientes?

MELIBEA.—Una mortal llaga en medio del corazón, que no me consiente hablar. No es igual a los otros males; menester es sacarle para ser curada, que está en lo más secreto de él.

PLEBERIO.—Temprano cobraste los sentimientos de la vejez. La mocedad toda suele ser placer y alegría, enemiga de enojo. Levántate de ahí. Vamos a ver los frescos aires de la ribera: alegrarte has con tu madre, descansará tu pena. Cata, si huyes de placer, no hay cosa más contraria a tu mal.

MELIBEA.—Vamos donde mandares. Subamos, señor, a la azotea alta, porque desde allí goce de la deleitosa vista de los navíos: por ventura aflojará algo mi congoja.

PLEBERIO.—Subamos, y Lucrecia con nosotros.

MELIBEA.—Mas, si a ti placerá, padre mío, manda traer algún instrumento de cuerdas con que se sufra mi dolor o tañiendo o cantando, de manera que, aunque aqueje por una parte la fuerza de su accidente, mitigarlo han por otra los dulces sones y alegre armonía.

PLEBERIO.—Eso, hija mía, luego es hecho. Yo lo voy [a mandar] aparejar.

MELIBEA.—Lucrecia, amiga mía, muy alto es esto. Ya me pesa por dejar la compañía de mi padre. Baja a él y dile que se pare al pie de esta torre, que le quiero decir una palabra que se me olvidó que hablase a mi madre.

LUCRECIA.—Ya voy, señora.

MELIBEA.—De todos soy dejada. Bien se ha aderezado la manera de mi morir. Algún alivio siento en ver que tan presto seremos juntos yo y aquel mi querido amado Calixto. Quiero cerrar la puerta, por que ninguno suba a me estorbar mi muerte. No me impidan la partida, no me atajen el camino, por el cual en breve tiempo podré visitar en este día al que me visitó la pasada noche. Todo se ha hecho a mi voluntad. Buen tiempo tendré para contar a Pleberio mi señor la causa de mi ya acordado fin. Gran sinrazón hago a sus canas, gran ofensa a su vejez. Gran fatiga le acarreo con mi falta. En gran soledad le dejo. [Y caso que por mi morir a mis queridos padres sus días se disminuyesen, ¿quién duda que no haya habido otros más crueles contra sus padres? Bursia, rey de Bitinia, sin ninguna razón, no aquejándole pena como a mi, mató a su propio padre. Tolomeo, rey de Egipto, a su padre y madre y hermanos y mujer, por gozar de una manceba. Orestes a su madre Clistemnestra. El cruel emperador Nerón a su madre Agripina por sólo su placer hizo matar. Éstos son dignos de culpa, éstos son verdaderos parricidas, que no yo; que con mi pena, con mi muerte purgo la culpa que de su dolor se me puede poner. Otros muchos crueles hubo, que mataron hijos y hermanos, debajo de cuyos yerros el mío no parecerá grande. Filipo, rey de Macedonia; Herodes, rey de Judea; Constantino, emperador de Roma; Laodice, reina de Capadocia, y Madea, la nigromantesa. Todos éstos mataron hijos queridos y amados, sin ninguna razón, quedando sus personas a salvo. Finalmente, me ocurre aquella gran crueldad de Frates, rey de los partos, que, por que no quedase sucesor después de él, mató a Orode, su viejo padre, y a su único hijo y treinta hermanos suyos. Éstos fueron delitos dignos de culpable culpa, que, guardando sus personas de peligro, mataban sus mayores y descendientes y hermanos. Verdad es que, aunque todo esto así sea, no había de remedarlos en lo que mal hicieron] ; pero no es más en mi mano. Tú, Señor, que de mi habla eres testigo, ves mi poco poder; ves cuán cautiva tengo mi libertad, cuán presos mis sentidos de tan poderoso amor del muerto caballero, que priva al que tengo con los vivos padres.

PLEBERIO.—Hija mía Melibea, ¿qué haces sola? ¿Qué es tu voluntad decirme? ¿Quieres que suba allá?

MELIBEA.—Padre mío, no pugnes ni trabajes por venir donde yo estoy, que estorbarás la presente habla que te quiero hacer. Lastimado serás brevemente con la muerte de tu única hija. Mi fin es llegado, llegado es mi descanso y tu pasión, llegado es mi alivio y tu pena, llegada es mi acompañada hora y tu tiempo de soledad. No habrás, honrado padre, menester instrumentos para aplacar mi dolor, sino campanas para sepultar mi cuerpo. Si me escuchas sin lágrimas, oirás la causa desesperada de mi forzada y alegre partida. No la interrumpas con lloro ni palabras; si no, quedarás más quejoso en no saber por qué me mato, que doloroso por verme muerta. Ninguna cosa me preguntes ni respondas, más de lo que de mi grado decirte quisiera. Porque cuando el corazón está embargado de pasión, están cerrados los oídos al consejo, y en tal tiempo, las fructuosas palabras, en lugar de amansar, acrecientan la saña. Oye, padre mío, mis últimas palabras, y, si como yo espero, las recibes, no culparás mi yerro. Bien ves y oyes este triste y doloroso sentimiento que toda la ciudad hace. Bien ves este clamor de campanas, este alarido de gentes, este aullido de canes, este grande estrépito de armas. De todo esto fuí yo la causa. Yo cubrí de luto y jergas en este día casi la mayor parte de la ciudadana caballería, yo dejé hoy muchos sirvientes descubiertos de señor, yo quité muchas raciones y limosnas a pobres y vergonzantes, yo fuí ocasión que los muertos tuviesen compañía del más acabado hombre que en gracia nació, yo quité a los vivos el dechado de gentileza, de invenciones galanas, de atavíos y bordaduras, de habla, de andar, de cortesía, de virtud; yo fuí causa que la tierra goce sin tiempo el más noble cuerpo y más fresca juven-

tud que al mundo era en nuestra edad criada. Y porque estarás
espantado con el son de mis no acostumbrados delitos, te quiero
más aclarar el hecho. Muchos días son pasados, padre mío, que
penaba por amor un caballero que se llamaba Calixto, el cual
tú bien conociste. Conociste asimismo sus padres y claro linaje:
sus virtudes y bondad a todos eran manifiestas. Era tanta su
pena de amor y tan poco el lugar para hablarme, que descubrió
su pasión a una astuta y sagaz mujer que llamaban Celestina.
La cual, de su parte venida a mí, sacó mi secreto amor de mi
pecho. Descubrí a ella lo que a mi querida madre encubría.
Tuvo manera como ganó mi querer, ordenó cómo su deseo y el
mío hubiesen efecto. Si él mucho me amaba, no vivía engañado.
Concertó el triste concierto de la dulce y desdichada ejecución
de su voluntad. Vencida de su amor, dile entrada en tu casa.
Quebrantó con escalas las paredes de tu huerto, quebrantó mi
propósito. Perdí mi virginidad. [Del cual deleitoso yerro de
amor gozamos cuasi un mes. Y como esta pasada noche viniese,
según era acostumbrado], a la vuelta de su venida, como de la
fortuna mudable estuviese dispuesto y ordenado, según su desor-
denada costumbre, como las paredes eran altas, la noche obscura,
el escala delgada, los sirvientes que traía no diestros en aquel
género de servicio [y él bajaba presuroso a ver un ruido que
con sus criados sonaba en la calle, con el gran ímpetu que lle-
vaba] no vió bien los pasos, puso el pie en vacío y cayó. De la
triste caída sus más escondidos sesos quedaron repartidos por
las piedras y paredes. Cortaron las hadas sus hilos, cortáronle
sin confesión su vida, cortaron mi esperanza, cortaron mi gloria,
cortaron mi compañía. Pues ¿qué crueldad sería, muerte él,
muriendo él despeñado que viviese yo penada? Su muerte con-
vida a la mía, convídame y fuerza que sea presto, sin dilación;
muéstrame que ha de ser despeñada, para seguirle en todo. No
digan por mí: a muertos y a idos... Y así, contentarle he en la
muerte, pues no tuve tiempo en la vida. ¡Oh mi amor y señor
Calixto! Espérame, ya voy; detente si me esperas; no me incu-
ses la tardanza que hago dando esta última cuenta a mi viejo
padre, pues le debo mucho más. ¡Oh padre mío muy amado!
Ruégote, si amor en esta pasada y penosa vida me has tenido,
que sean juntas nuestras sepulturas, juntos nos hagan nuestras
obsequias (1). Algunas consolatorias palabras te diría antes de
mi agradable fin, colegidas y sacadas de aquellos antiguos libros
que tú, por más aclarar mi ingenio, me mandabas leer; sino
que la ya dañada memoria con la gran turbación me la has perdido y aun porque veo tus lágrimas mal sufridas decir por tu
arrugada faz. Salúdame a mi cara y amada madre: sepa de ti
largamente la triste razón por que muero. ¡Gran placer llevo
de no la ver presente! Toma, padre viejo, los dones de tu vejez.
Que en largos días largas se sufren tristezas. Recibe las arras
de tu senectud antigua, recibe allá tu amada hija. Gran dolor
llevo de mí, mayor de ti, muy mayor de mi vieja madre. Dios
quede contigo y con ella. A Él ofrezco mi ánima. Pon tú en
cobro este cuerpo que allá baja.

_____

(1) Exequias.

VEINTIÚN ACTO

ARGUMENTO DEL VEINTIÚN ACTO

Pleberio, tornado a su cámara con grandísimo llanto, pregúntale Alisa, su mujer, la causa de tan súpito mal. Cuéntale la muerte de su hija Melibea, mostrándole el cuerpo de ella todo hecho pedazos, y haciendo su planto concluye.

PLEBERIO, ALISA

ALISA.—¿Qué es esto, señor Pleberio? ¿Por qué son tus fuertes alaridos? Sin seso estaba adormida del pesar que hube cuando oí decir que sentía dolor nuestra hija; ahora, oyendo tus gemidos, tus voces tan altas, tus quejas no acostumbradas, tu llanto y congoja de tanto sentimiento, en tal manera penetraron mis entrañas, en tal manera traspasaron mi corazón, así avivaron mis turbados sentidos, que el ya recibido pesar alancé de mí. Un dolor sacó otro, un sentimiento otro. Dime la causa de tus quejas. ¿Por qué maldices tu honrada vejez? ¿Por qué pides la muerte? ¿Por qué arrancas tus blancos cabellos? Por Dios, que me lo digas, porque si ella pena, no quiero yo vivir.

PLEBERIO.—¡Ay, ay noble mujer! Nuestro gozo en el pozo. Nuestro bien todo es perdido. ¡No queramos más vivir! Y por que el incogitado dolor te dé más pena, todo junto sin pensarle, por que más presto vayas al sepulcro, por que no llore yo solo la pérdida dolorida de entrambos, ves allí a la que tú pariste y yo engendré, hecha pedazos. La causa supe de ella; mas la he sabido por extenso de esta su triste sirvienta. Ayúdame a llorar nuestra llagada postrimería. ¡Oh gentes, que venís a mi dolor! ¡Oh amigos y señores, ayudadme a sentir mi pena! ¡Oh mi hija y mi bien todo! Crueldad sería que viva yo sobre ti. Más dignos eran mis sesenta años de la sepultura que tus veinte. Turbóse la orden del morir con la tristeza que te aquejaba. ¡Oh mis canas, salidas para haber pesar! Mejor gozara de vosotras la tierra que de aquellos rubios cabellos que presentes veo. Fuertes días me sobran para vivir; ¿quejarme he de la muerte? ¿Incusarle de su dilación? Cuanto tiempo me dejare solo después de ti, fáltame la vida, pues me faltó tu agradable compañía. ¡Oh mujer mía! Levántate de sobre ella, y si alguna vida te queda, gástala conmigo en tristes gemidos, en quebrantamiento y suspirar. Y si por caso tu espíritu reposa con el suyo, si ya has dejado esta vida de dolor, ¿por qué quisiste que lo pase yo todo? En esto tenéis ventajas las hembras a los varones, que puede un gran dolor sacaros del mundo sin lo sentir o a lo menos perdéis el sentido, que es parte de descanso. ¡Oh duro corazón de padre! ¿Cómo no te quiebras de dolor, que ya quedas sin tu amada heredera? ¿Para quién edifiqué torres? ¿Para quién adquirí honras? ¿Para quién planté árboles? ¿Para quién fabriqué navíos? ¡Oh tierra dura!, ¿cómo me sostienes? ¿Adónde hallará abrigo mi desconsolada vejez? ¡Oh fortuna variable, ministra y mayordoma de los temporales bienes!, ¿por qué no ejecutaste tu cruel ira, tus mudables ondas, en aquello que a ti es sujeto? ¿Por qué no destruiste mi patrimonio? ¿Por qué no quemaste mi morada? ¿Por qué no asolaste mis grandes heredamientos? Dejárasme aquella florida planta, en quien tú poder no tenías; diérasme, fortuna fluctuosa, triste la mocedad con vejez alegre, no pervirtieras la orden. Mejor sufriera persecuciones de tus engaños en la recia y robusta edad que no en la flaca postrimería.

¡Oh vida de congojas llena, de miserias acompañada! ¡Oh mundo, mundo! Muchos mucho de ti dijeron, muchos en tus cualidades metieron la mano, a diversas cosas por oídas te compararon; yo por triste experiencia lo contaré, como a quien las ventas y compras de tu engañosa feria no prósperamente sucedieron, como aquel que mucho ha hasta ahora callado tus falsas propiedades, por no encender con odio tu ira, porque no me secases sin tiempo esta flor que este día echaste de tu poder. Pues ahora, sin temor, como quien no tiene qué perder, como aquel a quien tu compañía es ya enojosa, como caminante pobre, que sin temor de los crueles salteadores va cantando en alta voz. Yo pensaba en mi más tierna edad que eras y eran tus hechos regidos por alguna orden; ahora, visto el pro y el contra de tus bienandanzas, me pareces un laberinto de errores, un desierto espantable, una morada de fieras, juego de hombres que andan en corro, laguna llena de cieno, región llena de espinas, monte alto, campo pedregoso, prado lleno de serpientes, huerto florido y sin fruto, fuente de cuidados, río de lágrimas, mar de miserias, trabajo sin provecho, dulce ponzoña, vana esperanza, falsa alegría, verdadero dolor. Cébasnos, mundo falso, con el manjar de tus deleites; al mejor sabor nos descubres el anzuelo: no lo podemos huir, que nos tiene ya cazadas las voluntades. Prometes mucho, nada no cumples; échasnos de ti, por que no te podamos pedir que mantengas tus vanos prometimientos. Corremos por los prados de tus viciosos vicios, muy descuidados, a rienda suelta; descúbresnos la celada cuando ya no hay lugar de volver. Muchos te dejaron con temor de tu arrebatado dejar: bienaventurados se llamarán, cuando vean el galardón que a este triste viejo has dado en pago de tan largo servicio. Quiébrasnos el ojo y úntasnos con consuelos el casco. Haces mal a todos, por que ningún triste se halle solo en ninguna adversidad, diciendo que es alivio a los míseros, como yo, tener compañeros en la pena. Pues desconsolado viejo, ¡qué solo estoy!

Yo fuí lastimado sin haber igual compañero de semejante dolor, aunque más en mi fatigada memoria revuelvo presentes y pasados. Que si aquella severidad y paciencia de Paulo Emilio me viniese a consolar con pérdida de dos hijos muertos en siete días, diciendo que su animosidad obró que consolase él al pueblo romano y no el pueblo a él, no me satisface, que otros dos le quedaban dados dados en adopción. ¿Qué compañía me tendrán en mi dolor aquel Pericles, capitán ateniense, ni el fuerte Xenofón, pues sus pérdidas fueron de hijos ausentes de sus tierras? Ni fué mucho no mudar su frente y tenerla serena y el otro responder al mensajero, que las tristes albricias de la muerte de su hijo le venía a pedir, que no recibiese él pena, que él no sentía pesar. Que todo esto bien diferente es a mi mal.

Pues menos podrás decir, mundo lleno de males, que fuimos semejantes en pérdida aquel Anaxágoras y yo, que seamos iguales en sentir y que responda yo, muerta mi amada hija, lo que él su único hijo, que dijo: "Como yo fuese mortal, sabía que había de morir el que yo engendraba." Porque mi Melibea mató a sí misma de su voluntad, a mis ojos con la gran fatiga de amor que la aquejaba; el otro matáronle en muy lícita batalla. ¡Oh incomparable pérdida! ¡Oh lastimado viejo! Que cuanto más busco consuelos, menos razón hallo para me consolar. Que, si el profeta y rey David al hijo, que enfermo lloraba, muerto no quiso llorar, diciendo que era cuasi locura llorar lo irrecuperable, quedábanle otros muchos con que soldase su llaga; y yo no lloro triste a ella muerta, pero la causa desastrada de su morir. Ahora perderé contigo, mi desdichada hija, los miedos y temores que cada día me espavorecían; sola tu muerte es la que a mí me hace seguro de sospecha.

¿Qué haré cuando entre en tu cámara y retraimiento y la halle sola? ¿Qué haré de que no me respondas, si te llamo? ¿Quién me podrá cubrir la gran falta que tú me haces? Ninguno perdió lo que yo el día de hoy, aunque algo conforme parecía la fuerte animosidad de Lambas de Auria, duque de los genoveses, que a su hijo, herido, con sus brazos desde la nao echó en la mar. Porque todas éstas son muertes que, si roban la vida, es forzado de cumplir con la fama. Pero ¿quién forzó a mi hija a morir, sino la fuerte fuerza de amor? Pues mundo halagueño, ¿qué remedio das a mi fatigada vejez? ¿Cómo me mandas quedar en ti conociendo tus falacias, tus lazos, tus cadenas y redes, con que pescas nuestras flacas voluntades? ¿A dó me pones mi hija? ¿Quién acompañará mi desacompañada morada? ¿Quién tendrá en regalos mis años, que caducan?

¡Oh amor, amor! ¡Que no pensé que tenías fuerza ni poder de matar a tus sujetos! Herida fué de ti mi juventud, por medio de tus brasas pasé: ¿cómo me soltaste, para me dar la paga de la huída en mi vejez? Bien pensé que de tus lazos me había librado, cuando los cuarenta años toqué, cuando fuí contento con mi conyugal compañera, cuando me vi con el fruto que me cortaste el día de hoy. No pensé que tomabas en los hijos la venganza de los padres. Ni sé si hieres con hierro ni si quemas con fuego. Sana dejas la ropa; lastimas el corazón. Haces que feo amen y hermoso les parezca. ¿Quién te dió tanto poder? ¿Quién te puso nombre que no te conviene? Si amor fueses, amarías a tus sirvientes. Si los amases, no les darías pena. Si alegres viviesen no se matarían, como ahora mi amada hija. ¿En qué pararon tus sirvientes y sus ministros? La falsa alcahueta Celestina murió a manos de los más fieles compañeros que ella para su servicio emponzoñado jamás halló. Ellos murieron degollados. Calixto, despeñado. Mi triste hija quiso tomar la misma suerte por seguirle. Esto todo causas. Dulce nombre te dieron; amargos hechos haces. No das iguales galardones. Inicua es la ley que a todos igual no es. Alegra tu sonido; entristece tu trato. Bienaventurados los que no conociste o de los que no te curaste. Dios te llamaron otros, no sé con qué error de su sentido traídos. Cata que Dios mata los que crió; tú matas los que te siguen. Enemigo de toda razón, a los que menos te sirven das mayores dones, hasta tenerlos metidos en tu congojosa danza. Enemigo de amigos, amigo de enemigos, ¿por qué te riges sin orden ni concierto? Ciego te pintan, pobre y mozo. Pónente un arco en la mano, con que tiras a tiento; más ciegos son tus ministros, que jamás sienten ni ven el desabrido galardón que sacan de tu servicio. Tu fuego es de ardiente rayo, que jamás hace señal do llega. La leña, que gasta tu llama, son almas y vidas de humanas criaturas. Las cuales son tantas, que de quien comenzar pueda, apenas me ocurre. No sólo de cristianos; mas de gentiles y judíos, y todo en pago de buenos servicios. ¿Qué me dirás de aquel Macías de nuestro tiempo, cómo acabó amando, cuyo triste fin tú fuiste la causa? ¿Qué hizo por ti Paris? ¿Qué Elena? ¿Qué hizo Ypermestra? ¿Qué Egisto? Todo el mundo lo sabe. Pues a Safo, Ariadna, Leandro, ¿qué pago les diste? Hasta David y Salomón no quisiste dejar sin pena. Por tu amistad Sansón pagó lo que mereció, por creerse de quien tú le forzaste a darle fe. Otros muchos, que callo, porque tengo harto que contar en mi mal.

Del mundo me quejo, porque en sí me crió, porque no me dando vida, no engendrara en él a Melibea; no nacida, no amara; no amando, cesara mi quejosa y desconsolada postrimería. ¡Oh mi compañera buena! ¡Oh mi hija despedazada! ¿Por qué no quisiste que estorbase tu muerte? ¿Por qué no hubiste lástima de tu querida y amada madre? ¿Por qué te mostraste tan cruel con tu viejo padre? ¿Por qué me dejaste, cuando yo te había de dejar? ¿Por qué me dejaste penado? ¿Por qué me dejaste triste y solo *in hac lachrymarum valle?*

CONCLUYE EL AUTOR (1)

APLICANDO LA OBRA AL PROPÓSITO POR QUE LA ACABÓ

Pues aquí vemos cuán mal fenescieron
aquestos amantes, huygamos su danza,
amemos a Aquel que espinas y lanza,
azotes y clavos su sangre vertieron.
Los falsos judíos su faz escupieron,
vinagre con hiel fué su potación;
por que nos lleve con el buen ladrón,
de dos que a sus santos lados pusieron.

No dudes ni hayas vergüenza, lector,
narrar lo lascivo, que aquí se te muestra:
que siendo discreto verás que es la muestra
por donde se vende la honesta labor.
De nuestra vil masa con tal lamedor,
consiente cosquillas de alto consejo
con motes y trufas del tiempo más viejo;
escritas a vueltas le ponen sabor.

Y así no me juzgues por eso liviano;
mas antes celoso de limpio vivir,
celoso de amar, temer y servir
al alto Señor y Dios soberano.
Por ende, si vieres turbada mi mano,
turbias con claras mezclando razones,
deja las burlas, que es paja y granzones,
sacando muy limpio d'entr'ellas el grano.

_____

(1) Estas tres estrofas aparecen por primera vez en la edición de
Sevilla de 1502.

FIN

ALONSO DE PROAZA (1)

CORRECTOR DE LA IMPRESIÓN

AL LECTOR

La arpa de Orfeo y dulce armonía
forzaba las piedras venir a su son,
abría los palacios del triste Plutón,
las rápidas aguas parar las hacía.
Ni ave volaba ni bruto pacía;
ella asentada en los muros troyanos
las piedras y froga (2) sin fuerza de manos,
según la dulzura con que se tañía.

Prosigue y aplica

Pues mucho más puede tu lengua hacer,
lector, con la obra que aquí te refiero,
que a un corazón más duro que acero
bien la leyenda hará liquescer:
harás al que ama amar no querer,
harás no ser triste al triste penado,
al que sin aviso, harás avisado:
así que no es tanto las piedras mover.

Prosigue

No dibujó la cómica mano
de Nevio ni Plauto, varones prudentes,
tan bien los engaños de falsos sirvientes
y malas mujeres en metro romano,
Cratino y Menandro y Magnes anciano
esta materia supieron apenas
pintar en estilo primero de Atenas,
como este poeta en su castellano.

---

(1) De las siete octavas siguientes, seis aparecen en la edición de
Sevilla de 1501. Una, que es la penúltima, aparece en la edición de Valencia de 1514.
(2) *Froga*, obra de albañilería; de *frogar* o *fraguar*.

Dice el modo que se ha de tener leyendo esta tragicomedia

Si amas y quieres a mucha atención,
leyendo a Calixto mover los oyentes,
cumple que sepas hablar entre dientes,
a veces con gozo, esperanza y pasión,
a veces airado con gran turbación.
Finge leyendo mil artes y modos,
pregunta y responde por boca de todos,
llorando y riendo en tiempo y sazón.

Declara un secreto que el autor encubrió en los metros que puso al principio del libro

No quiere mi pluma ni manda razón
que quede la fama de aqueste gran hombre,
ni su digna fama ni su claro nombre
cubierto de olvido por nuestra ocasión.
Por ende juntemos de cada renglón
de sus once coplas la letra primera,
las cuales descubren por sabia manera
su nombre, su tierra, su clara nación.

Toca cómo se debía la obra llamar tragicomedia y no comedia

Penados amantes jamás consiguieron
de empresa tan alta tan pronta victoria,
como estos de quien recuenta la historia,
ni sus grandes penas tan bien sucedieron.
Mas, como firmeza nunca tuvieron
los gozos de aqueste mundo traidor,
suplico que llores, discreto lector,
el trágico fin que todos hubieron.

Describe el modo y lugar en que la obra primeramente se imprimió acabada

El carro Febeo, después de haber dado
mil y quinientas vueltas en rueda,
ambos entonces los hijos de Leda
a Febo en su casa tenían posentado,
cuando este muy dulce y breve tratado,
después de revisto y bien corregido,
con gran vigilancia puntado y leído,
fué en Salamanca impreso acabado.